中国文学教程

陈曦 主编

延边大学出版社

图书在版编目（CIP）数据

中国文学教程 / 陈曦主编. -- 延吉：延边大学出版社，2020.12
　　ISBN 978-7-230-00538-8

　　Ⅰ. ①中… Ⅱ. ①陈… Ⅲ. ①中国文学－教材 Ⅳ. ①I2

中国版本图书馆 CIP 数据核字(2020)第 251040 号

中国文学教程

主　　编：陈　曦
责任编辑：李宝珠
封面设计：延大兴业
出版发行：延边大学出版社
社　　址：吉林省延吉市公园路 977 号　　邮　　编：133002
网　　址：http://www.ydcbs.com　　E-mail：ydcbs@ydcbs.com
电　　话：0433-2732435　　传　　真：0433-2732434
制　　作：山东延大兴业文化传媒有限责任公司
印　　刷：延边延大兴业数码印务有限责任公司
开　　本：787×1092　1/16
印　　张：21.5
字　　数：180 千字
版　　次：2022 年 3 月 第 1 版
印　　次：2022 年 3 月 第 1 次印刷
书　　号：ISBN 978-7-230-00538-8

定价：48.00 元

前　言

2006年9月，中共中央办公厅、国务院办公厅印发《国家"十一五"时期文化发展规划纲要》，要求"高等学校要创造条件，面向全体大学生开设中国语文课"。为响应这一号召，我校广告学、英语、日语专业相继开设了《中国文学》《大学语文》课程，为深化教学改革，培养我校大学生的人文精神，提高其文学水平和鉴赏能力，决定编写这本教材。

教材共分七个章节，包括中国文学发展历程、先秦文学、秦汉文学、魏晋南北朝文学、唐宋文学、元明清文学、现当代文学。每个章节主要由作者（作品）简介、作品正文、注释、作品评析、思考与练习等几个部分构成，通过对这些作家作品的学习，学生能够系统了解中国文学的发展历程，熟悉各个历史时期的代表作家和代表作品，比较准确地把握其思想内容及艺术特征，具备对中国文学作品独立分析和鉴赏能力。本教材既是我校广告学、英语专业的必修课教材，也是我校大学生的公共选修课教材，还可作为机关、企事业单位有关人员提高文学素养的参考用书，适用于有志学习中国文学的自学者。

本书在编写过程中，参阅了一些专家、学者关于中国文学的最新研究成果，同时借鉴了网络上的一些有价值的资料，不及逐一标注，谨在此表示诚挚的谢意。

由于编者水平有限，书中疏漏不足之处在所难免，恳请专家、老师和读者指正。

目 录

第一章　中国文学发展历程 1
　　第一节　文学起源与原始歌谣 1
　　第二节　中国古代文学 5
　　第三节　中国现代文学 30
　　第四节　中国当代文学 38

第二章　先秦文学 43
　　《大学》（节选） 43
　　《诗经》二首 47
　　《老子》二章 54
　　樊迟、仲弓问仁 58
　　郑伯克段于鄢 62
　　《战国策》文选二则 69
　　涉江 84

第三章　秦汉文学 91
　　谏逐客书 91
　　《史记》文选二则 98
　　苏武传（节选） 113
　　《乐府诗》二首 125
　　长门赋（并序） 131
　　行行重行行 140

第四章　魏晋南北朝文学 143

洛神赋（并序） 143

与山巨源绝交书 154

别赋 166

陶渊明诗二首 174

《世说新语》六则 181

第五章　唐宋文学 187

古从军行 187

渭川田家 190

长干行（其一） 193

又呈吴郎 197

长恨歌 200

《无题》二首 209

始得西山宴游记 213

卜算子 218

上枢密韩太尉书 221

《沈园》二首 226

摸鱼儿 229

第六章　金元明清文学 233

迈陂塘 233

双调·夜行船 238

卖柑者言 244

徐文长传 249

圆圆曲 258

　　阿宝 266

第七章　现当代文学 274

　　断魂枪 274

　　爱尔克的灯光 285

　　都江堰 292

　　素面朝天 301

　　舒婷诗二首 306

　　爱，就注定了一生的漂泊 314

　　讲故事的人 320

后记 335

第一章 中国文学发展历程

第一节 文学起源与原始歌谣

中国文学源远流长,绵延数千年,以其辉煌璀璨的成就屹立于世界文学之林,其内容博大精深,影响着周边国家文学的发展。

远古时代,中华大地上散居着众多的初民族群;这些散居的族群在漫长的年代里逐渐凝聚为大小不一的部落,众多的部落又分别结成不同的联盟,国家形态便在这过程中形成。过去人们通常把黄河流域视为中华文明单一的发源地,现代的考古研究证明中华文明是多元并起、逐步融合的。迄今为止,国内已发现的新石器文化遗址有几千处,如星罗棋布,分散在广大的地域内,不同地域的文化相互之间并无显著的主从关系。如其中格外受到人们重视的代表长江流域文化的河姆渡遗址与代表黄河流域文化的仰韶遗址,两者大抵是同时并存,而实属不同类型。在整个中国古代史上,南北文化始终存在各种各样的差异,这就造成了中国文学的多样性。

今天,文学被视为"美的艺术"或"语言艺术",包括诗歌、小说、散文、戏剧文学、影视文学等样式。文学是语言文字的艺术,是社会文化的一种重要表现形式,是对美的体现。文学作品是作家用独特的语言艺术表现其独特的心灵世界的作品。文学的根本价值，在于它是人类求证其自由本质、创造其自身生活的一种特殊方式。文学源于现实生活，但它绝不会成为后者的镜像；它总是更多地表现了意欲的生活和想象的生活。而这种意欲和想象如果是合理的，便会改变现实生活的内容乃至人自身。

广义文学是一切口头或书面语言行为和作品的统称，包括今天所谓文学和政治、哲学、历史、宗教等一般文化形态。在中国魏晋以前和西方18世纪之前，文学通常是被作为一般的文化形态，即广义的文学看待。文学还没有从文化中分离出来，获得独立发展的地位。狭义文学是包含情感、虚构和想象等综合因素的语言艺术行为和作品的统称，如诗歌、小说、散文等。这种狭义文学与音乐、戏剧、绘画、雕塑、书法、电影等一起被称为"美的艺术"。这是从审美这一特殊视角考察文学，文学即审美。

文学艺术起源于人类的生产劳动。劳动创造了人，促进了人脑、思维、语言的发展，为文学的产生奠定了物质基础。一切文学艺术的萌芽，都直接起源于原始人的劳动实践，是根据劳动的实际需要而产生出来的。"劳动先于艺术。总之，人最初是从功利观点来观察事物和现象，只是后来才站到审美的观点上来看待它们"（普列汉诺夫《一封没有地址的信》）。艺术与功用结合，美与善的统一，是我国原始人的文艺思想和审美观点的重要特征。

我国最早的文学是原始歌谣。它是直接从人类劳动生产的过程中产生的。关于这一问题，《淮南子·道应训》中有"邪许"是"举重劝力"之歌的论述；鲁迅在《且介亭杂文·门外文谈》中也对劳动起源问题做了通俗生动的说明（即关于"杭育杭育派"的论述）。这些为协调组织劳动、减轻疲劳而产生的有节奏、声律的呼声，是后来有韵律、有节奏的诗歌赖以产生的基础。

比较具有代表性的原始歌谣有东汉赵晔《吴越春秋》所载的"弹歌"和《礼记·郊特牲》所载的相传为伊耆氏的《蜡辞》。前者描写了狩猎过程，反映了渔猎时代的劳动生活；后者是一首带有宗教性质的短歌，表示了原始人征服自然的良好愿望。

在上古，诗、舞与音乐是融合无间、密不可分的。《吕氏春秋·古乐篇》记载的"昔葛天氏之乐，三人操牛尾，投足以歌八阕"，描写的就是远古时代人们为庆祝丰收而载歌载舞的欢乐场面。

在很长一段时间内，中国的文学与史学和神话并无明显的界限，最早的文学是对历史和神话的记录。神话与原始宗教都产生于原始时代，同样是对世界幼稚而天真的认识和充满了对自然力的信仰，但二者也有很大的差别，神话表现了对自然的斗争和探索精神，宗教却表现了对自然力的屈从与驯服。

我国古代人民创作了丰富的神话，但是流传下来的不多，只是散见于一些诗歌、子书及历史著作之中，有些已被历史化，有的则经后人增删篡改，已非原貌。在先秦两汉典籍中，以《山海经》《楚辞》《淮南子》保存神话较多。远古神话主要有：1.开天辟地与人类起源的神话：《女娲补天》与造人的神话，表现人类重整乾坤的英雄气概以及对人类起源的勇敢探索；其故事原型大约产生于母系氏族社会。盘古开天辟地的故事也属这一类。2.反映原始人与自然界的斗争：《后羿射日》赞美了弓箭的发明，歌颂了为民除害的英雄，大约产生于父系氏族社会。《鲧禹治水》反映了原始人战胜洪水灾害，赞颂了他们前赴后继、不屈不挠的顽强的斗争精神。这类故事还有《精卫填海》《夸父逐日》，表现出原始人决心征服自然的雄伟气魄。3.反映原始部落间的斗争：这类神话以《黄帝战蚩尤》最著名。

古代神话是中国浪漫主义文学的萌芽；它具有永久的艺术魅力。神话中的英雄主义、乐观主义和不屈不挠的斗争精神以及强烈要求改变现实、追求美好生活的愿望，对后世作家进步的世界观的形成起着积极的促进作用。神话中的浪漫主义精神，神奇奔放的幻想，离奇曲折的故事情节，高度夸张的艺术手法，启发了后世作家的艺术想象力。神话为后世诗歌、小说和戏剧的创作提供了丰富的文学素材和艺术形象。

第二节　中国古代文学

一、古代诗歌的发展概貌

中国文学在文字诞生之前就已经产生了,即使从有文字记载的历史来看,中国古代文学也走过了3000多年的发展历程。公元前六世纪,出现了我国文学史上第一部诗歌总集——《诗经》。《诗经》又叫"诗三百",汉以后被尊为《诗经》,共305篇,大约包括公元前一世纪(西周初),到公元前六世纪(春秋中叶)的各地民歌和王室乐词。按音乐性质,它分为风、雅、颂三类。风,就是土风、民乐,包括当时十五个属国的地方乐曲的歌词,故亦称国风。"雅"相对于土风,是"正声雅乐"的意思,它是周王朝直接统治地区的音乐。其中,小雅较近于民间,大雅则多半是贵族燕飨时所奏的乐歌。"颂"是宗庙祭祀时用来娱乐神祇,颂扬祖先的舞歌。《国风》是《诗经》中的精华部分。

继《诗经》而崛起的又一新诗体是"楚辞"。"楚辞"产生于公元前四世纪战国时代的楚国,代表人物是屈原、宋玉。汉代也有不少作家模仿这种样式进行写作,经过刘向、王逸等学者的收集整理,编成《楚辞》。《楚辞》的主要作者是屈原(约公元前340—前278),他是楚国的贵族,曾任左徒、三闾大夫等职,主张对外联齐抗秦,对内举贤授能,变法图强,遭到保守势力的毁谤和打击,被怀王疏远。顷襄王继位后,被放逐到沅湘流域。他痛心国势日益危迫,理想无法实现,自沉于汨罗江。屈原的作品有《离骚》《九歌》《九章》《天问》等,《离骚》是屈原"发愤以抒情"的一首政治抒情诗,在艺术上,《离骚》继承和发展了《诗经》的比兴手法,创造出一种幽远的意境，开拓了我国古典诗歌史上用香草、美人寄情言志、表达爱憎的象征手法。在语言上，开创了一种句式长短不齐、参差错落的新诗体，在结构上，抒情和叙事相结合，大量运用楚地方言和楚物名称，具有鲜明的地方和民族特色。对后代诗歌产生了深远的影响。《诗经》与《楚辞》历来合称"风骚"，是中国古代诗歌的两大源头，一直被历代诗人视为学习的典范。

两汉的诗歌以《乐府》和《古诗十九首》为代表。"乐府"原是汉武帝建立的音乐官署，掌管朝会、宴饮、祭祀所用的音乐，兼采民间诗歌和乐曲，后来就将这个官署所采集、创作的乐歌称"乐府"。汉乐府诗可分为两类：一类是文人作品，如司马相如等人作的《郊祀歌》等，是歌功颂德，供朝廷宴饮、祭祀所用；一类是民间歌谣，是乐府诗的精华所在。宋人郭茂倩所编《乐府诗集》是最完备的一部乐府诗总集。汉乐府广泛反映了当时社会生活的各个方面。其中《战城南》《东门行》《有所思》《陌上桑》《孔雀东南飞》等，分别反映了人民的悲惨遭遇和对繁重徭役、横征暴敛的不满，反映了妇女不幸的命运及其坚强不屈的性格等。《古诗十九首》是东汉中后期的中下层知识分子的作品，深刻地再现了文人在汉末社会思想大转变时期，追求的幻灭与沉沦、心灵的觉醒与痛苦，抒发了人生最基本、最普遍的几种情感和思绪。

魏晋南北朝，是五言诗发展的全盛时期，形成了不同风格的诗体。以诗而论，有建安体（建安，汉献帝年号），以曹氏父子和建安七子（孔融、陈琳、王粲、徐幹、阮瑀、应场、刘桢）为代表，他们的作品直接继承汉乐府民歌反映现实的优良传统，对当时的社会动乱和民生疾苦作了真实的反映，表达了恢复中国统一的迫切愿望和积极进取精神。曹操的《蒿里行》、王粲的《七哀》、陈琳的《饮马长城窟行》、曹植的《送应氏》和蔡琰的《悲愤诗》是这一时期杰出作品。有正始体（正始是魏废帝年号），正始体的主要代表诗人是"竹林七贤"中的阮籍和嵇康，此外，还有山涛、向秀、阮咸、王戎、刘伶。他们的诗大多忧时伤怀，揭露了统治者的腐朽和世情的险恶。有永嘉体（永嘉，晋怀帝年号），其代表是刘琨、郭璞。由于当时玄言诗弥漫诗坛，刘琨、郭璞的诗能变永嘉平淡之体，含有清拔艳逸之气。此外，尚有永明体，又称齐梁体，追求声韵形式之美，对后世格律诗的形成起了很大作用。东晋著名诗人陶渊明的诗称为"陶体"，其诗质朴自然，清峻平淡，在谈玄说理之风充斥文坛之时，赞美隐逸生活和田园风光，以其平淡自然、感情真挚的诗风独树一帜。南北朝的民歌《木兰诗》有相当的成就，南朝诗人谢灵运、谢朓为了逃避现实而致力于山水景物的描写，其诗被称为山水诗，其体被称为谢体，在中国诗史上形成了一个流派。

唐代是我国诗歌史上的黄金时代。唐代289年间，诗人辈出，作品繁多，题材广泛，形式多样，风格各异。整个诗坛呈现出万紫千红、百花争艳的灿烂局面。

初唐时期的代表作家是"初唐四杰"（王勃、杨炯、卢照邻、骆宾王）及陈子昂等人。"四杰"的主要贡献，是在诗的内容上突破了六朝以来描写贵族宫廷生活的狭小范围，在诗的形式和风格上逐步摆脱了齐梁浮靡诗风的影响，显得比较清新活泼。王勃的《送杜少府之任蜀州》、骆宾王的《在狱咏蝉》、杨炯的《从军行》都是五律名篇，卢照邻的七言歌行《长安古意》也堪称佳作。继"四杰"之后，在诗歌理论和实践上进一步反对齐梁诗风，提倡诗歌革新的是陈子昂，他明确地主张诗歌要有"风雅兴寄"和"汉魏风骨"，他的诗大多议论时事，或感叹个人遭遇，风格苍凉悲壮，质朴刚健。最为后人传诵的是《登幽州台歌》："前不见古人，后不见来者；念天地之悠悠,独怆然而涕下。"既写出了英雄不遇的感伤,又喊出了整个时代的呼唤。

盛唐是唐诗全面繁荣的时期。由于经济繁荣,社会安定,诗人们可以由多种途径实现人生的追求。有些诗人希望通过从军立功等道路施展抱负。另有一些诗人则以隐士的面目出现,成为恬静的退守者,希望幽居山林以获得生活与心境的宁静。这两种人生态度是盛唐诗题材取向的基础,形成了以王维、孟浩然为首的山水田园诗派和以高适、岑参为首的边塞诗派。王、孟等人的主要作品以清新秀丽的语言描绘了幽美的山水景色和宁静的田园生活,构成了静穆空灵的境界。高适、岑参等人的主要作品则以唐帝国的边境战争为表现对象。诗人们描绘了塞外大漠的奇异风光,塑造了边关健儿的英雄形象,同时也表达了保卫祖国、建立功勋的人生理想,更鲜明地体现了盛唐积极进取的时代精神。高适的《燕歌行》、岑参《白雪歌送武判官归京》、王昌龄的《从军行》和王之涣的《凉州词》都是盛唐边塞诗中的名篇。

李白和杜甫的诗,雄视千古,为一代之冠。在他们的笔下,无论五律、七律、五绝、七绝还是古体诗,大都达到了很高的艺术成就。李白的创作达到了古代诗歌浪漫主义的新高峰,他的诗想象丰富,笔力豪迈,语言清新。如《梦游天姥吟留别》《行路难》《蜀道难》《将进酒》等都是浪漫主义诗歌的代表作。李白因此成为我国诗史上浪漫主义诗人最杰出的代表,被后人尊称为"诗仙"。杜甫则是现实主义诗人的最杰出代表。杜诗有广泛的内容,反映现实生活尤为深刻。他以"朱门酒肉臭、路有冻死骨"的名句概括了封建社会严重的阶级对立。《自京赴奉先县咏怀五百字》《茅屋为秋风所破歌》以及《三吏》《三别》,是杜甫现实主义的光辉代表作。他反对权贵的专横,同情和关心人民的疾苦,获得"诗史"的崇高声誉。杜甫的诗精于格律,语言千锤百炼，风格沉郁顿挫，尤其是五古和律诗，对后世影响很大，为唐以后历来的文人作家所取法。

中唐诗人中成绩最卓著的是白居易。他领导了新乐府运动，这一诗歌运动继承了汉魏乐府民歌的现实主义传统，采取了记事名篇的方式，这对当时及以后的诗歌创作有很大的推进作用。白居易的《卖炭翁》《轻肥》《杜陵叟》等都是代表作。他还擅长七言歌行，《长恨歌》和《琵琶行》是千古传诵的名篇。中唐诗人著名的还有刘禹锡、柳宗元、李贺、韩愈、孟郊等。

晚唐诗人较有成就的有杜牧、温庭筠、李商隐等。唐朝末年政治腐败，经济衰落，社会矛盾激化，诗人的作品因此也多带有伤感、忧郁的情调。李商隐的"夕阳无限好，只是近黄昏"，便是这种情调的写照。

继唐诗以后，中国诗歌史上又出现了一种新的诗歌样式——词。词是始于盛唐，成于晚唐五代，盛于宋代的一种新诗体。原名"曲子词"，指一切可以合乐演唱的诗体，后来简称为"词"。词在形式上有许多特点，每首词都有一个表示音乐性的调名，也称词牌，如《忆江南》《蝶恋花》等。每调的句数、每句的字数，以及用韵的位置、字声的平仄，都有一定的规则。其次大部分词调（除小令外）都分为数片，以分两片（即上下片）为最多。如《菩萨蛮》等。所以词也称为"长短句"。南唐后主李煜从一个生活优裕而无所作为的南唐末代帝王，成为赵宋王朝的囚徒，生活的急骤变化和国破家亡的哀痛使他在人生最后几年创作出了一些内容深沉、感情真挚的名篇，无论艺术、思想都大大超越了他以前和同时代的其他词人，被称为"词中之帝"。他的《虞美人》《浪淘沙》《乌夜啼》都是传诵千年的名作。

词发展到宋代，已取代诗而成为最重要的文学形式，宋词与汉赋、唐诗、元曲被认为是我国古典文学的四朵奇葩。

北宋初期的词是沿袭晚唐五代绮丽婉约的词风发展起来的，题材狭窄，多写男女恋情、离愁别绪，体制上仍以短章小令为主。晏殊、欧阳修是其代表。范仲淹、王安石的词已开始突破婉约派的词风，题材有所扩大。范仲淹的《渔家傲》描写边塞生活，情调悲凉，表现了戍边官兵的心情，开豪放派词风的先河。北宋词坛上第一个大力写词的作家是因仕途失意、浪迹于歌女乐工之中的柳永，他在扩大词的题材、发展新的词体和提高词的表现技巧等方面都做出了重要的贡献。《雨霖铃》《八声甘州》《望海潮》等是他的代表作。

苏轼是北宋最著名的文学家。他的代表作《水调歌头·丙辰中秋怀子由》《念奴娇·赤壁怀古》表现了作者对理想的执着和追求，对祖国山河的赞美和对历史上英雄人物的向往，成为豪放派词作的典范。苏词感情奔放，联想丰富，笔力豪迈，具有积极浪漫主义的鲜明特色。

靖康之变，北宋为金所亡，在民族矛盾激化、人民爱国热情高涨的情况下，南宋爱国主义文学出现了繁荣的景象。南宋前期，涌现出以张元干、张孝祥、岳飞等人为代表的一大批爱国词人，创作出了许多慷慨悲壮、辞情激昂的作品，其中张元干的《贺新郎》（梦绕神州路）、张孝祥的《六州歌头》（长淮望断）、岳飞的《满江红》都是千古传唱的杰作。辛弃疾处在民族矛盾尖锐的时代，他一生主张抗战，收复国土，但始终受到投降派的压抑和排挤，壮志未能得酬。因此，在他的作品里，充满杀敌报国的豪情壮志，又表现出壮志未酬的悲愤抑郁之情，词的风格豪放又悲壮。如《水龙吟·登建康赏心亭》《南乡子·登京口北固亭有怀》和《永遇乐》（千古江山）都非常感人。

李清照是婉约派的代表人物。她的词以靖康之变南渡为界，分为前后两期。前期主要描写少女对生活的热爱，与丈夫的爱情生活及丈夫负笈远游时的离愁别绪，如《如梦令》（昨夜雨疏风骤）、《醉花阴》（薄雾浓云愁永昼）和《一剪梅》（红藕香残）。后期由于作者有孀居之苦，亡国之痛，词风陡变而为凄清悲苦。词的内容也多写内心的孤寂与浓愁，如《声声慢》（寻寻觅觅）、《武陵春》（风住尘香花已尽）、《永遇乐》（落日熔金），最著名的就是《声声慢》一词，这首词将个人身世的悲与国家危难的痛交织在一起，催人泪下。

南宋后期，宋金对峙的局面相对比较稳定，文学上爱国主义的呼声渐趋微弱，代之而起是姜夔、吴文英等人的格律词派，姜夔的《扬州慢》（淮左名都）以清幽的意境来表达落寞淡泊的情怀，这些词人偶然也能写出一二首稍有内容的作品，但总的看来，是把宋词引向了僵化的道路。

宋代著名的诗人有欧阳修、梅尧臣、苏舜钦、王安石、苏轼、黄庭坚、杨万里、范成大、陆游、文天祥等，以苏轼、陆游的成就为最高。陆游是个多产的诗人，一生写了9300多首诗。他的不少诗篇充满爱国主义情调，激越悲壮，雄浑豪放，在宋代诗坛上独树一帜。

明清较有成就的诗人有于谦、顾炎武、王世桢、吴伟业、纳兰性德、袁枚等人。于谦、顾炎武等人的作品大多抒发了一种爱国主义的情调，其诗激越悲壮，令人鼓舞。如于谦的《石灰吟》就有名句"千锤万击出深山，烈火焚烧若等闲。粉身碎骨全不怕，要留清白在人间"。纳兰性德是清初著名词人，他的词感情强烈、自然精美，内容多写个人的哀怨。王世桢是清初文坛领袖，极负盛名，在诗歌理论上提倡神韵说，主张"妙悟"，主张"言外意"，要求诗歌创作要有含蓄美。袁枚是清代中叶的著名诗人，他提倡性灵说，以为诗歌是写个人情性，不应该受神韵格律的束缚，他的理论在当时具有进步意义，诗有一定技巧，但成就不高。

二、古代散文的发展概貌

中国古代散文的渊源可以追溯到商代的甲骨卜辞与稍后的铜器铭文。随着巫官文化向史官文化的转变，出现了专门记录商周时代王公的言辞、政令的《尚书》，标志着散文的形成。《尚书》之后，散文分别向偏重于记述的历史散文和偏重于论说的诸子散文两个方向发展，形成了蔚为壮观的先秦散文。

中国古代很早就有史官的建置，传说"左史记言，右史记事"（《汉书·艺文志》），史官的记录成为史书，也就是所谓的历史散文。先秦史书内容丰富，形式多样，主要有编年体的《左传》、国别体的《国语》《战国策》、专记个人言行的《晏子春秋》等，《左传》《战国策》就是代表这一时期历史散文最高成就的两部著作。

《左传》是《春秋左氏传》的简称，又名《左氏春秋》，传说是和孔子同时代的左丘明所作，《左传》一书汉人认为是为阐释《春秋》而写，与它并存的还有公羊高所作的《公羊传》、榖梁赤所作的《谷梁传》，一起合称"春秋三传"。《左传》叙事起于鲁隐公元年，止于鲁哀公二十七年，比《春秋》多13年。《左传》的思想内容涉及春秋时代各诸侯国的政治、经济、军事、外交和文化活动及有关言论，次要内容包括天道、鬼神、灾祥、卜筮、占梦之事。作者在记述历史人物和事件时，表现出一定的思想观点和进步倾向。《左传》的文学成就相当突出，善于描写战争和记行人辞令，能用简括的文辞写出复杂的社会生活，许多地方表现得都十分恰当，运笔灵活，变化万千。

《战国策》是一部贯穿纵横家思想的战国史料汇编，它所记主要人物大多为战国时代活跃在各国政治舞台上的谋臣策士，作者对他们的言行、策略、计谋大加渲染，纵横之势、长短之术、诡谲之计、诈伪之谋充斥全书，形象地反映了战国时期尖锐复杂的政治斗争和波澜壮阔的现实生活。《战国策》在文学上最突出的成就是对人物性格的塑造刻画，比之《左传》更进一步。书中的许多人物，如不辱使命的唐雎、深谋远虑的冯谖、奸诈狡猾的张仪和义薄云天的鲁仲连等等，都写得栩栩如生，呼之欲出，至今仍有鲜活的生命力。

从春秋末年开始，随着社会的急剧变动，"士"的阶层兴起、壮大，成为最活跃的社会力量。他们针对当时的社会现实，提出了各种不同的政治主张，展开论辩，形成了思想史上百家争鸣的局面，于是产生了以论说为主的诸子散文。诸子散文的发展可分为三个时期：第一个时期是春秋末年到战国初期，此时的散文主要是语录体，代表作是《论语》。第二个时期是战国中叶，散文已由语录体向对话体、论辩体过渡，代表作是《孟子》《庄子》。第三个时期是战国后期，散文发展成专题论著，代表作是《荀子》《韩非子》。

《论语》主要是记孔子言行的书。《论语》所记孔子的思想核心是"仁"和"礼"。《论语》语言精练，开语录文体先河，含蓄隽永。《孟子》是孟轲及其门人所作，其中心内容是宣扬儒家的"仁政"说，抨击暴政，主张"民贵君轻"。他的文章感情激越，气势磅礴，具有很强的逻辑说服力和艺术感染力。《庄子》是庄周和其门人后学的哲学著作，分"内""外""杂"三部分。《庄子》的主要内容是主张顺应自然，希望人类社会归真返璞，回到清净无为的太古时代去。《庄子》代表了诸子散文的最高成就，对后世浪漫主义文学创作影响极其深远。尤其是内篇中《逍遥游》等篇，想象奇特，笔力酣畅，描写生动传神，语言恢宏瑰奇，具有很高的文学价值。

秦代实行钳制思想、摧残文化的刑法统治,除李斯的《谏逐客书》外,文学没有什么成就。汉初,解除秦挟书律,活跃了社会思想,促进了学术、文化的发展。当时的文士一般均能关心社会政治中的重大问题,发抒己见,文风自然生动,有战国说辞和辞赋的色彩。代表作家有贾谊、晁错。他们的政论散文名作前者有《过秦论》《陈政事疏》,后者有《论贵粟疏》《贤良对策》等。东汉受贾、晁影响,能针对黑暗政治,揭露矛盾,痛陈时弊的政论散文不少,主要有王符的《潜夫论》、仲长统的《昌言》、桓宽的《盐铁论》、王充的《论衡》。两汉散文最杰出的成就是司马迁的《史记》。《史记》既是历史巨著又是文学杰作,是传统文化中的瑰宝。历史散文另一部代表作是东汉班固的《汉书》,具有一定的文学价值。

唐宋散文的主要成就体现在唐宋八大家的古文创作。"唐宋八大家"是唐宋时期出现的八个在散文创作方面有杰出成就的作家的合称,他们是唐代的韩愈、柳宗元和宋代的欧阳修、王安石、苏洵、苏辙、苏轼、曾巩。唐宋八大家的古文创作是在明确的理论指导之下自觉地进行的。他们的文学理论从社会现实的需要出发,重视文学的社会作用。从韩愈的"文以明道、不平则鸣",柳宗元的"辞令褒贬""导扬讽喻",到欧阳修的反对文人"弃百事不关于心",王安石的"有补于世",再到苏氏父子的"有为而作",无不贯穿着强调文学的实用性的思想,使散文具有强烈的现实主义精神。唐宋八大家都比较重视古文的独创性,唐宋八大家在文学理论和创作方法上有不少共同之处,他们前后之间有学习继承或直接的师承关系,但他们都能独出机杼,显示出不同的风格特色。韩愈的雄奇奔放,柳宗元的简洁清峻,欧阳修的纤徐畅达,曾巩的纯真浑厚,王安石的雄奇峭拔,苏洵的纵横恣肆,苏轼的豪放自然,苏辙的汪洋淡泊,真是绚烂多彩,各具风姿。唐宋八大家对各种文体也都有不同程度的发展、开拓或创新，每个作家的各种文体、每种文体的各篇作品，大都能各具特色，不相雷同。唐宋八大家上承先秦两汉及魏晋散文的优良传统，适应时代的需要，从理论和创作实际的结合上解决了我国古代散文发展的方向道路问题，创作出了第一流的散文作品，形成了自己独特的风貌，为丰富我国古代文学艺术宝库做出了重大贡献。

明代弘治、正德年间，以李梦阳、何景明为首的"前七子"提倡"文必秦汉，诗必盛唐"，为文重视模仿前人。到嘉靖、万历年间，以李攀龙、王世贞为首的"后七子"，承袭并发展了"前七子"仿古、复古的主张。前后七子所倡导的"复古"运动对矫正台阁体的庸浅文风起了一定的积极作用。在嘉靖年间，出现了王慎中、唐顺之、茅坤、归有光等一批作家，明确表示反对前后七子的拟古主义。他们以唐宋八大家传统的继承者自居，主张写文章应学习唐宋古文家"文从字顺""平易舒畅"的法度，被称为唐宋派。

继唐宋派之后，以袁宗道、袁宏道、袁中道三兄弟为代表的"公安派"崛起于万历年间，他们提出"独抒性灵，不拘格套"的主张，强调文学是随时代变化而变化的，不该厚古薄今，不能因袭仿古，强调为文应"从自己胸臆流出"。然而，从总体看，他们的作品题材狭窄，多写风景及身边琐事，内容贫弱。

以方苞、姚鼐为首的桐城派是清代最大的散文派别。他们近承"唐宋派"，远继唐宋八大家，都主张以先秦、两汉和唐宋八大家的散文为写作范本，反对八股文。方苞继承了韩、欧、曾的思想，提出了"义法"论。"义"即文章之中心内容；"法"即文章之章法技巧。姚鼐是桐城派的核心人物，他进一步发展了方苞的理论，明确提出了义理、考据、辞章三者合一、相互为用的理论。桐城派在理论方面提出了一些有价值的看法，但多数文章却有着浓厚的卫道和说教的色彩。方苞的《狱中杂记》，姚鼐的《登泰山记》可以称得上是桐城派古文的代表之作。桐城派散文从清朝中期一直风靡至近代，直至"五四"运动，它才为白话文所取代，完成了自己的历史使命，也结束了我国古典散文的历史。

三、古代小说的发展概貌

我国古代小说的源头是远古的神话。先秦诸子散文中寓言故事对人生、社会的见解，历史散文中叙事方式的成熟，为小说的形成奠定了基础。

魏晋南北朝，是我国古代小说的第一个繁荣时期，也是我国历史上裂土割据、战乱频繁的大动乱时期。当时，整个社会弥漫着精神空虚、生命无常的情绪，加之佛、道以及迷信思想的盛行，上古神话传说和巫术文化的影响，这些因素共同促成了"志怪"小说的产生。志怪小说创作原本不少，但大多散佚，现存三十多种，比较完整的、最具代表性的作品，是东晋干宝所撰《搜神记》。"志人"小说则直接继承了先秦两汉寓言、史传中记载人物言行的传统，它的产生，与当时社会门阀世族崇尚清谈、喜爱品藻人物等原因有直接关系。南朝宋临川王刘义庆编撰的《世说新语》是这类作品的代表作。《世说新语》依内容分为《德行》《言语》《政事》《文学》等三十六门类，每类收若干则，全书共一千多则，篇幅较短小。《世说新语》记叙东汉末年三国至两晋时期士大夫阶层的生活和思想，暴露了豪门士族穷奢极欲的生活以及残忍暴虐，也记载了贵族们的嘉言懿行。《世说新语》语言精练含蓄，富于个性化，留下了许多脍炙人口的佳言名句，刻画人物注重细节，记言记事相结合，是后世笔记小说和小品文的先驱，对后世文学有深远影响。

唐传奇是在魏晋南北朝志怪小说的基础上发展起来。唐传奇的产生，标志着小说进入了一个成熟的时期。它多取材于现实生活，结构更完整，情节更生动，人物形象更鲜明。唐代传奇产生的原因有：社会生活为唐传奇的繁荣提供了丰富的素材，中唐文学通俗化为唐传奇提供了特有的时代氛围，科举考试"温卷"风气促进了唐传奇创作的繁荣。唐传奇主要分为四类：一是记叙神怪故事，如王度的《古镜记》、无名氏的《补江总白猿传》、张鷟的《游仙窟》、牛僧孺的《郭元振》、皇甫氏的《原化记》等。二是描写封建社会男女青年间的爱情、婚姻故事，表现出反封建思想倾向。如蒋防的《霍小玉传》、白行简的《李娃传》、元稹的《莺莺传》、李朝威的《柳毅传》等。三是反映唐代知识分子对功名利禄的追求及其幻灭，如李公佐的《南柯太守传》、沈既济的《枕中记》。四是描写豪侠义士的作品，如杜光庭的《虬髯客传》、裴铏的《聂隐娘》、袁郊的《红线》等篇。唐传奇小说以其高度的思想性和艺术性，丰富了我国小说的优良传统。唐传奇作家观察生活、概括生活的方法，运用语言、提炼语言的技巧，以及丰富大胆的想象，精巧缜密的构思等等，也给其他文学形式以有益的借鉴。因而，唐传奇小说在我国文学发展史上有着不可低估的地位。

　　宋代话本小说继承了唐代的传奇、俗讲、变文的思想和艺术传统，是在"说话人"（说书艺人）创作的基础上逐渐发展起来的。两宋时期，社会经济有了进一步发展，城市经济繁荣，市民的文化娱乐活动空前活跃，"说话"是当时雅俗共赏的一种文化娱乐方式，它的题材有爱情、传奇、战争、灵怪、公案等，十分广泛。"说话人"使用的这些底本就是宋代的话本小说。宋元话本数量很多，据《醉翁谈录》《也是园书目》《宝文堂书目》等书记载，约有一百四十篇小说话本的题目。小说话本的内容可分为三类：一是反映婚姻爱情的作品，《碾玉观音》《快嘴李翠莲》是其代表作品；二是描写诉讼案件揭示社会矛盾的作品，《错斩崔宁》《宋四公大闹禁魂张》等都是这类题材作品中的优秀篇章；三是讲述神仙鬼怪的作品，如《冯玉梅团圆》《杨思温燕山逢故人》《汪信之一死救全家》等。宋代话本小说的艺术水平已达到一定的高度，较之六朝的志怪小说、唐代的传奇已有新的发展。其主要的艺术特征是：在塑造人物的形象时，能在矛盾冲突中通过人物的语言和行动来刻画人物的性格，很少静止孤立的叙述。这些小说，一般都有较强的故事性，情节的发展环环相扣，层次分明，重点突出，引人入胜。语言简练通俗，生动活泼，极具艺术感染力。

宋元传奇小说内容丰富，主要有历史题材和世情题材两大类。以历史题材为主，作品有宋代乐史《绿珠传》《杨太真外传》，秦醇《赵飞燕别传》和无名氏的《梅妃传》。世情题材有张实《流红记》、无名氏《李师师外传》等。宋元传奇重史料而轻虚构，崇尚质实而缺乏激情，没有唐传奇那种感人的魅力，语言比较浅显通俗，采取了韵散相间的形式，继承了汉魏六朝小说艺术传统，并受到唐代传奇的影响。

明代兴起的长篇小说，是在前代故事、讲史、传奇、演义、平话、杂记等文学体裁上的进一步提高、升华而成，它们以宋元讲史话本为基础，在前人丰富的民间资料上进行加工、组合、丰富、充实，并给予文学上的润饰，形成前后联贯，篇幅浩大，人物众多的鸿篇巨制。明代的长篇小说以罗贯中的《三国演义》、施耐庵的《水浒传》、吴承恩的《西游记》和兰陵笑笑生的《金瓶梅》成就最高。

罗贯中的《三国演义》根据中国历史上三国时代的各种史载、传闻、杂记和说书人演出的本子等众多资料编写而成。《三国演义》叙述了从东汉灵帝至西晋武帝共计97年的历史。《三国演义》以宏大的结构，描写了三国时期尖锐复杂的政治、军事、外交斗争，反映了广阔而丰富的社会历史内容。作者通过对刘备、诸葛亮等正面形象的歌颂，对曹操等反面形象的谴责，表达了对"忠""义"等封建道德的崇尚，以及对国家统一、政治清明、社会安定的渴望，客观上反映了人民群众的意愿。这部作品在艺术上有突出成就：一是《三国演义》作为一部杰出的历史小说，历来有"七实三虚"之誉。作者在创作中，很大程度上依据了晋代陈寿的史书《三国志》，但又擅长虚构。小说中的精彩部分，如"三顾茅庐""赤壁大战""空城计"等片断，全是在简略史实基础上进行大幅度虚构创作而成，从而使历史真实和艺术真实达到了有机统一。二是善于刻画人物，选取许多典型事件，将人物置于现实矛盾的尖锐冲突中，通过他们的言行来展示性格，并注重细节描写，运用对比、夸张等手法来突出人物的不同性格，塑造了许多栩栩如生的典型形象。如曹操被塑造成"奸雄"，包含了残忍、虚伪、狡诈、多疑、善变的特性，野心家兼阴谋家。诸葛亮是罗贯中精心塑造的形象，在民间广为流传，是聪明和智慧的化身。刘、关、张分别被视为"仁""义""武"的化身。三是小说采用了多头绪、多层次的网状结构形式，把纷繁复杂的历史事件，特别是战争，写得条理清楚、主次分明、有声有色。此外，《三国演义》在吸收史传语言的基础上又适当加以通俗化，形成一种"文不甚深，言不甚俗"的语言风格。

施耐庵的《水浒传》取材于北宋末年山东梁山农民起义英雄故事，作者在元杂剧、元刊《大宋宣和遗事》、民间艺人说书讲史和正史《宋史》的基础上经过组织和加工写成。《水浒传》展示了当时社会黑暗腐败的现实，通过对上至皇帝权臣，下至州府官吏、地方豪强种种荒淫奸邪、巧取豪夺等丑恶行径的暴露，突出了官逼民反的事实，揭示了农民起义的社会根源。《水浒传》情节从众英雄被逼上梁山反抗官军开始,到排定英雄座次,受招安,征辽、征田虎、征方腊,直至最后失败,展示了农民起义从产生、发展至招安、失败的全过程。作者肯定了"替天行道"和反贪官的主题。《水浒传》艺术成就表现在:一是人物塑造十分成功。全书五百多个人物,作者着力刻画的也有十多个。作者能紧扣人物身份、经历和性格进行刻画,尤其善于让人物在生死存亡的激烈冲突中显现其性格的光彩,塑造了有血有肉、栩栩如生的典型形象,构筑起英雄人物的群体雕像。塑造的梁山泊 108 位英雄好汉,他们出身各异,道路不同,个性鲜明突出,如鲁智深粗中有细,李逵洒脱粗犷,武松大胆机智,宋江两重性格,林冲疾恶如仇,均有不俗的描述。二是《水浒》是第一部用白话写成的长篇巨制,小说以口语为基础,经过加工锤炼,语言明快、洗练、准确、生动,通俗易懂。三是《水浒传》的结构也很有特点。由于它的长篇结构是建立在短篇人物故事的基础上,故小说中还残存着个人传记的痕迹。最明显的是第 23 回至第 32 回这十回,集中叙述了武松的故事,可以看作武松的专传。此外,宋江、鲁智深、林冲、杨雄、石秀的故事,也都有着较明显的独立性。而这些相对独立的故事,全都统一于梁山好汉从四面八方奔赴梁山的主题之下,形成了一种百川归海的态势,成为一个有机的整体。

  吴承恩的《西游记》以唐代高僧玄奘法师西天取经的故事为基础,以前人说唱及民间流传资料为据,以浪漫主义的丰富想象力进行再创作。《西游记》叙述唐僧、孙悟空、猪八戒、沙僧四人,从东土前往西天取经,历经八十一难,终于取得真经归来的故事。唐僧师徒求取真经的历程,实际上有着正义力量战胜邪恶势力并征服大自然的象征意义。作品通过对天上人间的神佛帝王、妖魔鬼怪的描写,曲折反映了明代封建社会的现实,对封建制度给以无情的讽刺、暴露和抨击。《西游记》艺术成就表现在：一是《西游记》长达七八十万字，是世界上绝无仅有的一部长篇神话小话，作者发挥其天才的想象力，在书中创造了一个五光十色、神妙奇异的世界，超越了人间凡界，又与现实牵连，封建统治者的各种嘴脸，都从小说中妖魔、帝王、官员的身上体现出来，处处闪烁着浪漫主义的异彩。二是《西游记》塑造了许多特殊形象，人、神、兽三位一体。在他们身上，有人的喜怒哀乐，七情六欲，也有神仙妖怪的呼风唤雨，腾云驾雾的本领。三是小说还洋溢着一种积极向上的乐观基调，富于喜剧色彩。唐僧师徒四人即使身陷魔窟，读者也丝毫不感到紧张、恐惧，总是感到兴趣盎然。《西游记》语言诙谐幽默，妙趣横生，并杂以方言俗谚，人物语言富于个性，孙悟空的机智敏捷、桀骜不驯，猪八戒的多言善辩，唐僧的端正迂阔，沙和尚的忠诚少语，都恰到好处地烘托了每个人的性格特点。

　　清朝是中国封建社会的最后一个王朝，是封建文学的集大成时期，小说创作兴盛，作家林立、流派纷呈，其中以蒲松龄的《聊斋志异》、吴敬梓的《儒林外史》和曹雪芹的《红楼梦》成就最高。

　　蒲松龄的《聊斋志异》因其书斋名"聊斋"而得名。《聊斋志异》是蒲松龄一生心血的结晶，小说用谈狐说鬼的形式，来寄托他的爱憎、理想，发泄胸中的积愤。小说近五百篇，内容大致可分为三类：一是嘲讽封建社会的黑暗政治以及帝王官绅的罪恶；如《席方平》《促织》《梦狼》等；二是揭露科举制度的种种弊端；如《司文郎》《叶生》《王子安》等；三是反对封建婚姻制度，歌颂纯真爱情；如《阿宝》《婴宁》《小谢》《连城》等。《聊斋志异》的艺术成就达到了我国文言短篇小说史上的高峰，体现在：其一，创作方法上有独到的审美性，一书而兼二体，传奇志怪相结合。大多数作品都是现实主义与浪漫主义的有机结合,一方面把鬼狐花妖和幽冥世界等非现实事物组织到现实社会中来,又极力把鬼狐花妖人格化,幽冥世界社会化。通过人鬼相杂,幽明相间的生活画面来深刻地反映现实矛盾,充分利用鬼狐花妖和幽冥世界所提供的超现实力量,来寄托作者的理想追求,构成了作品想象丰富奇特,情节变幻曲折,境界神异迷人的艺术风格,给人以极大的审美享受。其二,《聊斋志异》一书词汇丰富,句法多变,创造性地吸收了古文和白话小说的优点,既典雅工丽又生动活泼,使语言极富形象性和表现力,充分体现了作者对语言艺术美的追求。其三,《聊斋志异》突破了传统短篇小说的局限,把塑造人物形象作为小说创作的中心任务,变故事体为人物体,体现了中国短篇小说的发展趋势。

吴敬梓的《儒林外史》是一部著名的长篇讽刺小说。它以明代社会为背景,以儒林文人生活为中心,反映了18世纪中国中下层社会、尤其是文人圈子里的光怪陆离的生活现实,描绘了在封建礼教和科举制度的毒害下,各类知识分子的精神面貌,讽刺矛头指向官僚制度、封建伦理及整个社会风尚,表达了作者反对科举、轻视功名利禄的思想,成为我国古典讽刺小说的代表作品。

曹雪芹的《红楼梦》又名《石头记》或《金玉缘》,全书一百二十回。曹雪芹写完前八十回后,贫病交加,加上爱子夭折,不久逝世,后四十回为高鹗所作。内容以荣、宁二府贾家和王、薛、史三家合为"金陵四大家",共荣共富,后被抄家、衰落的过程为背景,以贾宝玉、林黛玉爱情悲剧为主线,穿插了金陵十二钗的身世、经历和结局。《红楼梦》的社会意义在于以贾府兴衰史来揭示封建大家族的腐败、贪淫,预示封建制度行将崩溃和必然灭亡的趋势。《红楼梦》达到了我国小说艺术的最高成就,体现在:第一,运用多种手法塑造了众多不朽的人物形象，除贾宝玉、林黛玉两个典型形象外，还塑造了一个具有高度典型意义的薛宝钗的形象，此外，其他人物形象也血肉丰满，很少雷同，使人过目难忘；第二，《红楼梦》的结构宏伟而又自然，书中既有许多家庭生活的细节描写，又有一些波澜壮阔的宏大场面，参差错落，一切情节，都是按预先"太虚幻境"中歌词所标明的方向去铺陈，但读来却不觉得生硬、晦涩，无人工斧凿的痕迹；第三，《红楼梦》的语言以纯正、优美的北方官话为基础，平淡而含蓄，通俗而典雅，丰富而深刻，自然而多彩。《红楼梦》问世后，影响极大，仅仅续书就有三十余种，研究《红楼梦》成了一种专门的学问——"红学"，并已发展为一门国际性的学问。《红楼梦》在国际上享有崇高的声誉，得到了极高的评价。

清初至清中叶，英雄传奇和历史小说仍有不少作品产生。这些小说中，以陈忱的《水浒后传》、钱彩的《说岳全传》、西周生的《醒世姻缘传》、李海观的《歧路灯》以及李汝珍的《镜花缘》的成就较高，影响较大。陈忱的《水浒后传》是《水浒》续书中最成功的一部。钱彩的《说岳全传》，吸取了说唱文学的成果，作品通过一系列战争，成功地塑造了杰出的爱国将领岳飞的形象，作品谴责了张邦昌和秦桧等的卖国行为，可以看出作者假借南宋历史教训，谴责奸党误国的用心。

晚清谴责小说盛行一时。李宝嘉的《官场现形记》、吴沃尧的《二十年目睹之怪现状》、曾朴的《孽海花》和刘鹗的《老残游记》，并称为清末四大谴责小说。另外，林纾所译西洋小说用古文铺叙，对介绍西方文学有一定积极作用。

四、古代戏曲的发展概貌

戏曲是综合性的艺术，它通过舞台人物的科介、宾白、歌曲、舞蹈来表演一个完整的故事，同时有音乐伴奏。相传出于葛天氏时期的《八阕》歌，是由三人执牛尾边舞边唱的，歌题有《逐草木》《奋五谷》等。伊耆氏时期的《蜡辞》、黄帝时期的《弹歌》，同样表现了古代人民的农业生产劳动和狩猎生活。这些反映我国古代劳动人民生活的歌辞和舞蹈，是我国戏曲发展最远的源头。西周末年出现了"优人"技艺，以表演歌舞为主的叫倡优，以表演滑稽调笑为主的叫俳优，当时的优人已开始扮演人物，作模拟式的表演了。汉代出现了"百戏"，包括各种杂技、乐舞和带简单故事的"角抵戏"。南北朝出现了歌舞"踏摇娘"，采用了且步且歌、和声伴唱的形式，串演一个简单的故事。唐代的"参军戏"盛极一时，它由一名参军、一名苍鹘两个角色扮演人物，用幽默可笑的语言和滑稽的动作作讽刺性表演，已具备了宋元戏剧的雏形。宋金时期出现的宋杂剧、金院本等表演形式，标志着我国戏剧初步形成，出现了滑稽戏、歌舞戏、傀儡戏、讲唱戏等，其中诸宫调对后世影响很大。

元代是我国戏曲史上最重要的时期。元代杂剧名家辈出，佳作如林，在不足百年的时期内，有姓名可考的杂剧作家有 90 余人，见于记载的剧目有 600 多种，剧本 162 种，涌现了被后人称为"元曲四大家"的关汉卿、马致远、白朴、郑光祖和以《西厢记》"天下夺魁"的王实甫等著名剧作家。元杂剧融合了前代各种表演艺术，把唱、念、科、舞等艺术形式结合起来，形成一种用北曲演唱的、表演完整故事、人物角色众多的综合性的戏曲艺术形式。剧本体制、舞台表演都具有鲜明特点和独特的民族风格。剧本结构基本为固定的四折—楔子。"折"指剧本中的一个段落，相当于话剧的一幕。"楔子"是四折之外的独立的短段，一般放在剧本开端，作用相当于序幕；元杂剧的角色一般分为末、旦、净、杂四种。"末"扮演中年男子，"旦"扮演女性人物，"净"则扮演剧中次要人物，多为性格粗豪或诙谐滑稽的人物，"杂"则为剧中末、旦、净之外的次要杂角，如官员、仆役、老妇、儿童等。全剧的演唱，仅由末或旦来担任，其他角色只是随声应答。由末主唱的戏叫"末本戏"，由旦主唱的戏叫"旦本戏"。元杂剧的音乐采用北曲，继承了诸宫调的体制。元杂剧每折为一种宫调，各折宫调有固定搭配。除演唱外，尚有科白。"科"是指剧中的表情、动作，一般在剧本中都有提示。"白"即人物道白，也叫宾白。元杂剧有唱有说，有舞蹈及武打动作，从而奠定了中国戏曲的艺术特色。元杂剧的出现，标志着我国戏曲艺术的成熟。

　　元杂剧反映了广阔的社会生活，内容极其丰富，主要题材有以下五类：第一，爱情剧。主要描写青年男女对爱情与婚姻自主的追求，鲜明地体现了反对封建制度及封建道德规范的倾向，代表作有王实甫的《西厢记》、白朴的《墙头马上》等。王实甫的《西厢记》思想意义和艺术上都有很大提高，剧本以极大的热情歌颂了张君瑞和崔莺莺为争取恋爱自由、追求个人幸福所进行的斗争，鲜明地揭露了封建礼教代表人物老夫人的专制、权诈和虚伪，批判锋芒直指封建礼教及封建婚姻制度。作品最后归结到"愿普天下有情的都成了眷属"这一点上，反映了封建社会青年男女的普遍愿望。第二，公案剧。一般通过刑事案件的审判，揭露贪官污吏贪赃枉法、草菅人命的罪恶，歌颂人民群众的不屈斗争，同时也表彰廉洁公正的清官（主要是包公），代表作有关汉卿的《窦娥冤》《鲁斋郎》及无名氏的《陈州粜米》等。第三，水浒剧。它们主要描写梁山英雄除暴安良、解民倒悬的侠义行动，其中尤以歌颂梁山好汉李逵的戏为多，代表作有康进之的《李逵负荆》等。第四，世情剧。主要揭露社会上形形色色的丑恶现象，批判矛头尤其集中于统治阶级对妇女朝三暮四的行径以及守财奴、败家子、伪君子之类人物，代表作有关汉卿的《救风尘》、郑廷玉的《看钱奴》、秦简夫的《东堂老》等。第五，历史剧。主要表现历史上重大的政治斗争和民族斗争，歌颂忠臣义士，谴责奸臣贼子，表彰民族英雄，批判异族侵略者和卖国贼。这些历史剧都有借古讽今的含义，曲折地表达了元代人民的政治、道德观念，代表作有纪君祥的《赵氏孤儿》、关汉卿的《单刀会》、马致远的《汉宫秋》等。元杂剧在艺术上具有鲜明的特色：首先，现实主义是其创作主流，但也不乏积极浪漫主义的描写；其次，戏剧矛盾集中，主线突出，情节紧凑而富于变化，具有很强的戏剧效果；再次，重视人物性格刻画，塑造了一大批个性鲜明的人物形象；最后，戏剧语言丰富多彩，有的作家注重本色，如关汉卿等；有的作家注重文采，如王实甫等，都具有很强的表现力。元杂剧以其深厚的思想内容和高超的艺术成就，为我国古代戏曲艺术树立了第一座丰碑。

与元杂剧在当时并行的戏曲形式是"南戏"，南戏又称"戏文""南曲戏文""温州杂剧""永嘉杂剧"等，它约产生于北宋末年，主要在温州一带流行。入元之后，元杂剧以其丰富的题材和新颖的艺术形式逐渐取代了南戏，但由于南方人"北曲不谐南耳"，到了元代后期元杂剧趋向衰微，南戏又吸收了元杂剧的某些优点，重新兴盛起来。南戏在体制上比元杂剧更自由，唱腔采用南方流行的民间曲调，不受宫调限制，风格比较柔婉，与北杂剧刚健风格有所不同，出现了"南北合套"的形式，即兼用南曲北曲，丰富了音乐的表现力。南戏的结构比较自由，每本戏分若干"出"，多者可达四五十出，少的也可以一二十出。角色分工更细，有生、旦、净、末、丑、外、贴七种，各种角色都可演唱。南戏开始时流行于浙江、江苏，后又传入江西、安徽等地，出现了各种声腔，如海盐腔、杭州腔、弋阳腔、昆山腔等，又由于声腔不同，产生新的地方剧种。近代的昆曲，就是由江苏昆山腔演变而来的。最早的南戏剧本有《张协状元》《宦门子弟错立身》《小孙屠》，因存于《永乐大典》残本中，故称"永乐大典戏文三种"。元末杂剧衰微，南戏复兴，代表作有《荆钗记》《白兔记》《拜月亭》《杀狗记》四种，称为"四大传奇"。元代最著名的南戏为高明的《琵琶记》，剧中讲述了东汉文人蔡伯喈与妻子赵五娘的爱情悲欢故事。蔡伯喈与赵五娘新婚两个月，即奉父命上京赴考，得中状元，被牛丞相招为女婿。赵五娘独自在，家供养公婆。时逢大旱，赵五娘卖掉嫁衣，供养二老，自己吃糠咽菜。二老死后，又罗裙包土，埋葬二老，身背琵琶进京寻夫，几经周折，终于与丈夫团圆。剧中歌颂了赵五娘的善良、勤劳、坚强、勇于自我牺牲的精神，塑造了具有中国传统美德的妇女形象，从侧面反映了社会的苦难，此剧被称为"南戏之祖"。

明清两代的传奇创作异常繁荣，已知传奇作家有七百多人，所作剧本有2000种以上，存世作品有600种之多。明代传奇创作盛行于明中叶嘉靖年间，此时的代表作品，有李开先的《宝剑记》（写林冲被逼上梁山的故事），王世贞的《鸣凤记》（写嘉靖年间杨继盛等忠臣与权奸严嵩父子进行斗争的故事），梁辰鱼的《浣纱记》（以吴越兴亡为背景，写范蠡、西施的爱情故事）。《浣纱记》的意义，除了将爱情与政治结合起来描写外，还在于它是第一部用经过魏良辅改革的昆山腔谱写的传奇剧本，为昆山腔日后的传播普及，起到推动作用。

明代最杰出的戏曲家是汤显祖。汤显祖，字义仍，号海若、清远道人等，江西临川人。他于万历十一年中进士，历任南京太常寺博士、礼部主事等职。

后因上书《论辅臣科臣疏》，被贬为广东徐闻县典史，不久弃官还乡，潜心戏曲创作，其代表作为《牡丹亭》，另有《南柯记》《邯郸记》《紫钗记》，合称"临川四梦"，又称"玉茗堂四梦"。《牡丹亭》又名《还魂记》，全剧共五十五出，剧中叙述了南安太守杜宝的女儿杜丽娘与书生柳梦梅生生死死的爱情故事，表现了作者反对封建婚姻制度、追求个性解放的思想。艺术亦有极大的独创性，全剧曲词优美，人物刻画细腻，情节构思曲折离奇。明末清初传奇代表剧作还有李玉的《清忠谱》，叙述了明末东林党人与阉党魏忠贤的斗争，反映了明末市民阶层的政治觉醒，在剧中表现了大规模群众斗争。李玉尚有《千钟禄》《一捧雪》《人兽关》《永团圆》《占花魁》等作品。

洪昇和孔尚任是清代两位最杰出的戏剧家，籍贯一南（钱塘）一北（曲阜），号称"南洪北孔"。洪昇，字昉思，号稗畦，杭州钱塘（今浙江杭州）人，出身江南望族，从小受到很好的教育，24岁到北京国子监读书，在京师颇有诗名，但在政治上一直没有找到出路，布衣终老。《长生殿》是作者经历十年、三易其稿精心创作的传奇之作，于康熙二十七年（1688年）最后修订而成。《长生殿》所演绎的是历史上有名的唐玄宗、杨贵妃爱情悲剧，歌颂了李、杨真挚的爱情，揭露了他们的荒淫享乐及其后果，传达了强烈的民族情绪，也因此触发统治者的忌讳。《长生殿》在艺术上达到了很高成就，受到广泛的欢迎。洪昇剧作尚有杂剧《四婵娟》。

孔尚任，字聘之，号东塘，山东曲阜人。是孔子的64代孙。年轻时用心举业，曾为监生。康熙南巡途经曲阜，孔尚任在驾前讲经，受到康熙赏识，被破格提拔为国子监博士。此后他参与了治理黄淮的工程，了解了官场的腐败，也接触了不少具有遗民思想的文人，并搜集了大量南明史料，在此基础上创作了《桃花扇》。此剧从动笔到完稿，前后历时十年，三易其稿，成于康熙三十八年（1699年）。《桃花扇》以明末复社名士侯方域与秦淮名妓李香君的爱情故事为线索，叙写了南明王朝的兴衰历史。由于《桃花扇》中蕴含着浓厚的民族思想、民族情绪，为清代统治者所忌，不久被无故罢官，于康熙五十七年（1718年）卒于曲阜家中。孔尚任的戏曲作品还有《小忽雷》。

与元代相比，明清两代的杂剧创作呈现出日见衰微的趋势，但仍有一些值得注目的作品，如明代徐渭的《四声猿》（《狂鼓史》《翠乡梦》《雌木兰》和《女状元》四个剧本），清代杨潮观的《吟风阁杂剧》（包括32个短剧）等。这一阶段的杂剧，体制有所变化，一些剧本打破元杂剧"四折一楔子"的固定模式，篇幅随情节而任意伸缩，甚至出现独折短剧，有的杂剧还采用南曲唱腔，表现出一定的灵活性，但总的来说，成就不大。

近代是中国戏剧发展史上的重要时期。昆曲的衰落，地方戏和京剧艺术的蓬勃发展、戏曲改良运动的兴起以及我国早期话剧的萌芽与成长，是这一时期戏剧发展的主要内容。鸦片战争以后，中国社会发生了巨大变化，昆曲由于题材内容狭窄、语言过于典雅及曲律严饬、节奏缓慢，已无法适应社会的审美需求。以前独占舞台的昆曲，不得不容忍号称"乱弹"的地方戏与之平分秋色。地方戏得以广泛流传，京剧艺术也得到进一步发展。地方戏发展到三百种以上，剧目有五万余个。在清代地方戏曲这些不同时期的各类剧目中，无论是取材于日常生活的小戏，还是以历史故事、民间传说为题材的大戏，无论是本剧种创作、改编的新戏，还是继承、移植前代古老剧种的旧戏，都不同程度地包含了作者对时代和现实生活的切实感受。一些代表性作品，相当深刻地反映了封建末世所存在的各种尖锐复杂的社会矛盾和阶级斗争。

第三节　中国现代文学

中国现代文学以 1917 年 1 月《新青年》杂志发表胡适的《文学改良刍议》为开端，以 1949 年第一次全国文学艺术工作者代表大会的召开为终点，前后大致三十年。我们将之分成三个阶段：

一、第一个阶段（1917—1927 年）

1917 年初发生的文学革命，标志着古典文学的结束、现代文学的起始。文学革命以新诗即白话诗的创作为突破口。胡适是新诗最早的开拓者，白话诗不同于古典诗歌的突出特点是：在内容上集中表现了对于个人命运、民族命运的关注；在形式上以改变诗歌语言为突破口，以白话为诗，有意识地摆脱古典诗词的格律，实现了"诗体大解放"。

文学革命发动后，很快便产生了社会效应：白话文全面推广，各地爱国学生团体纷纷创办白话刊物，学校低年级国文课教育也统一使用白话文。外国文学思潮广泛涌入，如现实主义、自然主义、浪漫主义、象征主义、印象主义、心理分析派等等，许多觉醒的青年和文学作者纷纷选择运用西方各种文学样式和创作手法，以倾吐自己内心愿望，表现"五四"时代叛逆、自由、创造的精神，成为新文学的第一代作家，并且各自组成文学社团。

文学研究会成立于 1921 年 1 月，发起人有周作人、郑振铎、沈雁冰等，他们注重文学的社会功利性，宣称"为人生而艺术"，被认为是现实主义派。创造社成立于 1921 年 6 月，发起者有郭沫若、郁达夫、成仿吾、田汉等，都是当时在日本留学的学生。他们初期主张"为艺术而艺术"，强调文学必须忠实地表现作者内心的要求，重视文学的美感作用。郭沫若的代表作《女神》把"诗体大解放"推向极致，使诗的抒情本质和个性化得到了充分体现，是中国现代诗的奠基作。

新月社成立于1923年，由胡适、徐志摩、闻一多、梁实秋等人发起，成员多是旅英旅美留学生，他们被称为"新月派"。新月派提出了"理性节制情感"的美学原则与诗的形式格律化的主张，闻一多提出了"音乐美、绘画美、建筑美"的三美理论并用于新诗创作中，代表作为《发现》和《死水》。徐志摩是新月派最重要的诗人，他热烈追求"爱""美"与"自由"，执着地追寻"从性灵深处来的诗句"，代表作为《再别康桥》。

语丝社成立于1924年11月，因发表针砭时弊的杂感小品而被称为"语丝派"。鲁迅和周作人是"语丝派"的核心作家，成员有钱玄同、林语堂、俞平伯等。他们所创造的着重社会批评与文化批评、任意而谈的随笔文体，又称为"语丝体"，在现代散文发展中影响甚大。

此外还有浅草社和沉钟社。这两个社团于先后成立，骨干成员有冯至、林如稷、陈翔鹤。他们致力于介绍外国文学，多抒写知识青年苦闷的生活和忧郁的情感，色彩感伤。

1918年5月，《新青年》杂志发表了鲁迅的《狂人日记》，这是中国现代文学史上第一篇现代白话文短篇小说，成为中国现代小说的开山之作。随后，鲁迅的创作一发不可收拾，1918至1922年连续创作了15篇小说，于1923年编入小说集《呐喊》；1924年至1925年创作了11篇小说，收入1926年8月出版的小说集《彷徨》。鲁迅的《呐喊》《彷徨》是中国现代小说的杰出代表。中国现代小说可以说是在鲁迅手中开始，又在鲁迅手中成熟。

在现代文学的第一个十年中，小说创作除了鲁迅的作品外，也有众多流派，呈现出多样的风格：有以冰心、王统照、卢隐为代表的问题小说，如《超人》《海滨故人》《沉思》等；有以王鲁彦、彭家煌、台静农为代表的乡土小说；郁达夫《沉沦》为代表的自我抒情小说等。

中国现代话剧艺术的自觉探讨与创造是由春柳社开始的。1907年2月中国留日学生李叔同、曾孝谷、欧阳予倩等组织的春柳社，在东京演出了《茶花女》第三幕。他们注重演出的布景、道具、服饰、化妆及表演的"写实性"，以建立新的演出方式。

"五四"时期散文的革故鼎新是自觉而彻底的，鲁迅甚至认为这一时期"散文小品的成功，几乎在小说戏曲和诗歌之上"。这一阶段散文派别林立，创作数量之大，文体品种之丰，风格之绚烂多彩，名家之多，都是异常触目的。产生了鲁迅、周作人等散文大家，以及冰心、朱自清、郁达夫、林语堂等诸多不同风格的散文名家。散文创作的个性特征与时代特征的扩张，以及由此产生的散文内容、形式风格的独创性，无疑是新文学的重要收获。

二、第二个阶段（1928—1937年6月）

1928年1月，由蒋光慈、钱杏、孟超等共产党员作家组成的太阳社，通过创办《太阳》月刊，倡导"革命文学"，积极提倡无产阶级革命文学，反映工农大众的生活与斗争。同年3月，以胡适、徐志摩、梁实秋等为核心，倾向自由主义的作家创办《新月》月刊，公开表明自己的态度，提出维护"独立""健康的原则"与"尊严的原则"。这两种观点对立的刊物的出版，标志着现代文学进入了新的历史发展时期，通常称之为"第二个十年"。

小说方面，第二个十年的中国小说可谓繁盛一时。小说大家除鲁迅外，还有茅盾、老舍、巴金三人，他们的长篇小说创作构成了现代长篇小说的三大高峰。

茅盾是现代文学第二个十年里极具代表性的作家，在小说领域内，他将"为人生"的现实主义精神接过来，加以发展，建立起在当时属于全新的革命现实主义文学模式。他的中长篇小说代表作有《蚀》三部曲（《幻灭》《动摇》《追求》）以及《子夜》《林家铺子》。

老舍对文化批判与民族性问题的格外关注，他的小说通过对北京市民日常生活全景式的风俗描写，展示出对转型期中国文化尤其是俗文化的冷静的审视。老舍非常熟悉社会底层的市民生活，喜爱流传于市井巷里的戏曲和民间说唱艺术，这使他的作品具有浓郁的"京味"风格。这一时期，老舍的代表作是长篇小说《骆驼祥子》，以及《我这一辈子》《月牙儿》《断魂枪》等中短篇小说。

巴金是一个真诚的理想主义者，他的小说创作非常丰富，作品带有强烈的主观性和抒情性，其代表作有《灭亡》、激流三部曲中的《家》和爱情三部曲（《雾》《雨》《电》）。

左翼作家自觉以现代大工业中产业工人代言人的身份，对封建的传统农业文明与资本主义工业文明及西方殖民主义同时展开批判，要求文学更自觉地成为夺取政权的无产阶级斗争的工具。他们中柔石的《为奴隶底母亲》，胡也频的《光明在我们面前》、丁玲的《莎菲女士的日记》、张天翼的《包氏父子》、叶紫的《丰收》，以及其中的"东北作家群"作家萧军的《八月的乡村》、萧红的《生死场》等，在整个20世纪中国现实主义小说中具有举足轻重的地位。

"京派"作家是30年代前后新文学中心南移上海后继续留在北京活动的一个自由主义作家群的一个独特的文学流派，基本特征是关注人生，但和政治斗争保持距离，强调艺术的独特品格。主要成员有沈从文、李健吾、朱光潜等。沈从文是其中的代表作家。他笔下的湘西世界，显示出一种原始古朴的人性美、人情美，包含有对人的生活形态中有别于现代文明的那种优美、自然，并大量渗入作家的情感、情绪，把自己的童年记忆长久地带进当下记述，从而有意增强了叙事作品的抒情倾向。其小说代表作为《边城》。

"海派"作家的概念是与京派对立的，最初这两个名词是沈从文在20世纪30年代挑起的一场文学争论中提出的，20世纪30年代写实小说和抒情小说流派基本上分别被京派和海派所分割。海派作家应该是指活跃在上海的作家（未必是上海人）。广义上的海派指所有活跃在上海的作家派别，包括左翼文学、新感觉派文学、鸳鸯蝴蝶派；狭义上仅指新感觉派。新感觉派文学是20世纪30年代以上海为中心的东南沿海城市商业文化与消费文化畸形繁荣的产物，他们依托于文学市场，既享受着现代都市文明，又患着"都市文明病"，对都市文明既留恋又充满幻灭感的矛盾心境。代表作有穆时英的《上海的狐步舞》、刘呐鸥的《都市风景线》等。此外，张恨水的言情写实小说《金粉世家》《啼笑因缘》等也体现了"现代性"的特质。

第二个十年中的诗坛，以现代诗派"诗坛的领袖"戴望舒最为引人注目。他的代表作是《雨巷》，情调感伤，追求意象的新颖和朦胧以及诗的音乐美。现代派诗歌的出现，是及时感应世界文学思潮的发展和流变结果，现代派诗歌汲取了现代主义的一些表现手法，表达了现代人独特的情绪。

在散文领域，成就最突出的是鲁迅的杂文。鲁迅的杂文主要收入《三闲集》《南腔北调集》《伪自由书》《且介亭文集》等。

在戏剧方面，这一时期曹禺的出现标志着中国现代话剧走向了全面成熟。曹禺的代表作有《雷雨》《日出》《原野》《北京人》。此外，田汉的

《回春之声》、夏衍的《上海屋檐下》都是有名的戏剧作品。

三、第三阶段（1937年7月—1949年9月）

这十二年的文学，通常又称为40年代文学。最显著的特征就是文学和战争与救亡发生紧密联系。这一时期，全国划分为几个不同的政治区域：国统区（国民党统治的地区）、解放区（共产党领导的敌后根据地）、沦陷区（日本侵略军占领的地区）和上海"孤岛"（从1937年11月日军占据上海后，租界处于被包围之中的特殊地区，直到1941年12珍珠港事件发生，日军进入租界为止）。

1937年7月至1944年9月，国统区文学的文学创作以爱国主义的主题为主线。老舍的《四世同堂》、茅盾的《霜叶红于二月花》、萧红的《呼兰河传》、路翎的《财主底儿女们》是这一时期国统区小说的代表作。1944年9月，国统区掀起了民主运动热潮，文学主题在沿着前一时期继续发展的同时，更集中于两个领域：对黑暗的诅咒和对腐朽现实政治的否定，以及知识分子在新时代到来之前的自我内省与历史总结。

在诗坛上，艾青的出现成为继胡适、郭沫若后的第二个高峰，他是这一时期最有影响力的诗人。艾青把胡适、郭沫若开创的现代自由诗的开放洒脱与新月诗人特别注重格律的规范化融合起来，开创了自己独特的散文美、散体化的诗歌。其代表作有《我爱这土地》《向太阳》《雪落在中国的土地上》等。

这一时期的话剧，以独幕剧为主，又创造了街头剧、茶馆剧、朗诵剧等新形式，以被戏剧界称为"好一计鞭子"的三个短剧《三江好》《最后一计》《放下你的鞭子》为这一类剧作的代表。同时，也出现了历史剧创作的热潮，郭沫若的《屈原》《南冠草》《孔雀胆》，欧阳予倩的《忠王李秀成》等都较为有名；表现现实题材的戏剧也不在少数，如于伶的《夜上海》、陈白尘的《升官图》、夏衍的《法西斯细菌》、田汉的《丽人行》、吴祖光的《风雪夜归人》等。

　　解放区的创作基调是明朗、素朴。作家们很少再写以往新文学中常见的知识分子个人的情感生活，甚至很少注意对现实生活的矛盾和黑暗的揭露，取而代之的是对新社会新制度的赞美以及对人民群众斗争生活的热情描绘。小说创作的代表作有：赵树理的《小二黑结婚》、孙犁的《荷花淀》、丁玲的《太阳照在桑干河上》、周立波的《暴风骤雨》、柳青的《种谷记》等。现代诗歌发展中别树一帜的民歌体叙事诗，如李季的《王贵与李香香》一度盛行。

　　1937年11月，上海沦陷后成为"孤岛"。有一部分留在上海租界的作家仍然坚持创作，并利用各种艺术形式配合抗日救亡活动，史称"孤岛文学"。1941年12月太平洋战争爆发后，上海结束了孤岛文学时代，纳入沦陷区文学。在沦陷区，一些作家倡导"乡土文学"，产生了一批揭示沦陷区人民真实的生存困境与不屈不挠的民族生存意志而又富于乡土气息的现实主义作品。另一些作家则从个体的战争体验出发，转向对作家自我的平凡性，对于"软弱的凡人"的历史价值，对于人的日常平凡生活的重新发现与肯定，由此而形成了以张爱玲为代表的新的美学追求——从时代的中心主题向"日常生活"和"永久的人性"转向，形成"反英雄、反浪漫"的倾向。这一时期，张爱玲的代表作有《倾城之恋》《红玫瑰与白玫瑰》《金锁记》等。钱钟书的《围城》揭露了抗战时期中上层知识分子的众生相，表现了封建传统文明与现代西方文明夹击中的中国知识分子的精神病态。

总之，中国现代文学成就巨大，涌现出了很多优秀的作家和作品。虽然动荡不定的社会给予了这一时期的文学作品浓郁的尘世印痕，但作家们的灵感、智慧、气质和胸襟还是令这些佳作具备了极强的艺术美感，经得住人们的反复阅读。

第四节　中国当代文学

中国当代文学是指 1949 年 7 月在北平召开的中华全国文学艺术工作者代表大会之后的文学。它以 1976 年为界，分为前后两个阶段。

一、第一个阶段（1949 年 7 月—1976 年）

在诗歌创作上，代表诗人有艾青、贺敬之、郭小川、流沙河等。这些诗歌在一定程度上反映了当时人们的精神面貌，取得了一定的成就。其中名篇有艾青的《礁石》、贺敬之的《桂林山水歌》、郭小川的《望星空》、流沙河的《草木篇》等。

在散文创作上，杨朔、秦牧、刘白羽被称为这一时期的"散文三大家"。杨朔的《海市》《雪浪花》《茶花赋》，秦牧的《土地》《花城》《社稷坛抒情》，刘白羽的《长江三日》。此外，冰心的《樱花赞》，碧野的《天山景物记》，翦伯赞的《内蒙访古》等成就较高。这些作品大多被选入中学课本，成为中学语文教材传统篇目，影响了几代人。

在小说创作上，两个从 20 世纪 40 年代即已萌芽的比较重要的小说创作流派值得关注。一个是以孙犁为代表的"荷花淀派"河北作家群，主要人物有刘绍棠、从维熙等，其创作特点是通过日常琐事透视时代风云，揭示农村生活的自然美和人情美，代表作有孙犁的《山地回忆》《铁木前传》，刘绍棠的《青枝绿叶》；一个是以赵树理为代表的"山药蛋派"山西作家群，主要人物有马烽、西戎，其创作特点是采取传统话本手法，强调通俗易懂，为老百姓喜闻乐见，靠个性化语言和细节来刻画人物，代表作有赵树理的《三里湾》《锻炼锻炼》《实干家潘永福》，马烽的《我的第一个上级》。

革命历史剧和现实生活剧构成了新中国话剧的主流。主要有老舍的《龙须沟》和《茶馆》；郭沫若的《蔡文姬》，夏衍的《考验》，田汉的《关汉卿》。来自部队的剧作家的代表作有胡可的《槐树庄》、沈西蒙的《霓虹灯下的哨兵》。

二、第二阶段（1976年至今）

李存葆的中篇小说《高山下的花环》在20世纪80年代开了以悲剧形式反映战争和军营生活的创作先例，反映军队内部矛盾和反思历史伤痛，展现了广阔的社会生活画面。张炜的《古船》、陈忠实的《白鹿原》，以当代眼光和当代意识重新审视半个世纪的中国历史，将反思深入到家族文化层面，从哲理的高度剖析生活的底蕴，具有浓郁的思辨色彩。

党的十一届三中全会后，随着改革开放的起步和发展，文学创作的镜头也开始转向火热的现实生活，"改革文学"应运而生。蒋子龙《乔厂长上任记》、张洁《沉重的翅膀》、张贤亮《男人的风格》、高晓声的《陈奂生上城》、路遥的《人生》和《平凡的世界》等，从不同角度反映了社会大变革的种种风貌。

20世纪80年代中期，伴随着西方各种文学思潮的涌入，文学创作中出现了追寻民族文化传统、探索文化心理的"文化寻根"热。在这个背景下创作出的寻根小说大致可分文化批判型、文化认同型和原始生命型三种基本形态。文化批判型作品以深沉的历史意识和强烈的批判意识著称，代表作有郑义的《老井》、贾平凹的"商州系列"、王安忆《小鲍庄》、韩少功《爸爸爸》；文化认同型作品以寻找民族根基，接续文化传统和调谐民族心态为寻根意向，对传统文化持认同、赞赏的态度，代表作品有阿城的《棋王》、汪曾祺的《受戒》、张承志的《黑骏马》等；原始生命型作品表现出向远离现代文明的原始蛮荒的大自然和古老的文化传统进行追寻的寻根意向，抱着把原始血液注入到民族肌体中的目的，代表作品有郑万隆的"异乡异闻系列"、乌热尔图的"大兴安岭"系列等。其中莫言的"红高粱家族"一系列乡土作品充满"怀乡""怨乡"的复杂情感。因其作品具有浓郁的地域特色和丰富的文化内涵，于2012年获得诺贝尔文学奖，亦是第一个获此奖的中国籍作家。

20世纪80年代是我国文学探索空前活跃的年代，新时期文学进入了多元化的发展阶段。先锋小说登上文学舞台。新时期先锋小说创作大致可分为两个阶段，所谓"现代派"和"后现代派"。"现代派"小说创作的核心是表现自我，反抗对自我的压抑，代表作有刘索拉的《你别无选择》、徐星的《无主题变奏曲》、残雪的《苍老的浮云》。"后现代"小说创作的核心观念是虚无，包括自我的虚无、世界的意义和人生意义的虚无。代表作有：马原的《冈底斯的诱惑》，余华的《十八岁出门远行》《现实一种》，格非的《青黄》《褐色鸟群》等。

发端于1987年的"新写实"小说，是现实主义受到现代主义的文化和艺术观念的影响而形成的一种新的文本形态。作家们直面凡俗卑琐的人生，以"零度叙事"呈现小人物可叹的生存状态和无可奈何的心理，驱散了长期以来笼罩在人生之上的理想与诗意的光圈，把人生还原到本真几乎冷酷的状态。代表作品有池莉的《烦恼人生》、方方的《风景》、刘震云的《一地鸡毛》等。贾平凹创作的《废都》展现某些知识分子在都市的生活状态，由于格调不高而饱受争议和批评。

在先锋小说和新写实小说对写作成规不断消解的努力下，一部分作家把目光转向了"历史",他们以自己的历史观念和叙事态度来改写、解构或颠覆"正史",表现"历史"的偶然性、荒诞性、世俗性,甚至不可知性,这样的作品被称为"新历史小说"。代表作品有刘震云的《温故一九四二》、苏童的《妻妾成群》、叶兆言《一九三七年的爱情》、余华的《一个地主的死》、格非的《敌人》等。此外,藏族作家阿来的《尘埃落定》表现不俗。

20世纪90年代,随着女性作家群体性别意识的觉醒,女性主义话语和私人空间的建构,出现了一批被认为是典型的女性文学。她们以鲜明的女性立场和自觉的女性意识,批判、反抗和颠覆父权文化,开启了所谓"身体写作"和"个人化叙事"。铁凝开始突破其早期小说追求艺术纯净、完美的风格,重视揭示女性自身的生存状态,写出了长篇小说《玫瑰门》《大浴女》等作品。陈染和林白的作品以"当代最激进的女性主义文学文本"成为20世纪90年代女性文学的代表。代表作有陈染的《私人生活》、林白的《一个人的战争》。

20世纪中后期,一批"60年代出生的作家"陆续在文坛上崭露头角,这些作家被认为是站在社会边缘处写作,被称为"新生代",代表人物有毕飞宇、鲁羊、何顿等。20世纪70年代乃至80年代出生的作家也开始次第登上文坛,并有佳作问世,如丁天的《幼儿园》、韩寒的《三重门》等。

1980年前后出现的"朦胧诗",开始了对诗歌传统的超越性变革,它打破了现实主义诗潮的单一格局,被称作"新诗潮"。新诗潮把艺术变革的焦点对准革命现实主义诗歌的艺术成规,广泛吸取西方现代主义艺术经验,对诗歌观念、审美意识和艺术形态造成了强烈的冲击,在当时也引起了广泛的争论。这批诗歌在内涵上强化自我意识,寻求自我价值,追求心灵自由,在艺术上追求朦胧之美,使作品具有抽象性和多义性的特征,有明显的西方现代派印记。代表诗人诗作有：舒婷《致橡树》《会唱歌的鸢尾花》，顾城《一代人》《远和近》，北岛《回答》、杨炼《大雁塔》等。

1985年春，以海子为代表的诗人们创办诗刊《他们》，在诗坛引起巨大反响，成为"第三代"诗人崛起的标志。这些诗人有很强的平民意识和反崇高、反文化倾向，强调全方位的生命体验，个人意识。代表作有于坚的《作品第39号》、韩东的《有关大雁塔》《温柔的部分》，李亚伟《中文系》等。

与小说和诗歌相比，新时期散文的发展显得较为平缓。散文分为回忆性散文和文化散文。回忆性散文的代表作有巴金的《随想录》、杨绛的《干校六记》等；文化散文的代表作有余秋雨的《文化苦旅》《文明的碎片》等。

新时期的戏剧创作由繁荣走向落寞。前期出现了丁一三的《陈毅出山》、沙叶新《陈毅市长》等歌颂老一辈革命家的优秀之作；也有《报春花》《假如我是真的》等反映现实生活的作品。20世纪80年代兴起了现代主义探索剧，以高行健《绝对信号》为代表。由于影视艺术的广泛普及和现代高科技技术的冲击，话剧创作在20世纪80年代后期和90年代跌入低谷，很难有引起轰动的作品了。

中国的当代文学经历了艰难和曲折、传统和现代，逐步走向今天的成熟和辉煌。中国当代文学通过揭示历史变革在人们心灵所引起的情感变化和波澜，展示了中国人民创造新生活的不屈斗争史，正用民族形式、民族风格、民族特色的文学来铺筑通向世界的坦途。

第二章　先秦文学

《大学》（节选）[1]

　　大学之道[2]，在明明德[3]，在亲民[4]，在止于至善。知止而后有定[5]，定而后能静，静而后能安，安而后能虑，虑而后能得[6]。物有本末，事有终始。知所先后，则近道矣。古之欲明明德于天下者，先治其国；欲治其国者，先齐其家[7]；欲齐其家者，先修其身[8]；欲修其身者，先正其心；欲正其心者，先诚其意；欲诚其意者，先致其知[9]；致知在格物[10]。物格而后知至，知至而后意诚，意诚而后心正，心正而后身修，身修而后家齐，家齐而后国治，国治而后天下平。自天子以至于庶人[11]，壹是皆以修身为本[12]。其本乱而末治者否矣[13]。其所厚者薄，而其所薄者厚[14]，未之有也[15]！

【注释】

　　[1]选自《四书译注》，中华书局2012年版。《大学》《中庸》《论语》《孟子》称为"四书"，是古代士人的必读书目。

　　[2]大学之道：大学的宗旨。"大学"一词在古代有两种含义：一是博学；二是相对于小学而言的大人之学。古人八岁入小学，学习"洒扫应对进退、礼乐射御书数"等文

化基础知识和礼节；十五岁入大学，学习伦理、政治、哲学等穷理正心、修己治人的学问。

[3]明明德：前一个"明"作动词，使动用法，使彰明，也就是发扬、弘扬的意思。后一个"明"作形容词，明德也就是光明正大的品德。

[4]亲民：根据后面的"传"文，"亲"应为"新"，即革新、弃旧图新。亲民，也就是新民，使人弃旧图新、去恶从善。

[5]知止：知道目标所在。

[6]得：收获。

[7]齐其家：管理好自己的家庭或家族，使家庭或家族和和美美，蒸蒸日上，兴旺发达。

[8]修其身：修养自身的品性。

[9]致其知：使自己获得知识。

[10]格物：认识、研究万事万物。

[11]庶人：指平民百姓。

[12]壹是：都是。本：根本。

[13]末：相对于本而言，指枝末、枝节。

[14]厚者薄：该重视的不重视。薄者厚：不该重视的却加以重视。

[15]未之有也：即未有之也，没有这样的道理、事情、做法等等。

【作者（作品）简介】

《大学》原本是《礼记》中的一篇。宋代人把它从《礼记》中抽出来，与《论语》《孟子》《中庸》相配合，到朱熹撰《四书章句集注》时，便成了"四书"之一。《大学》是孔子及其门徒留下来的遗书，是儒学的入门读物。所以，朱熹把它列为"四书"之首。朱熹又认为收录在《礼记》中的《大学》本子有错乱，便把它重新编排了一番，分为"经"和"传"两个部分。其中"经"一章，是孔子的原话，由孔子的学生曾子记录；"传"十章，是曾子对"经"的理解和阐述，由曾子的学生记录。这样编排，便有了我们今天所见到的《大学》版本。

【作品评析】

　　本文阐述了学习育人的道理。在思想方面，本文阐明了儒学的三纲八目。三纲是指明德、新民、止于至善。八目是指格物、致知、诚意、正心、修身、齐家、治国、平天下。这是为达到三纲而设计的条目工夫，也是儒学为人们所展示的人生进修的阶梯。纵览《四书》《五经》，儒家的全部学说实际上都是循着这三纲八目而展开的。所以，抓住这三纲八目就等于抓住了一把打开儒学大门的钥匙。循着这个进修阶梯一步一个脚印去做，就会登堂入室，领略儒学经典的奥义。就阶梯本身而言，实际上包括内修和外治两大方面：前面四级格物、致知、诚意、正心是内修；后面三级齐家、治国、平天下是外治；中间的修身一级，则是连接内修和外治两方面的枢纽，与前面的内修连在一起，是独善其身；与后面的外治连在一起，是兼善天下。两千多年来，一代又一代中国知识分子穷则独善其身，达则兼济天下，把生命的历程铺设在这一阶梯之上。所以，它实质上已不仅仅是儒家学说性质的个人进修步骤，而是具有浓厚实践色彩的人生追求境界。它铸造了一代又一代中国知识分子"内圣外王"的心理人格。《大学》与《中庸》在修身与治学上主张一致。《中庸》强调"博学之，审问之，慎思之，明辨之，笃行之。有弗学，学之弗能，弗措也；有弗问，问之弗知，弗措也；有弗思，思之弗得，弗措也；

有弗辨，辨之弗明，弗措也；有弗行，行之弗笃，弗措也。人一能之，己百之，人十能之，己千之。果能此道矣，虽愚必明，虽柔必强"。不管是生而知之或学而知之还是困而知之，获取知识的最终效果是一样的。修身和治学是上至天子、下到庶民一切活动的根本，天子亦无权置身事外，修身是自我审视、自我完善、自我发展的需要，它能够使人自强不息、不断自新。在今天，为我们提高自身修养、完善自我道德，建设社会主义精神文明依然有很大的借鉴作用。

　　本文在写作上善于区分对象，注意辨析事物，强调教育的根本在于培养高尚的道德，教育的途径在于以内心修养为本、以外在实践为末。行文大量运用排比和蝉联句法，使句子结构连接紧凑，具有严谨周密的逻辑理路和不容置疑的雄辩气势。

【思考与练习】

1.熟读并且背诵本文，深刻体会其主题思想和价值取向。

2.如何理解儒家的三纲八目追求？其对现代教育有何积极意义？

《诗经》二首

黍　离[1]

彼黍离离[2]，彼稷之苗[3]。行迈靡靡[4]，中心摇摇[5]。知我者，谓我心忧；不知我者，谓我何求？悠悠苍天[6]，此何人哉！

彼黍离离，彼稷之穗[7]。行迈靡靡，中心如醉[8]。知我者，谓我心忧；不知我者，谓我何求？悠悠苍天，此何人哉！

彼黍离离，彼稷之实[9]。行迈靡靡，中心如噎[10]。知我者，谓我心忧；不知我者，谓我何求？悠悠苍天，此何人哉！

【注释】

[1]选自《诗经译注》，上海古籍出版社2012年版。

[2]黍（shǔ）：糜子，一年生草本植物，碾成米叫黄米。离离：长势茂盛的样子。

[3]稷：古代一种粮食作物，指粟或黍属。《广雅疏证》认为是高粱。苗：青苗。

[4]迈：远行。靡靡：脚步迟缓的样子。

[5]中心：即心中。摇摇：即愮愮，抑郁无告，心神不安。

[6]悠悠：遥远。

[7]穗：言高粱抽穗。

[8]醉：神智飘忽。

[9]实：高粱结粒。

[10]噎（yē）：因忧深而气逆，难以呼吸。

【作者（作品）简介】

《诗经》是我国第一部诗歌总集，先秦时通称为"诗"或"诗三百"。汉武帝时"罢黜百家，独尊儒术"，把《诗》立为"五经"之一，称为《诗经》。《诗经》收录了自西周初年到春秋中叶大约五百年间的诗歌，共305篇，分为风、雅、颂三个部分。风、雅、颂是按照音乐的不同进行分类。其中风包括十五国风，160篇，主要是地方民歌，较多反映了社会中下层民众对上层统治者的不满，"风"的意思是土风、风谣；雅分为大雅、小雅，105篇，是宫廷乐歌，多为贵族和士大夫的作品；颂分为周颂、鲁颂、商颂，40篇，是宗庙祭祀的乐歌，内容多为歌颂祖先的功业。宋代郑樵认为："风土之音曰'风'，朝廷之音曰'雅'，宗庙之音曰'颂'。"（《通志序》）。

《诗经》的内容极为丰富。涉及远古神话和周王朝的民族史，包含先民生命意识、男女情爱、农耕生活、上古历法、征战宴饮、特殊自然环境、社会情感交流等诸多方面，包容着中国古代社会的物质和精神文明成果，承载着丰厚的文化内涵。《诗经》中的民歌充分体现了"饥者歌其食，劳者歌其事"的现实主义精神。《诗经》的表现手法有"赋""比""兴"三类。"赋"是直接铺陈叙述的方法，"比"相当于比喻和比拟手法，"兴"是托物起兴，先言他物，以产生联想，借以表达作者的思想感情，相当于象征、烘托手法。《诗经》句式以四言为主，比较整齐，间或杂有二言至九言的各种句式，灵活自由，章法则多重章叠句，富有音乐美和节奏感。《诗经》重在反映表现现实社会生活的创作传统和"赋""比""兴"的表现手法，对后世文学产生了深远影响。

【作品评析】

本诗是《诗经·王风》中的一首，《王风》多为伤感乱离之作，共有十首。《黍离》一诗，历来被视为悲悼故国的代表性作品。公元前771年，因周幽王之昏庸，戎狄入侵镐京，西周灭亡，周平王迁都洛阳之后，周王室彻底衰微，不复当年雄视列国诸侯的王者气象，天子位同列国诸侯，开始了东周时期。多年以后，一位东周的大臣行役到故都镐京，经过西周的宗庙宫室，发现宗庙宫室荒凉破败，长满了青青黍稷，不由地感慨起西周的灭亡来，一种强烈的故国情怀萦绕在胸中，彷徨期间，不忍离去，于是写下了这首诗。

《毛诗序》说："《黍离》，闵宗周也。周大夫行役，至于宗周（西周），过故宗庙宫室，尽为禾黍，闵宗周之颠覆，彷徨不忍去，而作是诗也。"应该说，这个解释比较合理。

全诗共分三章，每章十句，采用了反复咏唱、重章叠句的写法，各章间仅个别字有变化，却将一种强烈的忧愤情感淋漓尽致地表现了出来。每章开头两句，都以诗人眼前所见的黍、稷起兴，只在"苗""穗""实"三个尾字上略加变化，不仅以景致转换显示出时序的迁移，而且起到了"变文换韵"的作用。通过对黍稷之苗、之穗、之实之描写，突出了作者停留时间之漫长。可以联想到昔日繁华的镐京，已化作一片瓦砾后，黍子长势茂盛，高粱地里一片青色，给诗人心理和视觉上带来的巨大冲击。每章的第四句末分别以"摇摇""如醉""如噎"作结，感情不断加浓，并富有形象性和凝重感。每章末尾的后四句，诗人出人意料地以旁人对"我"的态度来烘托悲情，这与其说是以天下为己忧者的悲哀，不如说更是"不知"者的悲哀。

诗人以孤独的个人来哀悼沉重的历史，反复咏叹，曲尽其妙，该诗遂在后世成为一种象征，代表了故国之思中一种永恒的悲怆。一代文豪梁启超认为《黍离》这首诗表达出一种"缠绵悱恻、回肠荡气的情感"。黍离之悲早已经成为一个成语，指对国家残破，今不如昔的哀叹，也指国破家亡之痛。

【思考与练习】

1.什么是黍离之悲，本文是如何表达这种情感的？

2.在中国诗歌史上还有哪些著名诗人在自己的作品中表达了这种情感？

蒹　葭[1]

蒹葭苍苍[2]，白露为霜[3]。所谓伊人[4]，在水一方[5]，溯洄从之[6]，道阻且长。溯游从之[7]，宛在水中央[8]。

蒹葭萋萋，白露未晞[9]。所谓伊人，在水之湄[10]。溯洄从之，道阻且跻[11]。溯游从之，宛在水中坻[12]。

蒹葭采采，白露未已[13]。所谓伊人，在水之涘[14]。溯洄从之，道阻且右[15]。溯游从之，宛在水中沚[16]。

【注释】

[1]蒹葭（jiān jiā）：芦苇。

[2]苍苍：茂盛的样子。与后两章"萋萋""采采"义同。

[3]为：指凝结成

[4]伊人：这个人。指诗人所追寻的人。

[5]一方：那一边，比喻所在之远。

[6]溯（sù）洄：逆流而上。从：追寻。洄：盘旋曲折的水道。

[7]溯游：顺流而下。

[8]宛：好像

[9]晞（xī）：干。

[10]湄（méi）：河岸。

[11]跻（jī）：上升，攀登。这里指地势渐高，需攀登而上。

[12]坻（chí）：水中高地。

[13]已：止，干。

[14]涘（sì）：水边。

51

[15]右：迂回曲折。

[16]沚（zhǐ）：水中小洲。

【作品评析】

本诗是《诗经·秦风》中的一首，《诗经·秦风》有诗十首。《蒹葭》是诗经最优美的篇章之一，在艺术上达到了情景交融的境界。诗中朦胧邈远的意境、深沉低回的情感以及蕴含其中的至善至美的理想与追求吸引着世世代代的人们去感叹、鉴赏，引发了人们的无限遐思。

诗以蒹葭起兴，将凄清的秋景与感伤的情绪融为一体，构成了凄迷哀婉的境界。在露重霜浓的深秋清晨，在一片苍茫的芦苇丛中，诗人在河畔徜徉，凝望着河对岸的"伊人"，怀着对"伊人"的向往与相思，望穿秋水、上下求索，而"伊人"却总是与诗人保持着一定的距离，美丽缥缈，可望难即，始终"在水一方"。这里的"水"象征着女性的纯洁灵动和婉转缥缈，也是横亘在诗人与伊人之间永远难以跨越的鸿沟，甚至可以说，"水"之渺茫暗示了人生的虚幻。

意境朦胧、含蕴不尽是这首诗的主要特点。"伊人"意象为谁，迄今无定论。有人认为是一首招贤诗，"伊人"指隐居的贤人；有人认为是爱情诗，"伊人"指意中人。"伊人"在这里其实已经不再局限于情人、佳人、淑女、美女等范畴，也可以看作一种尽善尽美的境界，一种指向理想的超越。只要把"在水一方"视作一种象征，它就涵容了世间各种可望而不可即的人生境遇，这样，贤才难觅、情人难得的怅惘，乃至前途渺茫、理想不能实现的失望等等，都可以从《蒹葭》的意境中得到合理解释。

本诗所采用的重章叠句形式，不仅有回环往复、一唱三叹之美，而且有层层推进、步步深化诗歌意境的作用。白露之"为霜""未晞""未已"，体现了时间的推移，暗示了追求时间的漫长与追求者的执着；"伊人""在水一方""在水之湄""在水之涘"，体现了空间的转移，暗示了追寻对象的飘忽难觅，来去渺茫，追寻的内容变得虚幻朦胧。正因为如此，诗的意境才显得那么空灵而富有象征意味。

【思考与练习】

1. 《蒹葭》一诗的中心意象是什么？这一意象有何象征意义？
2. 《蒹葭》一诗是怎样表现诗人对爱情的执着追求和彷徨失意的心绪的？

《老子》二章[1]

第二章

天下皆知美之为美，斯恶已[2]；皆知善之为善，斯不善已。故有无相生[3]，难易相成[4]，长短相形[5]，高下相倾[6]，音声相和[7]，前后相随[8]。是以圣人处无为之事，行不言之教。万物作焉而不为始[9]，生而不有[10]，为而不恃[11]，功成而弗居[12]。夫惟弗居，是以不去[13]。

第七十七章

天之道[14]，其犹张弓乎[15]？高者抑之[16]，下者举之[17]，有余者损之，不足者补之。天之道，损有余而补不足；人之道则不然[18]，损不足以奉有余[19]。孰能有余以奉天下？唯有道者[20]。是以圣人为而不恃，功成而不处[21]，其不欲见贤[22]。

【注释】

[1]选自《老子译注》第七十七章，上海古籍出版社1991年版。

[2]恶：丑。已：矣。

[3]有无相生：有和无相互对立而产生。表现事物的有中生无，无中生有的哲学思想。

[4]难易相成：难和易相互对立而形成。

[5]长短相形：长和短相互比较而体现。

[6]高下相倾：高和下由互相对立而存在。倾：依存

[7]音声相和：音和声互相对立而产生和谐。音：指单音。声：指和声。

[8]前后相随：由互相对立而产生顺序。

[9]不为始：原本作"不辞"，据敦煌本改。不为始，即不去凿空自造。

[10]有：指据为己有。

[11]不恃：指不自大而固执定见。

[12]弗居：不居功自傲。

[13]不去：不会失掉功业。

[14]天之道：指自然的规律。

[15]其犹张弓：就像拉开弓一样。

[16]高者抑之：瞄准时高过箭靶的就让弓降低一些。

[17]下者举之：瞄准时低于箭靶的就把弓抬高一些。此处所谓"高"与"低"均就准的而言。

[18]人之道：指人类社会的规则。

[19]奉：供。

[20]有道者：指圣贤及有道明君。

[21]处：居功自处。

[22]见贤：表现贤能才干。见，通"现"，显现。

【作者（作品）简介】

　　老子，又称老聃，姓李名耳，字伯阳，春秋末期楚国苦县厉乡曲仁里（今河南省鹿邑县太清宫镇）人。约生活于前571年至471年之间。曾做过周朝"守藏室之官"（掌管王室藏书），是我国古代伟大的哲学家和思想家，道家学派创始人。在道教中，老子被尊为道教始祖。老子与后世的庄子并称老庄。因老子是道家的创始人，所以老子又被古人称为"太上老君"。相传孔子曾数次向老子问礼、求道，故自古有"老子天下第一"之称。老子的思想主张是"无为而治"和"道法自然"，老子以"道"解释宇宙万物的演变，

55

"道"为客观自然规律，同时又具有"独立不改，周行而不殆"的永恒意义。

《老子》今分八十一章，五千多字，相传为老子去官后过函谷关应关尹之邀而作，但今人认为是老子的追随者根据他的学说发挥补充而成，约成书于战国初期。《老子》一书中包括大量朴素辩证法观点，以为一切事物均具有正反两面，"反者道之动"，物极必反并向对立面而转化，"正复为奇，善复为妖""祸兮福之所倚，福兮祸之所伏"。又以为世间事物均为"有"与"无"之统一，"天下万物生于有，有生于无""民不畏死，奈何以死惧之？"《老子》一书语言质朴流畅，多用排比韵语，音调谐婉，节奏感强，便于记诵，具有深刻的哲理性与系统的思辨性，对中国哲学的发展产生了深远的影响。

【作品评析】

任何事物都具有区别于其他事物的特殊性，这才构成了这一事物与其他事物的矛盾，矛盾多样统一才符合天道民意。老子以道为基础，指出了世界万物是相反相成、多样统一的。在同一自然世界（包括人类社会）中共同生活，构成了"和而不同"的世界。

《老子》第二章鲜明地体现了老子朴素的辩证法思想。老子认为人间的价值判断是相对的，一方面没有美也就没有了丑；美之上有更美，丑之下有更丑，永远比不完，在一定条件下美与丑还会互相转化。他列举了日常的社会现象与自然现象，如美与丑、善与恶，有与无、难与易、长与短、高与下等，深入浅出地论说了对立统一的矛盾法则，说明了世间万物不会孤立存在，一定会相互依存、相互联系、相互作用、互相补充，对立统一是永恒的、普遍的法则。在此基础上，老子提出了"无为"和"不争"的观点。老子认为"圣人"应该顺其自然，遵循事物客观发展的规律，让一切自然发展，以无为的心态去处理事情，用什么也不说的方式教化民众。任凭万物自然生长而不去强力主宰，万物生成不据为己有，从不居功自傲。此处所讲的"无为"不是无所作为，而是顺应自然、有所作为，但不是强作妄为。

《老子》第七十七章集中反映了老子的"道法自然"的社会思想，主张"人之道"应该效法"天之道"，人类社会应该效法自然。他将自然规律的"天之道"和社会规律的"人之道"进行对比，说明了人类社会现实规则的不平等。天道是损有余以补不足，但作为万物之灵的人类社会，却偏偏要逆天而行尽做损不足以奉有余的事情。他希望人类社会也应当改变"损不足以奉有余"的不合理、不平等的现象，道法自然界的"损有余而补不足"的法则，希望出现舍己为公的"有道者"。"损有余以奉天下"体现了他的社会财富平均化和人类平等的观念，是作者的理想追求与对未来的美好期待。

【思考与练习】

1.在老子看来，"有无相生，难易相成，长短相形，高下相倾，音声相和，前后相随"。世界上的事物既相互矛盾对立，又互相依存转化。你认为这一思想的哲理性与深刻性何在？对我们科学认识世界、认识社会有什么启迪意义？

2."损有余而补不足"，是否说明天道自然是公平的？"损不足以奉有余"，是否说明人道总是逆天而行？文章认为，唯有"道者"能以"有余以奉天下"。你认为作者在这里所要表达的是一种怎样的社会理念？

3.你如何理解老子所提倡的"圣人处无为之事，行不言之教"的思想？

樊迟、仲弓问仁[1]

仲弓问仁[2]。子曰:"出门如见大宾[3],使民如承大祭[4]。己所不欲,勿施于人。在邦无怨,在家无怨[5]。"仲弓曰:"雍虽不敏[6],请事斯语矣[7]。"

樊迟问仁[8]。子曰:"爱人。"问知。子曰:"知人[9]。"樊迟未达[10]。子曰:"举直错诸枉[11],能使枉者直。"樊迟退,见子夏[12],曰:"乡也吾见于夫子而问知[13],子曰:'举直错诸枉,能使枉者直。'何谓也?"子夏曰:"富哉言乎!舜有天下[14],选于众,举皋陶[15],不仁者远矣[16]。汤有天下[17],选于众,举伊尹[18],不仁者远矣。"

樊迟问仁。子曰:"居处恭[19],执事敬[20],与人忠。虽之夷狄[21],不可弃也。"

【注释】

[1]选自《论语译注》,中华书局1980年版。

[2]仲弓:孔子的学生,冉氏,名雍,鲁国人。

[3]如见大宾:好像去接待贵宾。与下文之"如承大祭"皆意在表示严肃认真、小心谨慎。

[4]使民:役使百姓。承大祭:承当重大的祭祀典礼。古以天地之祭、禘祫之祭等为大祭。

[5]"在邦"二句:清刘宝楠《论语正义》:"在邦谓仕于诸侯之邦,在家谓仕于卿大夫之家也。"无怨,没有怨恨。《礼记·中庸》:"正己而不求于人,则无怨。"

[6]不敏:不聪慧,迟钝。

[7]请:敬辞,表示愿做某事而请求允许。事斯语:实践这话。

[8]樊迟：孔子的弟子，名须，字子迟。

[9]知人：善于鉴别人。知，认识，辨别。

[10]达：明白。

[11]举直：起用正直的人。错诸枉：摈斥那些邪曲的人。错，通"措"，弃置不用。诸，众，各个。枉，邪曲，不正直。

[12]子夏：孔子的弟子，姓卜，名商，字子夏。

[13]乡：通"向"，先前。

[14]舜：上古的一位君主，五帝之一，姚姓，有虞氏，名重华，也称虞舜。

[15]皋陶（gāo yáo）：舜的臣子。

[16]远：旧读 yuàn，离开，避开。

[17]汤：商朝的开国君主，又称成汤、武汤等。

[18]伊尹：汤的辅相。

[19]居处恭：平日的言行举止端正庄严。

[20]执事敬：从事工作严肃认真。

[21]之：动词，到。夷狄：古称东方部族为夷，北方部族为狄，夷狄泛称除华夏族以外的各族。

【作者（作品）简介】

孔子（公元前 551—前 479），名丘，字仲尼，春秋时鲁国陬邑（今山东曲阜东南）人，春秋时期著名的思想家、教育家，儒家学派的创始人，也是我国古代最早的文艺理论批评家。祖上是宋国贵族。早年丧父，做过委吏、乘田等小吏。五十岁任鲁国大司寇。为推行自己的政治学说，曾率领门徒周游陈、卫、曹、宋、郑、蔡、齐等国，终未被采用。晚年返回鲁国，倾力于教育事业与典籍整理，先后编修、删订《诗》《书》《春秋》等书，为传播古代文化做出了重要贡献。

《论语》是儒家经典著作，由孔子的弟子及再传弟子记录编纂而成。今书共二十篇。主要记载孔子及其弟子的言行，反映了孔子的主要思想和事迹。书中涉及政治、文化、伦理、道德、教育、文艺等内容。孔子思想的核心是"仁"，倡导仁者"爱人"，提倡"忠恕"之道。《论语》是先秦散文中最早的一部语录体专集，文中许多形象性的哲理格言，对后世影响很大。《论语》虽然是经书，但也有很高的文学价值，特点是能在简单对话和行动中展示人物形象。语言简练，用意深远，体现出雍容和顺、迂徐含蓄的风格。

【作品评析】

《论语》作为儒家经典，所蕴含的思想内容十分丰富，其中"仁"的思想被认为是孔子思想的核心。在《论语》中，"仁"的含义宽泛而且多变。从本文所辑录的内容来看，"仁"体现了人与人之间彼此相爱的伦理关系——"爱人"。孔子将"仁"确定为最基本的社会关系准则，并围绕"爱人"的内涵，构造了仁学的思想体系，这一思想后来成为整个儒家文化的中心范畴。

"仁"也是儒家所提倡的一切美德的集中表现，比如"恭""敬""忠"。这种"仁"应该体现在人类的所有社会活动之中，无论何时何地，都不可放弃："在邦无怨，在家无怨。""虽之夷狄，不可弃也。"孔子的"仁"还包括"己所不欲，勿施于人"的忠恕之道。他的学生子贡曾问："有一言而可以终身行之者乎？"孔子回答说："其恕乎！己所不欲，勿施于人。"（《论语·卫灵公》）这就是推己及人：别人与自己一样是人，因而应当像尊重自己一样地尊重别人。所以"恕"其实也就是"爱人"之仁。

孔子的仁学思想具有很强的实践性。他从未给"仁"一个固定不变的定义，而是在不同场合，针对不同对象，结合具体事例谈论"仁"的具体表现形式，以实际生活中具体、平实、可行的一些道德操守、行为方式、自我约束等实践性方式来代替抽象的、形而上的论述。比如，"出门如见大宾，使民如承大祭。己所不欲，勿施于人。在邦无怨，在家无怨。""居处恭，执事敬，与人忠。"这些行为本身并不就等于"仁"，但却是实践"仁"的具体表现。所以，只有对相关内容进行综合理解，才能全面了解与把握"仁"所具有的本质特性。

李贽说，夫天生一人，自有一人之用，不待取给予孔子而后足也。

虽然如此，但仍有许多人认为，"天不生仲尼，万古如长夜"是对孔子万世师表的最好诠释。子贡比他作"日月"，后人誉他为"圣贤"之首，乾隆皇帝称他为"万仞宫墙"。

他的魅力何在？曰：贤者的仁爱，志士的博毅，哲人的思辨。

【思考与练习】

1.仲弓、樊迟三次问仁，孔子的回答不尽相同，请问这三种答案之间的内在联系何在？

2.孔子仁学思想有哪些具体内涵，在当今社会是否还有我们值得学习、鉴意的价值？

郑伯克段于鄢[1]

　　初，郑武公娶于申[2]，曰武姜[3]，生庄公及共叔段[4]。庄公寤生[5]，惊姜氏，故名曰寤生，遂恶之[6]。爱共叔段，欲立之，亟请于武公[7]，公弗许。

　　及庄公即位，为之请制[8]。公曰："制，岩邑也[9]，虢叔死焉[10]，佗邑唯命[11]。"请京[12]，使居之，谓之京城大叔[13]。

　　祭仲曰[14]："都城过百雉[15]，国之害也。先王之制：大都不过参国之一[16]，中五之一，小九之一。今京不度[17]，非制也，君将不堪。"公曰："姜氏欲之，焉辟害[18]？"对曰："姜氏何厌之有[19]？不如早为之所[20]，无使滋蔓。蔓，难图也[21]。蔓草犹不可除，况君之宠弟乎？"公曰："多行不义，必自毙[22]，子姑待之。"

　　既而大叔命西鄙[23]、北鄙贰于己[24]。公子吕[25]曰："国不堪贰，君将若之何？欲与大叔，臣请事之；若弗与，则请除之。无生民心[26]。"公曰："无庸[27]，将自及[28]。"大叔又收贰以为己邑，至于廪延[29]。子封曰："可矣。厚将得众[30]。"公曰："不义不暱[31]，厚将崩[32]。"

　　大叔完聚[33]，缮甲兵[34]，具卒乘[35]，将袭郑。夫人将启之[36]。公闻其期，曰："可矣！"命子封帅车二百乘以伐京[37]。京叛大叔段。段入于鄢。公伐诸鄢。五月辛丑[38]，大叔出奔共[39]。

　　书[40]曰："郑伯克段于鄢。"段不弟，故不言弟；如二君，故曰克；称郑伯，讥失教也；谓之郑志[41]，不言出奔，难之也[42]。

　　遂置姜氏于城颍[43]，而誓之曰："不及黄泉[44]，无相见也！"既而悔之。颍考叔为颍谷封人[45]，闻之，有献于公。公赐之食。食舍肉[46]。公问之，对曰："小人有母，皆尝小人之食矣，未尝君之羹[47]，请以遗之。"公曰："尔有母遗,繄我独无[48]！"颍考叔曰："敢问何谓也？"公语之故,且告之悔。对曰："君何患焉？若阙地及泉[49],隧而相见[50],其谁曰不然？"公从之。公入而赋[51]："大隧之中,其乐也融融！"姜出而赋："大隧之外,其乐也洩洩[52]！"遂为母子如初。君子曰[53]："颍考叔,纯孝也。爱其母,施及庄公。《诗》曰：'孝子不匮,永锡尔类[54]。'其是之谓乎？"

【注释】

[1]选自《左传译注》,上海古籍出版社 1998 年版。郑伯：郑庄公。鄢（yān）：地名,在今河南鄢陵。

[2]郑武公：春秋时诸侯国郑国（在今河南新郑）国君,姓姬,名掘突,武为谥号。申：诸侯国名,在今河南南阳,姜姓。

[3]武姜：后人对武公之妻姜氏的追称,武谥郑武公谥号,姜谥娘家姓。

[4]庄公：即郑庄公。共（gōng）叔段：庄公的弟弟,名段。共：国名,在今河南辉县。段后来逃亡到这里,故称共叔。

[5]寤（wù）生：逆生,倒生,即难产。

[6]恶（wù）：不喜欢。

[7]亟（qì）：多次屡次。

[8]制：郑国邑名,今河南荥阳县虎牢关。原为东虢国属地,为郑国所灭。请制：要制这个地方做领地。

[9]岩邑：险要的城邑。

[10]虢（guó）叔：东虢国国君。

[11]佗：同"他"。唯命："唯命是从"的省略。

[12]京：郑国邑名,在今河南荥阳市东南。

[13]大叔：太叔，对段的尊称。因段生于庄公之后，弟中居首位。段多才，勇猛善射。

[14]祭（zhài）仲：郑国大夫，字足。

[15]都城过百雉：都城不得过百雉。都：这里泛指一般城邑。城：指城墙。雉：古代度量单位，城墙长三丈、高一丈为一雉。

[16]参国之一：国都的三分之一。参：同"三"。国：国都。

[17]度：规定、制度。

[18]焉辟害：怎能避免这个祸害。焉：怎能。辟：同"避"。

[19]何厌之有：有何厌。厌：满足。

[20]早为之所：早一点给他安排一个地方。所：安置，处理。

[21]难图：难对付。

[22]毙：跌倒，倒下去。

[23]鄙：边邑。

[24]贰于己：同时属于庄公和自己。

[25]公子吕：郑国大夫，字子封。

[26]无生民心：不要使郑国的百姓产生二心。

[27]庸：用。

[28]自及：自取灭亡。及：祸殃，遭殃。

[29]廪延：郑国邑名，在今河南延津北。

[30]厚将得众：土地广大、势力雄厚将会得到更多的民众。

[31]暱：亲近。

[32]崩：崩溃，垮台。

[33]完聚：修治（城郭）积聚（民众）。

[34]缮甲兵：修整盔甲武器。

[35]具卒乘：准备好士兵和战车。乘（shèng）：兵车。一车四马为一乘。车一乘配甲士三人，步卒七十二人。

[36]夫人：指武姜。启之：为他打开城门。

[37]帅：率领。

[38]五月辛丑：五月二十三日。古人记日用天干和地支搭配。

[39]出奔共：逃奔到共国（避难）

[40]书：指《春秋》。

[41]郑志：指郑庄公有蓄意杀害弟弟的意图。

[42]难之也：指难以下笔记录叔段奔共这件事。

[43]置姜氏于城颍：安置姜氏到城颍。置：安置，这里有幽禁之意。城颍：郑地名，在今河南临颍西北。

[44]黄泉：黄土下的泉水。这里指墓穴。

[45]颍考叔：郑国大夫。颍谷：郑国边邑名，在今河南登封西南。封人：管理边界的官员。

[46]食舍肉：吃的时候把肉放在旁边不吃。

[47]羹：调和五味做成的带汁的肉。这里泛指肉食。

[48]繄（yī）：句首语气助词。没有实义。

[49]阙：同"掘"，挖。

[50]隧：挖隧道。

[51]赋：赋诗，这里指朗诵诗句。

[52]洩洩（yi）：快乐自得的样子。

[53]君子：这是作者自己。

[54]这两句诗出自《诗·大雅·既醉》。匮：穷尽。锡：同"赐"，给予。意思是孝子的孝道没有穷尽，永远会想着把孝心分给与他（孝子）同类的人。

【作者（作品）简介】

《左传》，全称《春秋左氏传》，又称《春秋左传》或《左氏春秋》，是我国第一部记事详赡完整的编年体史书，也是优秀的散文典范。相传为鲁国史官左丘明所作。西汉刘歆认为《左传》是传《春秋》的，故简称《左传》。今人多认为《左传》是战国初年的人根据各国史料编撰而成的作品。

《左传》约18万字，记事以鲁国为中心，记录了从鲁隐公元年（公元前722年）到鲁哀公二七年（公元前468年）共254年间发生在鲁国、周王朝及诸侯各国的一些重大历史事件，比较真实地反映了当时诸侯各国的政治、军事、经济、文化、外交以及礼崩乐坏的社会现实，表现了以德治国、民本思想等进步的历史观。

《左传》虽然是一部历史著作，但具有很高的文学价值，尤其长于描写纷繁复杂的战争场面和外交辞令，刻画人物生动形象，对后来史传文学的发展有重要影响。

【作品评析】

"郑伯克段于鄢"出自《春秋》，这句简单的记载告诉我们：公元前722年，郑国发生了一件骨肉相残的事件。《左传》中的这段选文则为我们提供了更加详细精彩的内容。

人们常用"亲如兄弟"来形容亲情的深厚，也用"亲兄弟，明算账"来说明亲情和利益冲突之间的关系。亲情在很多时候是脆弱的，特别是在权位之争的环境下，亲情远远不足以化解由利益导致的矛盾冲突。本文记叙了郑庄公与其弟共叔段之间的一场政治斗争。他们兄弟为了争权夺利，不惜兵戎相见、骨肉相残，反映了春秋时期统治阶级内部斗争的残酷激烈和礼崩乐坏的社会现实。文章故事曲折生动，人物性格鲜明并且非常有特色，评价人物不着一褒贬之字，褒贬之意自在其中，即后来常说的"春秋笔法"。主要人物如庄公阴险毒辣、老谋深算、冷酷伪善、故作姿态；武姜的任性昏聩，偏爱干政，共叔段的贪婪愚昧和不义不悌。次要人物如蔡仲老成持重、公子吕直率急躁、颍考叔聪明机智。结构上详略安排十分恰当。作者略写庄公"克段于鄢"的战争经过，详写战争的起因及矛盾不断激化的过程，集中笔墨描写战前战后各种人物的活动，揭示他们的内心世界，从而突出了文章的主题。作者还善于把重大的政治事件和生活细节结合起来描写，增强了文章的生动性和感染力。例如，"庄公寤生"这一细节，交代了郑庄公母子、兄弟不和的原因。颍考叔"食舍肉"的细节描写，既显示其聪明和"纯孝"，又引出庄公后悔与母亲反目的话题，用颍考叔的"纯孝"衬托庄公的不孝与伪孝，而庄公、姜氏"隧而相见"的细节描写，则讽刺了统治阶级的虚伪。本文文笔洗练、含蓄，充分体现了《左传》善于叙事的特色。

【思考与练习】

1.什么是"春秋笔法"？作者的着眼点并不在战争本身，而在揭示引起战争的原因，其原因是什么？

2.郑伯克段于鄢这个事件向我们展示了中国历史实际上进入了一个什么样的时代？

3.庄公囚母、隧中相见的事件说明了什么？ 庄公是真孝还是伪孝？作者为何在末段花费笔墨写颖考叔的"纯孝"？

《战国策》文选二则

冯谖客孟尝君[1]

齐人有冯谖者，贫乏不能自存[2]。使人属孟尝君[3]，愿寄食门下[4]。孟尝君曰："客何好[5]？"曰："客无好也。"曰："客何能[6]？"曰："客无能也。"孟尝君笑而受之，曰："诺。"

左右以君贱之也[7]，食以草具[8]。居有顷[9]，倚柱弹其剑，歌曰："长铗归来乎[10]！食无鱼。"左右以告。孟尝君曰："食之，比门下之客[11]。"居有顷，复弹其铗，歌曰："长铗归来乎！出无车门。"左右皆笑之，以告。孟尝君曰："为之驾[12]，比门下之车客。"于是乘其车，揭其剑[13]，过其友曰[14]："孟尝君客我[15]。"后有顷，复弹其剑铗，歌曰："长铗归来乎！无以为家[16]。"左右皆恶之，以为贪而不知足。孟尝君问："冯公有亲乎？"对曰："有老母。"孟尝君使人给其食用[17]，无使乏。于是冯谖不复歌。

后孟尝君出记[18]，问门下诸客："谁习计会[19]，能为文收责于薛者乎[20]？"冯谖署曰[21]："能。"孟尝君怪之，曰："此谁也？"左右曰："乃歌夫'长铗归来'者也。"孟尝君笑曰："客果有能也，吾负之[22]，未尝见也。"请而见之，谢曰[23]："文倦于事[24]，愦于忧[25]，而性懧愚[26]，沉于国家之事[27]，开罪于先生[28]。先生不羞[29]，乃有意欲为收责于薛乎？"冯谖曰："愿之。"于是约车治装[30]，载券契而行[31]。辞曰："责毕收，以何市而反[32]？"孟尝君曰："视吾家所寡有者[33]。"

驱而之薛[34]，使吏召诸民当偿者悉来合券[35]。券徧合，起，矫命以责赐诸民[36]，因烧其券。民称万岁。

长驱到齐，晨而求见。孟尝君怪其疾也[37]，衣冠而见之，曰："责毕收乎？来何疾也！"曰："收毕矣。"冯谖曰："君云'视吾家所寡有者'。臣窃计，君宫中积珍宝，狗马实外厩，美人充下陈[38]；君家所寡有者，以义耳！窃以为君市义。"孟尝君曰："市义奈何？"曰："今君有区区之薛，不拊爱子其民[39]，因而贾利之[40]。臣窃矫君命，以责赐诸民，因烧其券，民称万岁。乃臣所以为君市义也。"孟尝君不说，曰："诺，先生休矣[41]。"

后期年[42]，齐王谓孟尝君曰[43]："寡人不敢以先王之臣为臣。"孟尝君就国于薛[44]。未至百里，民扶老携幼，迎君道中。孟尝君顾谓冯谖曰[45]："先生所为文市义者，乃今日见之。"冯谖曰："狡兔有三窟[46]，仅得免其死耳。今君有一窟，未得高枕而卧也。请为君复凿二窟。"

孟尝君予车五十乘，金五百斤，西游于梁[47]，谓惠王曰[48]："齐放其大臣孟尝君于诸侯[49]，诸侯先迎之者，富而兵强。"于是梁王虚上位[50]，以故相为上将军，遣使者，黄金千斤，车百乘，往聘孟尝君。冯谖先驱[51]，诫孟尝君曰："千金，重币也，百乘，显使也，齐其闻之矣。"梁使三反[52]，孟尝君固辞不往也[53]。

齐王闻之，君臣恐惧，遣太傅赍黄金千斤[54]，文车二驷[55]，服剑一[56]，封书谢孟尝君曰："寡人不祥[57]，被于宗庙之祟[58]，沉于谄谀之臣[59]，开罪于君！寡人不足为也[60]，愿君顾先王之宗庙[61]，姑反国统万人乎[62]！"冯谖诫孟尝君曰："愿请先王之祭器[63]，立宗庙于薛[64]。"庙成，还报孟尝君曰："三窟已就，君姑高枕为乐矣。"

孟尝君为相数十年，无纤介之祸者[65]，冯谖之计也。

【注释】

[1]选自《战国策注释》，中华书局1990年版。本篇节选《战国策·齐策》。冯谖（xuān）：齐国游说之士，谖，一作"煖"，音同。客：做门客。孟尝君：齐国贵族，姓田名文，齐缗王时为相。田文之父在齐宣王时受封于薛（今山东滕县东南），田文沿袭，孟尝君即为封号。此人以好养士而著名，门下食客常数千人，与魏信陵君、赵平原君、楚春申君一起被称为"战国四公子"。

[2]存：生存。

[3]属：同"嘱"，嘱托，请求。

[4]寄食门下：到孟尝君家当食客（门客）。

[5]好（hào）：爱好，擅长。

[6]能：才能，本事。

[7]贱：轻视。

[8]草具：粗劣的饭菜。

[9]居有顷：过了不久。

[10]长铗（jiá）：冯谖随身携带的剑。归来：离开，回去。来：语气词。

[11]比门下之客：按照中等门客的生活待遇。孟尝君对门客的待遇分为三等：下等（草具之客），食无鱼；中等（门下之客），食有鱼；上等（车客），出有车。

[12]为之驾：为他配车。

[13]揭：举。

[14]过：拜访。

[15]客我：孟尝君待我为上等门客。

[16]无以为家：没有能力养家。

[17]给：供给。

[18]记：账册。一说，指书状之类文件。

[19]习：熟悉。计会：会计账目。

[20]责：同"债"。

[21]署：署名、签名，引申为表示。

[22]负：对不起，亏待。

[23]谢：道歉。

[24]倦于事：忙于事务，疲劳不堪。

[25]愦（kuì）：心思烦乱。

[26]忄需（nuò）：同"懦"，懦弱。

[27]沉：沉浸，埋头于。

[28]开罪：得罪。

[29]不羞：不以此感到羞辱。

[30]约车治装：准备车马、整理行装。

[31]券契：债券、契约。

[32]市：买。反：同"返"。

[33]寡有：缺乏，缺少。

[34]之：到，往……去。

[35]合券：验对债券。古代契约，由借贷双方各持其半，作为凭信，验对债券时，必须两相符合。

[36]矫命：假托（孟尝君）命令。

[37]疾：迅速。

[38]下陈：古代统治者的后宫或殿堂下陈放礼品、站列婢妾的地方。

[39]拊爱：体恤爱护。予其民：把民众看作自己的子女。

[40]贾（gǔ）利：用商人放债的办法来获取利润。

[41]休矣：算了吧。

[42]后期年：一年之后。

[43]齐王：齐湣王。史载：当时齐湣王恐孟尝君政治势力扩大，有意排斥他，决定废除孟尝君的相位并把他赶到封地去居住。后文所说"不敢以先王之臣为臣"，当是托词。

[44]就国：回封地。

[45]顾：回头看。

[46]窟：洞。

[47]梁：魏国。因为当时魏已迁都到大梁（今河南开封），故称之为梁。

[48]惠王：梁惠王。

[49]放：放逐。

[50]虚上位：把宰相的职位空出来。

[51]先驱：先驱车返回。

[52]三反：先后往返三次。反：同"返"。

[53]固辞：坚定地辞谢。

[54]太傅：官职。赍（jī）：持物送人。

[55]文车：装饰精美豪华的车。驷：四马驾驶的车。

[56]服剑：佩剑。

[57]不祥：意为糊涂。一说不吉祥，没福气。

[58]被于宗庙之祟：遭受祖宗神灵降下的灾祸。

[59]沉于谄谀之臣：被阿谀奉承的臣子所迷惑。

[60]不足为：不值得你看重并辅助。

73

[61]顾：顾念。

[62]姑：姑且。反：同"返"。万人：百姓。

[63]请先王之祭器：请分出一些祭祀先王的器物。

[64]立宗庙于薛：在薛地再建一座齐国宗庙。这是巩固和强化薛作为封地的政治地位的重要举措，因为宗庙一立，封地就不能再取消。

[65]纤介：细小。纤：细丝。介：同"芥"，细微的芥籽。

【作者（作品）简介】

《战国策》，又名《国策》《国事》和《长书》等。书约成于秦代，作者无考。经西汉著名学者刘向整理编订，定名为《战国策》。全书十二策，分别记录东周、西周、秦、齐、楚、赵、魏、韩、燕、宋、卫、中山诸国之事，其时代上接春秋，下至秦并六国，约240年（前460—前220）。

《战国策》是国别体史书。主要记载了战国时代谋臣策士纵横捭阖的外交活动及有关的谋议和说辞，是研究战国史的重要文献。

《战国策》也是我国古代一部优秀的散文集。它文笔恣肆，长于叙事，喜欢夸张渲染，语言流畅，论事透辟，写人传神，还善于运用寓言故事和新奇的比喻来说明抽象的道理，具有浓厚的艺术魅力和文学趣味。《战国策》对我国两汉以来的史传文和政论文的发展都产生过积极影响。

【作品评析】

本文记叙了策士冯谖为孟尝君收买人心、营就"三窟"、巩固政治地位的经过，展现了冯谖不甘屈人下、报效知己、深谋远虑的奇特风采和孟尝君宽容大度、礼贤下士的品德，从一个侧面反映了战国时期的社会风貌。

作者刻画冯谖的形象，主要采取了欲扬先抑、层层深入的方法。开篇写他"无好""无能"，寄食于人却再三弹铗而歌，要求优厚的生活待遇，仿佛是不知餍足的小人，而后再写他自告奋勇为孟尝君收债"市义"，营就"三窟"，使孟尝君一次次化险为夷，充分展示了其卓越不凡的见识和才能。

此外，故事情节的生动有趣、一波三折，孟尝君及其手下人"左右"对冯谖态度的映衬，这一群人看孟尝君的脸色行事，目光短浅、趋炎附势，也从不同侧面丰满了冯谖的形象，显示出作者艺术构思的巧妙匠心。

【思考与练习】

1.为什么冯谖一出场行为举止异于常人？如果说冯谖初为门客时频频争地位、要待遇是自信的表现，那么形成他的这种自信的主客观原因何在？

2.在冯谖"矫命焚券""买义于薛"的言行中，表现出冯谖什么样的思想？

3.本文是怎样刻画冯谖这一人物形象的？在冯谖客孟尝君的故事中形成了哪些成语？

苏秦始将连横说秦惠王[1]

苏秦始将连横说秦惠王[2]，曰："大王之国，西有巴、蜀、汉中之利[3]，北有胡貉、代马之用[4]，南有巫山、黔中之限[5]，东有肴、函之固[6]。田肥美，民殷富，战车万乘，奋击百万[7]，沃野千里，蓄积饶多，地势形便，此所谓天府，天下之雄国也。以大王之贤，士民之众，车骑之用，兵法之教，可以并诸侯，吞天下，称帝而治。愿大王少留意，臣请奏其效[8]。"

秦王曰："寡人闻之：毛羽不丰满者，不可以高飞；文章不成者[9]，不可以诛罚；道德不厚者，不可以使民；政教不顺者，不可以烦大臣[10]。今先生俨然不远千里而庭教之[11]，愿以异日[12]。"

苏秦曰："臣固疑大王之不能用也。昔者神农伐补遂[13]，黄帝伐涿鹿而禽蚩尤[14]，尧伐驩兜[15]，舜伐三苗[16]，禹伐共工[17]，汤伐有夏[18]，文王伐崇[19]，武王伐纣[20]，齐桓任战而伯天下[21]。由此观之，恶有不战者乎[22]？古者使车毂击[23]，言语相结，天下为一，约从连横[24]，兵革不藏[25]。文士并饰[26]，诸侯乱惑，万端俱起，不可胜理。科条既备[27]，民多伪态；书策稠浊[28]，百姓不足；上下相愁，民无所聊[29]。明言章理[30]，兵甲愈起；辩言伟服[31]，攻战不息。繁称文辞，天下不治；舌弊耳聋，不见成功；行义约信[32]，天下不亲。于是，乃废文任武，厚养死士，缀甲厉兵[33]，效胜于战场[34]。夫徒处而致利[35]，安坐而广地，虽古五帝、三王、五伯[36]，明主贤君，常欲坐而致之，其势不能，故以战续之。宽则两军相攻，迫则杖戟相撞，然后可建大功。是故兵胜于外，义强于内；威立于上，民服于下。今欲并天下，凌万乘[37]，诎敌国[38]，制海内，子元元[39]，臣诸侯[40]，非兵不可。今之嗣主[41]，忽于至道[42]，皆惛于教[43]，乱于治，迷于言，惑于语，沉于辩，溺于辞。以此论之，王固不能行也。"

说秦王书十上而说不纳，黑貂之裘弊，黄金百镒尽[44]，资用乏绝，去秦而归，羸縢履蹻[45]，负书担橐[46]，形容枯槁[47]，面目犁黑[48]，状有归色。归至家，妻不下纴[49]，嫂不为炊，父母不与言。苏秦喟然叹曰："妻不以我为夫，嫂不以我为叔，父母不以我为子，是皆秦之罪也！"乃夜发书[50]，陈箧数十[51]，得《太公阴符》之谋[52]，伏而诵之，简练以为揣摩[53]。读书欲睡，引锥自刺其股[54]，血流至踵，曰："安有说人主不能出其金玉锦绣，取卿相之尊者乎？"期年[55]，揣摩成，曰："此真可以说当世之君矣！"

于是乃摩燕乌集阙[56]，见说赵王于华屋之下[57]，抵掌而言[58]，赵王大悦，封为武安君，受相印。革车百乘[59]，锦绣千纯[60]，白璧百双，黄金万镒，以随其后，约从散横[61]，以抑强秦。故苏秦相于赵，而关不通[62]。

当此之时，天下之大，万民之众，王侯之威，谋臣之权，皆欲决苏秦之策。不费斗粮，未烦一兵，未战一士，未绝一弦，未折一矢，诸侯相亲，贤于兄弟。夫贤人在而天下服，一人用而天下从。故曰："式于政[63]，不式于勇；式于廊庙之内[64]，不式于四境之外。"当秦之隆，黄金万镒为用，转毂连骑，炫熿于道[65]，山东之国从风而服[66]，使赵大重。

且夫苏秦，特穷巷掘穴门桑户棬枢之士耳[67]。伏轼撙衔[68]，横历天下，廷说诸侯之王，杜左右之口，天下莫之能伉[69]。将说楚王，路过洛阳，父母闻之，清宫除道[70]，张乐设饮[71]，郊迎三十里；妻侧目而视，侧耳而听；嫂蛇行匍伏[72]，四拜自跪而谢[73]。苏秦曰："嫂何前倨而后卑也[74]？"嫂曰："以季子之位尊而多金。"苏秦曰："嗟乎！贫穷则父母不子，富贵则亲戚畏惧[75]。人生世上，势位富厚，盖可忽乎哉[76]！"

【注释】

[1]本篇节选《战国策·秦策》。苏秦（？—前284），字季子，雒阳（今河南洛阳）人，战国时期著名的纵横家和谋略家。苏秦与张仪同出自鬼谷子门下，跟随鬼谷子学习纵横之术。学成后，游说秦王，潦倒而归。随后刻苦攻读《阴符》，一年后游说列国抗秦，被燕文公赏识，出使赵国。苏秦到赵国后，提出合纵六国以抗秦的战略思想，被赵国封为武安君，并最终组建合纵联盟，任"从约长"，兼佩六国相印，使秦十五年不敢出函谷关。联盟解散后，齐国攻打燕国，苏秦说齐归还燕国城池。后自燕至齐，为燕国从事反间活动败露，被齐车裂而死。

[2]秦惠王：秦国君嬴驷，孝公之子。

[3]巴蜀汉中：均为当时属秦的富饶地区。巴：今重庆一带。蜀：今成都平原一带。汉中：今陕西南部地区。

[4]胡貉：胡地所产之貉。胡：秦西北部少数民族地区。貉：兽名，似狸，毛皮很珍贵。代：秦地名，在今陕西代县一带，产良马。

[5]巫山：在今重庆市巫山县东。黔中：指今湖南西北部和贵州东南部地区。限：险阻。

[6]肴（yáo）函：殽山（在今河南洛阳北）与函谷关（在今河南灵宝南）的合称。肴，此同殽。固：坚固。

[7]奋击：指奋勇的将士。

[8]奏：进献。效：成效，功效。

[9]文章：此指法令制度。

[10]烦大臣：烦劳大臣。这是对外用兵的委婉说法。

[11]俨然：形容庄重、严肃的样子。庭教：在大庭广众下指教。

[12]愿以异日：请待将来。

[13]神农：传说中远古时代教民务农的人，一说即炎帝。补遂：古国名。

[14]黄帝：传说中中原各部族的共同祖先，号轩辕氏、有熊氏。涿鹿：山名，在今河北涿鹿县东南，相传黄帝在这里擒杀蚩尤。蚩尤：传说中九黎部族的首领，曾扰乱各部族。禽：通"擒"。

[15]尧：传说中古帝陶唐氏之号，名放勋，又称唐尧。驩（huān）兜：相传为尧时的部落首领，四凶之一，与共工朋比为恶，被尧放逐于崇山。

[16]舜：传说中古帝有虞氏之号，名重华，又称虞舜。被尧选为继承人，摄政，尧去世后继位。三苗：古族名，亦称苗、有苗，在今湖南溪洞一带。

[17]禹：传说中古代部落首领，姒姓，亦称大禹、夏禹，奉舜命治水有功，为舜继承人。共（gōng）工：相传为尧臣，四凶之一，被禹放逐于幽州。

[18]汤：子姓，名履，殷商开国君主，灭夏桀王，建殷商。有夏：即夏代。

[19]文王：即周文王，姬姓，名昌，商纣王时为西方诸侯之长。崇：殷时诸侯国名，在今陕西户县东。其君崇侯虎助纣为虐，为姬昌所灭。

[20]武王：即周武王，周文王子，名发。殷商末君王纣残暴，姬发继承父志，统帅诸侯伐纣灭商，建立西周。

[21]齐桓：即齐桓公，姜姓，名小白，春秋齐国君，春秋五霸之一。任战：用战争手段。任：用。伯：通"霸"。伯（bà）天下：做天下的霸主。

[22]恶（wū）：哪里。

[23]车毂（gǔ）击驰：形容车辆往来奔驰。毂：车轮中心的圆木，中有孔，插车轴。击：碰撞。

[24]约从：即合纵。从：同"纵"。

[25]"兵革"句：是说还不能完全避免战争。兵：兵器。革：指战衣。藏：收藏。

[26]饰：此指巧饰文辞。

79

[27]科条：指协议条款。

[28]书策：指政令之类。稠浊：多而繁杂。

[29]聊：依赖，依靠。

[30]明言：明白的言论。章理：冠冕堂皇的道理。

[31]辩言：雄辩的言辞。伟服：指论辩者所穿的盛装。

[32]行义约信：指各国间的结交，以诚信约定。

[33]缀甲：联缀金属皮革等以制成铠甲。厉兵：磨砺兵器。

[34]效胜：验证胜负。

[35]徒处：空手停歇。

[36]虽：纵然，即使。五帝：传说中的上古帝王。《史记》中一般指黄帝、颛顼、帝喾、唐尧、虞舜。三王：指夏、商、周三代之君夏禹、商汤、周武王。五伯：即春秋五霸，即齐桓公、宋襄公、晋文公、秦穆公、楚庄王。

[37]凌万乘：势力压倒大国。凌：凌驾，超过。万乘：指能出万辆兵车的大国。

[38]诎（qū）：同"屈"，使……屈服。

[39]子元元：安抚治理百姓。子，用作动词：以之为子，有安抚治理义。元元：百姓。

[40]臣诸侯：使诸侯为臣。

[41]嗣主：继世之君。

[42]忽：忽略。至道：最重要的道理，指战争。

[43]愲于教：被说教所迷乱。愲：糊涂，不明白。

[44]镒：二十两（一说二十四两）为一镒。

[45]赢縢（léi téng）：缠着绑腿布。赢：缠绕。縢：绑腿布。履蹻（jué）：穿着草鞋。

[46]橐（tuó）：包裹。

[47]形容：指容貌。枯槁：形容憔悴。

[48]犁：通"黎"（lí），黑中带黄的颜色。

[49]下紝（rèn）：下织机。紝：纺织。

[50]发书：指打开包裹拿出书。

[51]箧（qiè）：指书箱。

[52]太公：指吕望，世称姜太公，曾佐周武王灭殷商。《阴符》：即《阴符经》，相传是吕望所作兵书。

[53]简练：简：选择。练：熟悉。

[54]股：大腿。

[55]期年：满一周年。

[56]摩：经过。燕乌集阙：关塞名，其地不详。

[57]赵王：赵肃侯。华屋：壮丽的建筑。

[58]抵掌：击掌，鼓掌。

[59]革车：兵车。

[60]绵：丝棉。绣：绣花的丝织品。纯（tún）：布帛一段或一匹为一纯。

[61]散横：离散秦与东方诸侯的连横。

[62]关不通：是说秦与函谷关以东的诸侯断绝往来。

[63]式：实施。

[64]廊庙：指朝廷。

[65]炫熿：显耀。熿，同"煌"。

[66]山东：指崤山以东。

[67]掘门：窟门，窑门。掘：通"窟"。桑户：以桑木作门扇。枢：以弯曲的木条圈作门枢。

[68]伏轼：伏在车前横木上。撙衔：控制马勒，使马就范。

[69]莫之能伉：没有谁能与他匹敌。伉：通"抗"，匹敌。

[70]清宫：打扫房屋。除道：清洁道路。

[71]张乐：置乐，奏乐。设饮：备办酒席。

[72]蛇行：像蛇一样伏在地上爬行。匍伏：即匍匐。

[73]谢：赔罪。

[74]倨：傲慢。

[75]亲戚：家人，与自己有血缘关系或婚姻关系的人。

[76]盖（hé）：通"盍"，岂。忽：忽视。

【作者（作品）简介】

《战国策序》：苏秦为纵，张仪为横，横则秦帝，纵则楚王，所在国重，所去国轻。战国之初，七雄并起，及至中叶，秦国日趋强大，已显兼并六国之志。战国形势，已由七雄并霸，转入六国不得不联合抗秦的政治格局，秦国以连横之策，远交近攻，蚕食诸侯，六国则以合纵应之，阻扼秦国发展的势头。在这种背景之下，"士"阶层相应而生，聚然崛起，游说诸侯，运作天下，以"智"佐助诸侯之"力"，成为战国政治舞台上最为活跃的一群。苏秦起初本是以"连横"说秦王，"书十上而说不纳"，转而以"合纵"说燕赵。

【作品评析】

苏秦是战国末期著名的纵横家，是一个能言善辩、渴求富贵，具有时代特征的典型形象，也是许多策士效法的对象。"人生在世，势位富贵，盖可忽乎哉！"在天下大乱之际，世风日下、人心诡诈，一切的取舍都以现实的功名利禄为标准，亲人间也不例外。苏秦和所有说客、谋士都是功利主义人生哲学的实践者，与讲究仁义礼智信、追求人生的道德完满为宗旨的儒家相反，功利主义者不再坐而论道，他们极重视现实中的理论和实践，或游说在宫廷庙堂之上，或奔走在大国小国之间。本文通过记述苏秦在秦、赵的游说活动，特别是由失败到成功的经历，反映了战国时代策士们积极进取的精神，以及他们在政治上所发挥的相当的作用。另一方面也表现了策士朝秦暮楚、投机取巧、热衷名利的思想。当然，这种行为，今天我们也应一分为二地评价。

本文结构完整，情节曲折，议论纵横，气势逼人。前半部分特别是苏秦游说秦惠王时口若悬河、滔滔不绝：说地势，纵横四方，山河关塞；论史事，古往今来，五帝三王；讲治国，君臣谋略，外交攻战；极尽铺陈、夸张之能事，层层推进，气势磅礴，很有煽动力。其后半部分对苏秦游说失败后的狼狈处境、发愤"简练以为揣摩"的过程以及得志后的排场风光和家人对他态度的急剧变化都刻画得惟妙惟肖，入木三分。苏秦的巧弄机诈，社会的世态炎凉也随之表现得极为充分。

【思考与练习】

1.结合苏秦的人生经历，如何理解纵横家的人生价值观。

2.本文的说辞有何特点？应该怎样评价？

涉　江[1]

余幼好此奇服兮[2]，年既老而不衰。带长铗之陆离兮[3]，冠切云之崔嵬[4]。被明月兮佩宝璐[5]；世溷浊而莫余知兮[6]，吾方高驰而不顾[7]。驾青虬兮骖白螭[8]，吾与重华游兮瑶之圃[9]。登昆仑兮食玉英[10]；与天地兮比寿，与日月兮同光。哀南夷之莫吾知兮[11]，旦余济乎江湘[12]。

乘鄂渚而反顾兮[13]，欸秋冬之绪风[14]，步余马兮山皋[15]，邸余车兮方林[16]。乘舲船余上沅兮[17]，齐吴榜以击汰[18]；船容与而不进兮[19]，淹回水而凝滞[20]。朝发枉陼兮[21]，夕宿辰阳[22]；苟余心之端直兮，虽僻远其何伤？

入溆浦余儃佪兮[23]，迷不知吾所如；深林杳以冥冥兮[24]，乃猿狖之所居[25]。山峻高以蔽日兮，下幽晦以多雨；霰雪纷其无垠兮[26]，云霏霏而承宇[27]。哀吾生之无乐兮，幽独处乎山中；吾不能变心而从俗兮，固将愁苦而终穷。

接舆髡首兮[28]，桑扈臝行[29]。忠不必用兮，贤不必以[30]，伍子逢殃兮[31]，比干菹醢[32]。与前世而皆然兮，吾又何怨乎今之人？余将董道而不豫兮[33]，固将重昏而终身[34]。

乱曰：鸾鸟凤凰[35]，日以远兮；燕雀乌鹊[36]，巢堂坛兮[37]。露申辛夷[38]，死林薄兮[39]，腥臊并御[40]，芳不得薄兮[41]。阴阳易位[42]，时不当兮；怀信侘傺[43]，忽乎吾将行兮。

【注释】

[1]选自《屈原集校注》，中华书局1996年版。关于本篇的写作时间，大致可定为屈原被第二次流放沅、湘之间所作。

[2]奇服：奇特的服饰。服饰与众不同，比喻志行不群，品德高尚。

[3]长铗：长剑。陆离：形容词，长剑摆动的样子。

[4]冠（guàn）：戴。切云：帽名，这种帽子很高。崔嵬：高耸的样子。

[5]被（pī）：披挂，音披。明月：夜明珠。宝璐：美玉名。

[6]溷（hùn）浊：浑浊、肮脏，黑白颠倒，是非不分。莫余知："莫知余"的倒装，没有人了解我。

[7]方：将要。高驰：高视阔步前行。

[8]虬：有角的龙。骖（cān）：指一车三马或四马中两旁的马，这里作动词。螭（chī）：无角的龙。

[9]重华：舜的名字。他是一位贤能的君主。瑶之圃：美玉之园，指仙宫，传说该园长满琼枝玉树。

[10]玉英：玉树的花，这里泛指仙宫的食品。英：花。

[11]南夷：南人，这里指楚国统治者。夷：我国古代对东部各少数民族的统称。

[12]济：渡过。江、湘：长江、湘江。

[13]鄂渚：屈原流放中所经地名，在今湖北鄂城。反顾：回过头望。

[14]欸：叹息。绪风：残余的风，象征国势衰微的楚国。

[15]步：动词使动用法，让我的马走在……上。山皋：临水的山。

[16]邸（dǐ）：停。方林：地名。

[17]舲（líng）船：有窗的小船。

[18]齐吴榜：齐：同时并举。吴榜：吴国制的船桨。击汰：这里指划船。汰：水波。

[19]容与：缓慢不前的样子。

[20]淹：留。回水：水流漩涡。凝滞：迟留不进。

[21]枉陼（zhǔ）：地名。枉水流注入沅水的折回处，在今湖南常德一带。

85

[22]辰阳：地名。在沅水上游。

[23]溆浦：地名。在沅水上游的转弯处。僧佪（chán huái）：连绵词，犹豫徘徊。

[24]杳：幽深。冥冥：晦暗。

[25]猿狖（yuán yòu）：猿猴。

[26]霰（xiàn）：一种白色不透明的小冰粒，俗称雪子或雪糁。

[27]霏霏：云或雨雪密集的样子。承宇：与屋檐接齐。

[28]接舆：春秋末楚国隐士、有名的狂人，姓陆名通字接舆。曾作歌对孔子进行当面讽喻，被当时人称为"楚狂"。髡（kūn）首：剃去头发。本是一种人身刑罚，接舆这样做是为了向世人表明自己不满现实，鄙弃官场。

[29]桑扈：古代的隐士。赢行：裸体而行。赢，同"裸"。

[30]以：用。

[31]伍子：姓伍名员字子胥，春秋楚国人，因为父兄被楚平王所杀，他逃到吴国，任吴王夫差之相，辅佐夫差打败越国，劝吴王杀死越王勾践，不被采纳，反被赐死。吴终为越所灭。逢殃：遭祸。

[32]比干：殷纣王叔父，因屡谏纣王，被剖心而死。菹醢（zūhǎi）：古代酷刑，把人剁成肉酱。

[33]董道：坚守正道。豫：犹豫，踟蹰。

[34]重昏：一再陷于黑暗的境地。重：重复。昏：黑暗，此句说必定将终身看不到光明。

[35]乱：古乐章节奏名，多用于篇末。有总而言之的意思。鸾鸟凤凰：传说中的瑞鸟，有德盛世才会出现。这里比喻贤圣之人。

[36]燕雀乌鹊：四种凡鸟。这里比喻奸佞小人。

[37]堂坛：厅堂与庭院。

[38]露申：瑞香花。本是一种香料，产于洞庭湖一带。辛夷：木兰的别称。

[39]林薄：树林与草丛。

[40]腥臊：恶臭之物，比喻奸佞小人。御：进用。

[41]芳：芳洁之物，比喻忠直君子。薄：靠近。

[42]阴阳易位：指楚国混乱颠倒的现实。

[43]怀信：怀抱忠信。侘傺（chà chì）：形容失意而神情恍惚的样子。

【作者（作品）简介】

屈原（约前340—前278），名平，字原；又自称名正则，字灵均。楚国人。他是战国时期最伟大的浪漫主义诗人。出身贵族，学识渊博，善于辞令。初辅佐怀王，曾任左徒、三闾大夫。屈原对内主张修明法度，举贤授能，改革政治，变法图强；对外主张东联齐国，西抗强秦，深受楚怀王信任。后为同僚上官大夫诋毁，受楚怀王疏远，遭谗去职，被逐出楚国郢都，流放到汉水上游地区。顷襄王时，更为令尹子兰排挤，被长期流放于沅湘流域，此后，楚国的政治日益腐败。顷襄王二十一年（前278）秦将白起攻破郢都（在今湖北省江陵县），国家残破，百姓流亡。屈原的政治理想完全破灭，对前途感到绝望，于同年5月投汨罗江自杀。屈原的作品，据《汉书·艺文志》和《楚辞章句》所记，共25篇，主要有《离骚》《九歌》（十一章）、《天问》《九章》等。在内容上，作品表现了作者进步的政治思想、高尚的人格情操、热爱祖国的真挚情感和九死不悔的斗争精神；在艺术上，作品运用了大量的神话传说，构思奇特，想象丰富，文辞华美，是我国古代浪漫主义诗歌的典范，对后世影响很大。

楚辞是战国时代在楚国出现的以屈原作品为代表的一种新的诗歌体裁，

在节奏和韵律上独具特色，更适合表现复杂丰富的思想感情。屈原被流放的过程中，在充分吸收南方民间文学艺术营养的基础上，突破了《诗经》以四言为主的句式，创造出一种形式自由，句式多变，大量运用语气词"兮"和神话传说的新诗体，后世称之为"楚辞体"或"骚体"（以《离骚》得名）。宋代黄伯思《校定楚辞序》说："盖屈、宋诸骚，皆书楚语，作楚声，纪楚地，名楚物，故可谓之楚辞。"意思是楚辞运用楚地（今湖南、湖北一带）的方言声韵，叙写楚地的山川人物、历史风情，具有浓厚的地域文化色彩。西汉刘向编写《楚辞》一书，收录了屈原、宋玉和汉代贾谊等人的诗赋，因此，楚辞也指以屈原为首的一群作家的诗歌总集名称。《楚辞》与《诗经》是中国古典诗歌的两大源头。

【作品评析】

屈原在流放期间，仍然关心楚国的兴亡，他在流放途中，先后创作了一系列的诗篇，来阐发自己的政治理想，抒发自己报国无门的痛苦心情。

《涉江》是屈原晚年的作品。这是一首纪行诗，也是一首抒情诗。叙写了作者于顷襄王三年（前296）第二次被放逐后，渡江而南的经历和思想状况，行程从渡江开始，故题名"涉江"。当时屈原在流放途中，渡过长江，登上鄂渚，穿过洞庭，走到沅水上游，行经辰阳，进入溆浦之后，写下了这首诗。在这首诗里，屈原通过对流放途中的艰辛历程的描写和内心情感的抒发，表现了诗人追求进步思想和与当时楚国的黑暗现实做坚决斗争的顽强精神。

作者自己从小就喜欢奇特脱俗的装扮，坚持美好的情操、高尚的品德，到老了也没有一点改变，暗示了悲剧冲突的生成。接着叙写作者从鄂渚至溆浦的行程、远走的原因、独处深山的境况和心情。尽管处境艰难险恶，诗人仍坚持自己对理想的追求，披荆斩棘，奋然前行，虽九死而不悔。在《涉江》中，诗人仍将这种情感灌注到流放行程所见的每一处景物中，赋予大自然景物以艺术的生命。例如，叫声凄惨的猿狖、"杳以冥冥"的"深林""峻高而蔽日"的山峰，构成了一个异常荒凉、凄清、阴森、诡谲的环境，形成了浓重的悲剧气氛，有力地烘托了诗人忧伤、哀怨、悲愤的感情，表现出强烈的忧患意识和真挚的爱国情怀。

诗人善于用贴切的比喻、象征的手法写人状物。诗歌一开始，诗人便采用了象征手法，用好奇服、带长铗、冠切云、被明月、佩宝璐来表现自己的志行，特别是作者充分发挥想象力，以驾青虬、骖白螭，与古代贤君舜遨游于瑶圃、食玉英来象征自己高远的志向，使作品充满了积极的浪漫主义精神。最后一段，又以鸾鸟、凤凰、香草来象征正直高洁的君子；以燕雀、乌鹊、腥臊来比喻邪恶小人，使现实中的忠奸、美丑、善恶形成鲜明对照，产生了言简意赅、言有尽而意无穷的艺术效果。

屈原作为一位杰出的政治家和爱国诗人，他热爱祖国、关爱人民、坚持真理、宁死不屈的精神和高洁的人格，千百年来感召和哺育着无数中华儿女。1953年，世界和平理事会通过决议将屈原列为世界四大文化名人之一，受到全世界人民的隆重纪念。在中国每年的端午节，人们划龙船，吃粽子，写诗词，唱戏曲用以纪念屈原。唐代文秀的《端午》在诗中说："节分端午自谁言，万古传闻为屈原。堪笑楚江空渺渺，不能洗得直臣冤。"在东南亚形成了龙舟文化，日本则将端午节加注自己本民族文化的内涵，进而形成了鲤鱼节，从小培养男孩子的男子汉气概和为国捐躯的精神。在中国古代，对普通百姓来说，屈原就是祈佑的神灵，能保佑他们在生产上风调雨顺，年年丰收；在生活上逢凶化吉，遇难成祥。而对士大夫来说，或是感佩他高洁的人格，出众的才华；或是同情他"忠而见疏"、坎坷无常的命运；或是从屈原怀才不遇的身世上寄托自己的人生感慨，一批批的失意才子留下了大量的孤愤之作。到近现代，随着民族危机的加深，国家意识的增强，屈原又被赋予了爱国主义的内涵，成为增进民族认同感的一面旗帜。

【思考与练习】

1.《涉江》诗中用比喻、象征表达思想感情的语句有哪些？这些比喻和象征的语句表达了诗人什么样的感情？

2.诗人在全诗中塑造了怎样的一个自我形象？

第三章　秦汉文学

谏逐客书[1]

臣闻吏议逐客，窃以为过矣[2]。

昔缪公求士[3]，西取由余于戎[4]，东得百里奚于宛[5]，迎蹇叔于宋[6]，来丕豹、公孙支于晋[7]。此五子者，不产于秦，而缪公用之，并国二十[8]，遂霸西戎。孝公用商鞅之法[9]，移风易俗，民以殷盛，国以富强，百姓乐用，诸侯亲服，获楚、魏之师[10]，举地千里，至今治强。惠王用张仪之计[11]，拔三川之地[12]，西并巴、蜀，北收上郡，南取汉中，包九夷[13]，制鄢郢[14]，东据成皋之险[15]，割膏腴之壤。遂散六国之从[16]，使之西面事秦，功施到今。昭王得范睢[17]，废穰侯[18]，逐华阳[19]，强公室，杜私门，蚕食诸侯，使秦成帝业。此四君者，皆以客之功。由此观之，客何负于秦哉？向使四君却客而不内[20]，疏士而不用，是使国无富利之实，而秦无强大之名也。

今陛下致昆山之玉[21]，有随、和之宝[22]，垂明月之珠[23]，服太阿之剑[24]，乘纤离之马[25]，建翠凤之旗[26]，树灵鼍之鼓[27]。此数宝者，秦不生一焉，而陛下说之，何也？必秦国之所生然后可，则是夜光之璧不饰朝廷，犀象之器不为玩好，郑、卫之女不充后宫，而骏良駃騠不实外厩[28]，江南金锡不为用，西蜀丹青不为采。所以饰后宫、充下陈[29]、娱心意、说耳目者，必出于秦然后可，则是宛珠之簪[30]、傅玑之珥[31]、阿缟之衣[32]、锦绣之饰不进于前，而随俗雅化、佳冶窈窕赵女不立于侧也[33]。夫击瓮叩缶弹筝搏髀[34]，而歌呼呜呜快耳目者，真秦之声也。郑卫桑间[35]，韶虞武象者[36]，异国之乐也。今弃击瓮叩缶而就郑卫，退弹筝而取韶虞，若是者何也？快意当前，适观而已矣[37]。今取人则不然。不问可否，不论曲直，非秦者去，为客者逐。然则是所重者，在乎色乐珠玉，而所轻者，在乎人民也，此非所以跨海内、制诸侯之术也[38]。

臣闻地广者粟多，国大者人众，兵强则士勇。是以太山不让土壤[39]，故能成其大；河海不择细流，故能就其深；王者不却众庶，故能明其德[40]。是以地无四方，民无异国，四时充美，鬼神降福，此五帝三王之所以无敌也[41]。今乃弃黔首以资敌国[42]，却宾客以业诸侯[43]，使天下之士，退而不敢西向，裹足不入秦，此所谓藉寇兵而赍盗粮者也[44]。

夫物不产于秦，可宝者多；士不产于秦，而愿忠者众。今逐客以资敌国，损民以益仇，内自虚而外树怨于诸侯，求国之无危，不可得也。

【注释】

[1]选自《史记·点校本二十四史修订本》，中华书局 2013 年版。本文节选自《李斯列传》。客：指客卿。凡他国人在秦为官，其位为卿，以客礼待之，称客卿。逐客：公元前 237 年，秦国发生了"郑国事件"，首当强秦威胁的韩国，派出著名的水利专家郑国游说秦王，劝秦王修一条分泾水东流入洛水、全长三百里的大型灌溉渠，企图以此来消耗秦国的人力财力，缓和对韩国的军事威胁。郑国的使命无疑带有间谍性质。事情暴露后，秦国王室贵族便抓住这个事件，劝秦王逐去所有的客卿，此议被秦王采纳。

[2]窃：私下，表示自谦。过：错误。

[3]缪公：即秦穆公，春秋五霸之一，在位三十九年。缪：通"穆"。

[4]由余：春秋晋人。流亡至戎，戎王命出使秦国，为秦穆公所用。献策攻戎，开境千里，使穆公称霸。戎：对当时西部少数民族的统称。

[5]百里奚：楚国宛地人，原为虞国大夫，晋国灭虞，逃走宛地，为楚人所执。秦穆公闻其贤名，以五羖（公羊）皮赎他，用为国相。宛：今河南南阳。

[6]蹇（jiǎn）叔：百里奚好友，居宋，穆公迎为上大夫。穆公出兵袭郑，蹇叔谏阻，不听。秦军为晋军在殽地击败。

[7]丕豹：春秋晋人，父丕郑为晋惠公所杀，因奔秦，穆公用为大将。公孙支：秦人，游晋，后归秦，穆公用为大夫，是重要谋臣。引荐孟明于穆公，为人所称道。

[8]并国二十：指用由余而攻占的西戎二十部落。

[9]孝公：秦国君，名渠梁，公元前361年至公元前338年在位。商鞅，即公孙鞅，战国卫人，又称卫鞅。因秦封其于商，故名商鞅。商鞅仕魏为中庶子。入秦，说孝公变法，为左庶长。变法令，废井田，开阡陌，倡农战，使国富兵强。封于商，称商君。孝公死，为惠王所杀。

[10]获楚魏之师：公元前340年商鞅率兵攻魏，大破魏军，魏献河西地予秦。商鞅继而战胜楚军。

[11]惠王：秦惠王，也称惠文王，秦孝公之子，名驷，公元前337年至公元前311年在位。用张仪为相，使司马错灭蜀，又夺取楚汉中地六百里。张仪：战国魏人，与苏秦同师鬼谷子，同为纵横家。提出"连横"瓦解六国"合纵"谋略。惠王卒，张仪到魏为相卒。

[12]拔三川之地：东周以伊水、洛水、黄河为三川，本属于魏国，秦攻占后设三川郡。

[13]包九夷：包：兼并，吞并。九夷：泛指散居在楚国境内的若干少数民族。

[14]鄢郢（yān yǐng）：楚国先后建都的地方。鄢：在今湖北宜城市西南。郢：在今湖北荆州江陵县西北。

[15]成皋：在今河南荥阳市虎牢关，古代是一个军事要塞。

[16]六国之从：指战国时齐、楚、赵、魏、韩、燕六国的抗秦联盟。从：通"纵"，即合纵。

[17]昭王得范雎：昭王：即秦昭襄王，名则，又名稷，惠王子，秦武王异母弟，公元前306年至公元前251年在位。并西周，用范雎为相。范雎：字叔，战国时魏人。因魏相迫害，入为秦相，他用"远交近攻"策略，逐步征服邻国，辅佐秦昭王成就霸业。

[18]穰侯：魏冉，秦昭王母宣太后的异父同母弟。昭王即位，年少，宣太后用冉执政，封为穰侯。

[19]华阳：芈（mǐ）戎，宣太后弟，封华阳君，专权骄横。华阳，在今陕西商县。

[20]向使：当初假如。内同"纳"，接纳。

[21]昆山之玉：昆仑山北麓的和阗（今新疆和田）所产的美玉。

[22]随、和之宝：随侯珠、和氏璧，都是当时有名的珍宝。

[23]明月之珠：夜光珠。

[24]太阿之剑：相传为春秋时楚王命吴国名匠干将和越国名匠欧冶子合铸的宝剑。

[25]纤离之马：古代骏马名。

[26]翠凤之旗：用翡翠羽毛作成凤形装饰的旗子。

[27]灵鼍（tuó）之鼓：用扬子鳄皮制成的鼓，声音洪亮。鼍：俗名：猪婆龙，即扬子鳄。

[28]駃騠（jué tí）：北狄良马。外厩：宫外的马舍。

[29]下陈：指宫殿的台阶下面，是歌舞的地方。

[30]宛珠之簪：用宛地（今河南南阳市）的珠来装饰的簪子。簪：定发髻的长针。

[31]傅玑之珥：装有玑的耳饰。玑：不圆的珠。

[32]阿缟之衣：东阿（在今山东）出产的丝织品。

[33]随俗雅化：随合时俗而娴雅不凡。赵女：古代赵国以出美女著名。

[34]搏髀（bì）：拍大腿以节歌。

[35]郑卫桑间：泛指当时郑国、卫国的民间音乐，以悦耳著称。

[36]韶虞武象：韶：是虞舜时的音乐；武：是周武王时的乐舞，故称"武象"。"韶虞""武象"泛指当时的雅乐。

[37]适观：适合观看，欣赏起来感觉舒适。

[38]跨海内、制诸侯之术：占据海内，统制诸侯的方法。

[39]太山：即泰山。让：拒绝。

[40]明其德：彰显他的德行。

[41]五帝：《史记·五帝本纪》以黄帝、颛顼、帝喾、尧、舜为五帝。三王：指夏禹、商汤、周文王。

[42]黔首：古代无爵平民不能服冠，只能以黑巾裹头，故称黔首。此泛指百姓。秦始皇统一六国后正式称百姓为黔首。

[43]业诸侯：使诸侯成就功业。业：立功业。

[44]藉寇兵：借给贼寇武器。赍（jī）盗粮：送给强盗粮食。赍：送给。

【作者（作品）简介】

李斯（？—前208），战国末年楚国人。曾为楚上蔡（今属河南上蔡县西）人，与韩非同为荀况的弟子，学成后入秦，初为吕不韦门客，渐得秦王嬴政信任和重用。秦统一天下后，任丞相。始皇卒，他为赵高所胁迫，废扶苏立胡亥，但最终被赵高陷害，腰斩于咸阳，夷灭三族。李斯不仅是秦代著名的政治家，也是秦代的散文大家。秦始皇时，一切诏令、表奏、碑刻的文字，差不多都是出自李斯之手。李斯文章存世不多，主要见于《史记》所载，以奏疏和刻石文如《谏逐客书》《论统一书》《泰山刻石》《琅琊台刻石》《会稽刻石》等闻名于后世。

【作品评析】

　　本文是李斯写给秦王嬴政的一篇奏章。文章开门见山提出逐客是错误的这一中心论点，紧接着采用正反对比加以论证。首先，作者列举了秦国历史上四位君主礼遇客卿，信用客卿，利用客卿的才智使秦富国强兵、成就霸业的历史事实作为论据，鲜明地对照出的逐客之非。其次，文章列举了秦王日常生活中喜爱异国器物、珠宝、音乐、美女等大量现实材料，与其"非秦者去，为客者逐"的行为形成矛盾和对比，揭示了他重物轻人之非。最后，作者在理论上进行概括性阐述，以五帝三王海纳百川般的胸襟和功业与逐客的狭隘做法相对比，说明逐客的危害这无异于"藉寇兵而赍盗粮"。在论证过程中，作者始终不谈客卿的利益，而是抓住秦王意欲富国强兵、成就霸业的心理，在每个层次的结论中都以简洁、警策的语句极言逐客之害，如"是使国无富利之实，而秦无强大之名也""此非所以跨海内、制诸侯之术也""求国无危，不可得也"，站在为秦国安危、秦王统一天下的角度出发，晓之以理，动之以情，十分具有说服力。

　　为了突出中心论点，文章还运用铺陈手法，这在列举秦王日常喜好之物时表现得尤为明显，使论据显得十分充分。在语言方面大量运用排比句与对偶句，句式整齐，音节铿锵，显得气势充沛，文采飞扬。总之，文章论点鲜明，论据丰富，论证严密，结构完整，是写作议论文的很好借鉴。

【思考与练习】

1.这篇文章意在说明逐客之过，作者不直斥秦王逐客之非，而是用大量的篇幅叙述秦国历代君主纳客之功，这是出于何种考虑？

2.本文被后人认为是"骈体初祖"，请谈谈本文语言修辞上的特色。

《史记》文选二则

管晏列传[1]

管仲夷吾者,颍上人也[2]。少时常与鲍叔牙游[3],鲍叔知其贤。管仲贫困,常欺鲍叔,鲍叔终善遇之[4],不以为言。已而鲍叔事公子小白,管仲事公子纠[5]。及小白立,为桓公,公子纠死,管仲囚焉[6]。鲍叔遂进管仲[7]。管仲既用,任政于齐[8],齐桓公以霸,九合诸侯[9],一匡天下[10],管仲之谋也。

管仲曰:"吾始困时,尝与鲍叔贾[11],分财利多自与,鲍叔不以我为贪,知我贫也。吾尝为鲍叔谋事而更穷困[12],鲍叔不以我为愚,知时有利不利也。吾尝三仕三见逐于君,鲍叔不以我为不肖[13],知我不遭时也。吾尝三战三走[14],鲍叔不以我为怯,知我有老母也。公子纠败,召忽死之[15],吾幽囚受辱,鲍叔不以我为无耻,知我不羞小节而耻功名不显于天下也。生我者父母,知我者鲍子也。"

鲍叔既进管仲,以身下之。子孙世禄于齐[16],有封邑者十余世,常为名大夫。天下不多管仲之贤而多鲍叔能知人也[17]。

管仲既任政相齐[18],以区区之齐在海滨,通货积财,富国强兵,与俗同好恶[19]。故其称曰:"仓廪实而知礼节,衣食足而知荣辱,上服度则六亲固[20]。四维不张[21],国乃灭亡。下令如流水之原[22],令顺民心。"故论卑而易行[23]。俗之所欲,因而予之;俗之所否,因而去之。

其为政也,善因祸而为福,转败而为功。贵轻重,慎权衡。桓公实怒少姬,南袭蔡[24],管仲因而伐楚,责包茅不入贡于周室旗[25]。桓公实北征山戎,而管仲因而令燕修召公之政[26]。于柯之会,桓公欲背曹沬之约,管仲因而信之，诸侯由是归齐[27]。故曰："知与之为取，政之宝也。"

管仲富拟于公室[28]，有三归、反坫[29]，齐人不以为侈。管仲卒，齐国遵其政，常强于诸侯。后百余年而有晏子焉[30]。

晏平仲婴者，莱之夷维人也[31]。事齐灵公、庄公、景公，以节俭力行重于齐[32]。即相齐，食不重肉[33]，妾不衣帛[34]。其在朝，君语及之[35]，即危言[36]；语不及之，即危行。国有道[37]，即顺命[38]；无道，即衡命[39]。以此三世显名于诸侯。

越石父贤，在缧绁中[40]。晏子出，遭之涂[41]，解左骖赎之[42]，载归。弗谢，入闺[43]。久之，越石父请绝。晏子戄然[44]，摄衣冠谢曰[45]："婴虽不仁，免子于厄，何子求绝之速也？"石父曰："不然。吾闻君子诎于不知己而信于知己者[46]。方吾在缧绁中，彼不知我也。夫子既已感寤而赎我[47]，是知己；知己而无礼，固不如在缧绁之中。"晏子于是延入为上客。

晏子为齐相，出，其御之妻从门间而窥其夫[48]。其夫为相御，拥大盖[49]，策驷马，意气扬扬，甚自得也。既而归，其妻请去。夫问其故。妻曰："晏子长不满六尺，身相齐国，名显诸侯。今者妾观其出，志念深矣[50]，常有以自下者。今子长八尺，乃为人仆御，然子之意自以为足，妾是以求去也。"其后夫自抑损[51]。晏子怪而问之，御以实对。晏子荐以为大夫。

太史公曰：吾读管氏《牧民》《山高》《乘马》《轻重》《九府》，及《晏子春秋》[52]，详哉其言之也。既见其著书，欲观其行事，故次其传[53]。至其书，世多有之，是以不论，论其轶事。

管仲，世所谓贤臣，然孔子小之[54]。岂以为周道衰微，桓公既贤，而不勉之至王，乃称霸哉？语曰[55]："将顺其美[56]，匡救其恶[57]，故上下能相亲也[58]。"岂管仲之谓乎？

方晏子伏庄公尸哭之，成礼然后去[59]，岂所谓"见义不为无勇"者邪？至其谏说，犯君之颜[60]，此所谓"进思尽忠，退思补过"者哉！假令晏子而在，余虽为之执鞭，所忻慕焉[61]。

【注释】

[1]选自《史记·点校本二十四史修订本》，中华书局出版2013年版。

[2]管仲：姓管字仲名夷吾，春秋初期齐国著名政治家。颍上：在今安徽颍上县南。

[3]常：同"尝"，曾经。鲍叔牙：姓鲍，字叔牙，齐国大夫。游：交游，来往。

[4]遇：对待。

[5]"已而"二句：齐襄公立，政令无常，数欺大臣，又淫于妇人，诛杀屡不当，鲍叔担心齐国将大乱。为避难，管仲、召忽奉襄公弟公子纠出奔鲁国，鲍叔奉襄公弟小白出奔莒国。见卷三十二《齐太公世家》《左传·庄公八年》。

[6]"及小白"三句：公元前686年襄公被杀。前685年，鲁国派兵保护公子纠赶回齐国争夺王位，先由管仲领兵扼守莒、齐要道，以防小白先行入齐争位。两相遭遇，管仲射中小白带钩。小白佯死，使鲁国延误了公子纠的行程。小白率先入齐，立为桓公。桓公以军拒鲁，大败鲁军。鲁国被迫杀死公子纠，召忽自杀，鲁国让管仲坐着囚车返回齐国。

[7]进：引进，推荐。

[8]任政：为相。

[9]九合：多次会盟。

[10]匡：匡正，改正；一统天下：纠正天下混乱局势，使天下安定下来。

[11]贾：作买卖。

[12]更穷困：处境更不利，指事情越办越糟。

[13]不肖：不才。

[14]走：败逃。

[15]死之：为公子纠而死。

[16]世禄：世代享受俸禄。

[17]多：推重，赞美。

[18]相：出任国相。

[19]与俗同好恶：指顺适百姓的思想愿望、风俗习惯。

[20]上服度则六亲固　上：居上位者。服：行，施行。度：节度。或特指礼度、制度。六亲：父、母、兄、弟、妻、子。固：安固，稳固。

[21]四维：指礼、义、廉、耻。张：推行。

[22]原：通"源"，水的源头。

[23]论卑：指政令平易符合下边的民情。

[24]桓公实怒少姬，南袭蔡：是说少姬即蔡姬，蔡国人。曾荡舟戏弄桓公，制止不听，因怒，遣送回国。蔡君将其改嫁，所以桓公怒而攻蔡。见卷三十二《齐太公世家》《左传·僖公四年》。

[25]"管仲"二句：《左传·僖公四年》载：齐桓公伐楚，使管仲责之曰："尔贡包茅不入，王祭不共，无以缩酒，寡人是征。"古代祭祀，用裹束成捆的菁茅过滤去渣。包茅：一种可供过滤酒的菁茅，楚国特产。按：责楚包茅不入贡于周室，这是齐伐楚的借口。

[26]"桓公实北征"两句：齐桓公二十三年（前663），山戎（北狄）伐燕，燕告急于齐，桓公因伐山戎，至于孤竹而还。燕庄公送桓公进入齐境。桓公说："非天子，诸侯相送不出境，吾不可以无礼于燕。"于是分沟割燕君所至之地与燕，并让燕君重修召

公之政，纳贡于周。召公，是燕国的始祖，周成王时为三公，见卷三十二《齐太公世家》、卷三十四《燕召公世家》。

[27]"于柯之会"四句：齐桓公五年（前681），伐鲁，鲁将曹沫三战三败，鲁庄公请献遂邑求和，桓公许，与鲁会柯而盟。将盟，曹沫以匕首劫持桓公于坛上，威胁桓公归还"鲁之侵地"，桓公先是被迫答应，继而"欲无与鲁地而杀曹沫。"这时，管仲劝桓公不要图一时"小快"而"弃信"于诸侯，失天下之援。

[28]拟：比拟，类似。

[29]三归：建筑华丽的台。另有多种说法，如采邑、府库等。反坫（diàn）：堂屋两柱间放置供祭祀、宴会所有礼器和酒的土台。按"礼"，只有诸侯才能设有三归和反坫。管仲是大夫，本不该享有。然而，齐以管仲而强，故下文说"齐人不以为侈。"侈：放纵，放肆。这里有过分的意思。

[30]"后百余年"句：这句话是"合传"连缀法，提示下文。

[31]晏平仲婴：姓晏名婴，字平仲。莱：古地名：今山东黄县东南。夷维：古邑名：今山东高密。

[32]重于齐：在齐国受重用。

[33]重肉：饭桌上没有第二个肉菜。

[34]衣：穿。

[35]语及之：问到他。

[36]危言：正直地陈述己见。危，高耸貌。引申为正直。

[37]国有道：国君的命令有道理。

[38]顺命：服从命令去做。

[39]衡命：斟酌命令的情况去做。

[40]缧绁（léi xiè）：拘系犯人的绳子。引申为囚禁。

[41]涂：同"途"。

[42]骖：古代四马驾一车，中间的两匹马叫服马，左右两旁的马叫骖。

[43]闺：内室。

[44]憬（jué）然：惶遽的样子。

[45]摄：整理。整理衣冠表示严肃郑重，对人尊敬之意。

[46]诎：通"屈"，委屈。信：通"伸"，伸展、伸张。

[47]感寤：觉察。寤，通"悟"。

[48]御：车夫。门间：门缝。窥：暗中偷看。

[49]拥：抱持，这里指紧靠着。大盖：古代高贵车上遮雨蔽日的篷子，形圆如伞，下有柄。

[50]志念：志向、抱负。

[51]抑损：谦恭、退让。

[52]《牧民》《山高》《乘马》《轻重》《九府》：都是《管子》里的篇名，后人托管仲而作。《晏子春秋》：旧题春秋齐晏婴撰，实际上是后人依托并采缀晏子言行而作。

[53]次：排列、编写。

[54]小之：认为他器量狭小。《论语·八佾》有"管仲之器小哉"的话。

[55]语引自《孝经·事君》。

[56]将顺：顺势助成。

[57]匡救：纠正、挽救。

[58]上下：指君臣百姓。

[59]"晏子伏庄公尸"二句：齐国大夫崔杼因齐庄公与他新娶棠公的寡妻私通，设谋杀死庄公。晏婴到崔家，枕庄公尸而哭之，完成君臣之礼而去。见卷三十二《齐太公世家》《左传·襄公二十五年》。

103

[60]犯：冒犯。颜：面容、脸色。

[61]忻（xīn）：同"欣"。慕：羡慕，向往。

【作者（作品）简介】

司马迁（约公元前145—？），字子长，夏阳（今陕西韩城南）人。青年时多次出外游历，足迹遍及南北各地。三十岁为郎中。数年后承袭父职任太史令，读到大量政府藏书。他继承父志，于太初元年（前104）开始编写《史记》。天汉二年（前99），由于替投降匈奴的李陵辩解，得罪汉武帝，被处宫刑。出狱后担任中书令。为完成《史记》的写作，他含垢忍辱，发愤著书，终于在征和初年（前92）左右写成，不久去世。

《史记》记叙了上自传说中的黄帝、下至汉武帝太初年间共三千多年的历史，是我国第一部纪传体通史。全书一百三十篇："本纪"十二篇，"表"十篇，"书"八篇，"世家"三十篇，"列传"七十篇。《史记》全面而生动地反映了历史的真实，对不合理的社会现实和统治阶级争权夺利、尔虞我诈的面目进行了揭露和批判，对社会中下层被压迫者和反抗者则寄予一定的同情。由于他在记叙历史人物时注入了自己的深厚感情，再加上精练生动的语言表达，书中的人物写得栩栩如生，具有强烈的艺术感染力。《史记》是一部伟大的历史著作，也是一部伟大的传记文学作品，在史学和文学两个方面，对后世都产生了深远影响。

【作品评析】

本文是管仲、晏婴两位大政治家的合传。合传是历史性质相同的人物或者互有关系的知名历史人物所设立的传记。读者需运用对照比较的方法来观照历史人物和事件。管、晏是春秋时第一流人物,功业显赫。但在传记中,作者对他们的生平事业,只以轻描淡写之笔出之,文章大半则在叙写他们个人阅历琐事。于管仲,只概写其为相才略和历史功绩,强调管仲对鲍叔的知己之感;于晏子,只点明其立身行事的原则,突出晏婴不拘一格赏拔人才的做法。寥寥轶事,也可见两位政治家的风貌。二人虽隔百余年,但他们都是齐人,都是名相,又都为齐国作出了卓越的贡献,故合传为一。

本文通过鲍叔和晏子知贤、荐贤和让贤的故事,深入探索如何对待贤才的问题。管仲相齐,凭借海滨的有利条件,发展经济,聚集财物,使国富兵强,与百姓同好恶。他善于"因祸而为福,转败而为功。贵轻重、慎权衡",内政、外交功名垂著。他辅佐齐桓公,一匡天下,使齐桓公成为春秋时期第一个霸主。晏婴事齐三世,节俭力行,严于律己,三世显名于诸侯。司马迁极力赞美鲍叔和晏子,写管、鲍之交,可歌可泣;写晏子与越石父患难相知,真切动人,表现了作者对知己的欣羡,字里行间凝集着对个人身世的无限感慨。

作者善于用人物的特定动作、个性化的语言刻画人物的内心世界。越石父虽贤,不幸而为囚犯。晏子遇到他解左骖把他赎出,载回家去,因"弗谢,入闺,久之",就被越石父深责并要求绝交。行文到此,作者写道,"晏子戄然,摄衣冠谢曰:'婴虽不仁,免子于厄,何子求绝之速也?'……晏子于是延入为上客",写出晏子心灵深处的震撼,形于外在的惶惑、谦虚的表情;把晏子由求贤到礼贤的整个过程和心灵深处的变化层次,神形毕肖地表现出来。

【思考与练习】

1.本文塑造人物时注重细节描写,试找出几例加以说明。

2.学习《管晏列传》的当代意义是什么?

3.作者对管晏的评价,流露了作者怎样的思想感情?

垓下之围（节选）[1]

项王军壁垓下[2]，兵少食尽，汉军及诸侯兵围之数重。夜闻汉军四面皆楚歌[3]，项王乃大惊曰："汉皆已得楚乎？是何楚人之多也！"项王则夜起，饮帐中。有美人名虞，常幸从[4]；骏马名骓[5]，常骑之。于是项王乃悲歌慷慨[6]，自为诗曰："力拔山兮气盖世，时不利兮骓不逝[7]。骓不逝兮可奈何，虞兮虞兮奈若何[8]！"歌数阕[9]，美人和之。项王泣数行下，左右皆泣，莫能仰视[10]。

于是项王乃上马骑[11]，麾下壮士骑从者八百余人，直夜溃围南出[12]，驰走。平明[13]，汉军乃觉之，令骑将灌婴以五千骑追之。项王渡淮，骑能属者[14]，百余人耳。项王至阴陵[15]，迷失道，问一田父，田父绐曰[16]："左。"左，乃陷大泽中。以故汉追及之。项王乃复引兵而东，至东城[17]，乃有二十八骑。汉骑追者数千人。项王自度不得脱[18]，谓其骑曰："吾起兵至今，八岁矣，身七十余战[19]，所当者破[20]，所击者服，未尝败北[21]，遂霸有天下。然今卒困于此[22]，此天之亡我，非战之罪也。今日固决死[23]，愿为诸君快战[24]，必三胜之，为诸君溃围，斩将，刈旗[25]。令诸君知天亡我，非战之罪也。"乃分其骑以为四队，四向[26]。汉军围之数重。项王谓其骑曰："吾为公取彼一将。"令四面骑驰下，期山东为三处[27]。于是项王大呼，驰下。汉军皆披靡[28]。遂斩汉一将。是时，赤泉侯为骑将[29]，追项王，项王瞋目而叱之[30]，赤泉侯人马俱惊，辟易数里[31]。与其骑会为三处。汉军不知项王所在，乃分军为三，复围之[32]。项王乃驰，复斩汉一都尉，杀数十百人。复聚其骑，亡其两骑耳。乃谓其骑曰："何如？"骑皆伏曰[33]："如大王言。"

于是项王乃欲东渡乌江[34]。乌江亭长檥船待[35]，谓项王曰："江东虽小，地方千里，众数十万人，亦足王也，愿大王急渡。今独臣有船，汉军至，无以渡。"项王笑曰:"天之亡我,我何渡为!且籍与江东子弟八千人渡江而西,今无一人还,纵江东父兄怜而王我[36],我何面目见之?纵彼不言,籍独不愧于心乎?"乃谓亭长曰:"吾知公长者[37]。吾骑此马五岁,所当无敌,尝一日行千里,不忍杀之,以赐公。"乃令骑皆下马步行,持短兵接战。独籍所杀汉军数百人。项王身亦被十余创[38]。顾见汉骑司马吕马童[39],曰:"若非吾故人乎[40]?"马童面之[41],指王翳曰[42]:"此项王也。"项王乃曰:"吾闻汉购我头千金,邑万户,吾为若德[43]。"乃自刎而死。王翳取其头,余骑相蹂践争项王,相杀者数十人。最其后,郎中骑杨喜、骑司马吕马童、郎中吕胜、杨武各得其一体。五人共会其体,皆是。故分其地为五:封吕马童为中水侯,封王翳为杜衍侯,封杨喜为赤泉侯,封杨武为吴防侯,封吕胜为涅阳侯。

……

太史公曰[44]:吾闻之周生曰[45],"舜目盖重瞳子"[46],又闻项羽亦重瞳子,羽岂其苗裔邪[47]?何兴之暴也[48]!夫秦失其政,陈涉首难,豪杰蜂起,相与并争,不可胜数。然羽非有尺寸[49],乘势起陇亩之中[50],三年,遂将五诸侯灭秦[51],分裂天下,而封王侯,政由羽出[52],号为"霸王",位虽不终[53],近古以来未尝有也。及羽背关怀楚[54],放逐义帝而自立[55],怨王侯叛己,难矣[56]。自矜功伐[57],奋其私智而不师古[58],谓霸王之业,欲以力征经营天下[59],五年卒亡其国,身死东城,尚不觉悟,而不自责,过矣。乃引"天亡我,非用兵之罪也[60]",岂不谬哉!

【注释】

[1]本文节选自《项羽本纪》，题目系编者所加，本纪用以记述帝王的事迹。垓下：地名，故址在今安徽亳县东南的城父村。

[2]壁：营垒；此处用作动词，即在……扎营。

[3]四面皆楚歌：四面八方都响起用楚方言所唱的歌曲。喻指楚人多已降汉。

[4]幸从：得到宠爱，跟随在项羽身边。

[5]骓（zhuī）：毛色黑白相间的马。这里是以毛色为马命名。

[6]忼慨：同"慷慨"，悲愤激昂。

[7]逝：奔驰。

[8]奈若何：将你怎么办。若：你。

[9]阕（què）：乐歌终了一次叫作一阕。

[10]莫：没有人。

[11]骑（jì）：名词，一人乘一马为一骑。

[12]直夜：当夜。溃围：突破重围。

[13]平明：天亮时。

[14]骑能属者：能跟从而来的骑兵。属：随从。

[15]阴陵：秦时地名，故址在今安徽定远县西北。

[16]田父：农夫。绐（dài）：欺骗。

[17]东城：秦时地名，故址在今安徽定远县东南。

[18]度（duó）：揣测，估计。脱：脱身。

[19]身：亲身参加。

[20]所当者：所遇到的敌方。

[21]尝：曾。败北：战败，败走。

109

[22]卒：最终。

[23]固：必，一定。

[24]快战：痛痛快快地打一仗。

[25]刈（yì）：割，砍。

[26]四向：面朝四个方向。

[27]期：约定。山东：山的东面。为三处：意谓分三处集合。

[28]披靡：惊溃散乱的样子。

[29]赤泉：地名，在今河南淅川西。赤泉侯：汉将杨喜，后封赤泉侯。

[30]瞋（chēn）目：瞪大眼睛。叱（chì）：大声呵斥。

[31]辟易：倒退。

[32]复：又，再。

[33]伏：通"服"。

[34]乌江：今安徽和县东北之乌江浦。

[35]亭长：乡官。秦、汉时制度，十里一亭，设亭长一人。檥（yì）：同"舣"，移船靠岸。

[36]纵：即使。王我：让我为王。

[37]长者：性情谨厚的人。

[38]创：创伤。

[39]顾：回头看。

[40]故人：旧相识。

[41]面之：面对着项王。

[42]指王翳：把项王指给王翳看。

[43]吾为若德：我就给你个好处吧。

[44]太史公：即太史令，司马迁自称。《史记》每篇传记文后均设"太史公曰"一段文字，以抒发他对传主一生行事、遭遇的总结性意见。

[45]周生：汉时儒者，姓周，名不详。

[46]盖：表推测，"或许是""可能是"之意。重瞳子：旧说指一只眼睛里有两个眸子。

[47]苗裔：后代。

[48]暴：骤然，突然。

[49]尺寸：指极少的封地、权势等凭借。

[50]陇亩：田间，指民间。

[51]将：率领。五诸侯：齐、赵、韩、魏、燕五国。此处泛指楚以外的各路义军。

[52]政：政令。

[53]不终：没取得较长远的好结果。

[54]背关怀楚：放弃关中，怀归楚地。指的是项羽不扼据关中而还军建都彭城。

[55]放逐义帝：项羽之叔项梁起兵时，立楚王后代熊心为怀王。灭秦后项羽尊其为义帝。后项羽自立为西楚霸王，徙义帝往长沙郴县，并暗中令人于途中杀之。

[56]难矣：意思是说，项羽在这种情况下还想成大事，那就太困难了。

[57]自矜：自夸，自负。功伐：指武力征伐之功。

[58]私智：一己之能。师古：以古代成功立业的帝王为师。

[59]经营：治理，整顿。

[60]引：援引，以……为理由。

【作品评析】

《项羽本纪》是《史记》中最著名的人物传记之一。本文所节选的垓下之围部分，主要表现项羽失败时的英雄风采。司马迁不以成败论英雄，既肯定项羽起兵灭秦的重大历史功绩，又批评他缺乏政治远见、专恃武力以经营天下的致命错误。更为可悲的是他至死不悟，反而将失败的原因归之于天，自负而不知自省。

本文通过三个场面描写，塑造了一个性格鲜明的悲剧英雄形象。在四面楚歌中霸王别姬，悲歌慷慨，表现了英雄末路多情而又无可奈何的心境；在东城"快战"中连斩数将，展露了他能征善战、勇猛善战的英姿；因愧见江东父老而自刎乌江，宁死不辱，揭示了他内心世界中知耻重义、纯朴仁爱的一面。

司马迁写人物传记，善于在历史事实的基础上进行合乎情理的艺术加工，多角度地进行个性描写和心理刻画，大大增强了人物形象的立体感。"虞兮虞兮"的悲歌暗含悲情和不祥，瞋目吓退吕马童数里的英雄气势，愧见江东父老的良心愧疚，将宝马赠给乌江亭长的仁义之举，这些有血有肉的细节加工，收到了使人物性格突出、情致感人的艺术效果。

【思考与练习】

1.本文主要描述了哪三个场面？这三个场面各表现了项羽怎样的性格？

2.项羽该不该渡过乌江，历来意见不一，你的意见如何？

3.结合"太史公曰"评议，谈谈你对项羽功过及其失败原因的看法。

苏武传（节选）[1]

　　武，字子卿。少以父任[2]，兄弟并为郎[3]，稍迁至栘中厩监[4]。时汉连伐胡，数通使相窥观[5]。匈奴留汉使郭吉、路充国等前后十余辈[6]。匈奴使来，汉亦留之以相当[7]。天汉元年[8]，且鞮侯单于初立[9]，恐汉袭之，乃曰："汉天子，我丈人行也[10]。"尽归汉使路充国等。武帝嘉其义，乃遣武以中郎将使持节送匈奴使留在汉者[11]；因厚赂单于，答其善意。武与副中郎将张胜及假吏常惠等[12]，募士、斥候百余人俱[13]。

　　既至匈奴，置币遗单于[14]。单于益骄，非汉所望也。方欲发使送武等，会缑王与长水虞常等谋反匈奴中[15]。缑王者，昆邪王姊子也[16]，与昆邪王俱降汉，后随浞野侯没胡中[17]。及卫律所将降者[18]，阴相与谋劫单于母阏氏归汉[19]。会武等至匈奴。虞常在汉时，素与副张胜相知，私候胜[20]，曰："闻汉天子甚怨卫律，常能为汉伏弩射杀之。吾母与弟在汉，幸蒙其赏赐。"张胜许之，以货物与常。

　　后月余，单于出猎，独阏氏、子弟在。虞常等七十余人欲发；其一人夜亡，告之。单于子弟发兵与战，缑王等皆死，虞常生得。单于使卫律治其事。张胜闻之，恐前语发，以状语武。武曰："事如此，此必及我。见犯乃死，重负国！"欲自杀，胜、惠共止之。虞常果引张胜[21]。单于怒，召诸贵人议，欲杀汉使者。左伊秩訾曰[22]："即谋单于，何以复加[23]？宜皆降之。"单于使卫律召武受辞[24]，武谓惠等："屈节辱命，虽生，何面目以归汉！"引佩刀自刺。卫律惊，自抱持武，驰召医。凿地为坎[25]，置煴火[26]，覆武其上，蹈其背以出血。武气绝，半日复息。惠等哭，舆归营[27]。单于壮其节，朝夕遣人候问武，而收系张胜。

113

武益愈，单于使使晓武[28]，会论虞常[29]，欲因此时降武。剑斩虞常已，律曰："汉使张胜，谋杀单于近臣，当死。单于募降者赦罪。"举剑欲击之，胜请降。律谓武曰："副有罪，当相坐[30]。"武曰："本无谋，又非亲属，何谓相坐？"复举剑拟之[31]，武不动。律曰："苏君！律前负汉归匈奴，幸蒙大恩，赐号称王；拥众数万，马畜弥山[32]，富贵如此！苏君今日降，明日复然。空以身膏草野[33]，谁复知之！"武不应。律曰："君因我降，与君为兄弟。今不听吾计，后虽欲复见我，尚可得乎？"

武骂律曰："女为人臣子[34]，不顾恩义，畔主背亲，为降虏于蛮夷，何以女为见！且单于信女，使决人死生；不平心持正，反欲斗两主[35]，观祸败！南越杀汉使者，屠为九郡[36]。宛王杀汉使者，头县北阙[37]。朝鲜杀汉使者，即时诛灭[38]。独匈奴未耳。若知我不降明，欲令两国相攻。匈奴之祸，从我始矣！"律知武终不可胁，白单于。单于愈益欲降之，乃幽武，置大窖中，绝不饮食。天雨雪，武卧啮雪，与旃毛并咽之[39]，数日不死。匈奴以为神，乃徙武北海上无人处[40]，使牧羝，羝乳乃得归[41]。别其官属常惠等，各置他所。

武既至海上，廪食不至[42]，掘野鼠去草实而食之。杖汉节牧羊，卧起操持，节旄尽落。积五六年，单于弟於靬王弋射海上[43]。武能网纺缴[44]，檠弓弩[45]，於靬王爱之，给其衣食。三岁余，王病，赐武马畜、服匿、穹庐[46]。王死后，人众徙去。其冬，丁令盗武牛羊[47]，武复穷厄。

初，武与李陵俱为侍中[48]。武使匈奴明年，陵降，不敢求武[49]。久之，单于使陵至海上，为武置酒设乐。因谓武曰："单于闻陵与子卿素厚，故使陵来说足下，虚心欲相待。终不得归汉，空自苦亡人之地[50]，信义安所见乎？前长君为奉车[51]，从至雍棫阳宫[52]，扶辇下除[53]，触柱折辕，劾大不敬[54]，伏剑自刎，赐钱二百万以葬。孺卿从祠河东后土[55]，宦骑与黄门驸马争船[56]，推堕驸马河中溺死。宦骑亡，诏使孺卿逐捕，不得，惶恐饮药而死。来时，太夫人已不幸[57]，陵送葬至阳陵[58]。子卿妇年少，闻已更嫁矣。独有女弟二人[59]，两女一男[60]，今复十余年，存亡不可知。人生如朝露，何久自苦如此！陵始降时，忽忽如狂[61]，自痛负汉，加以老母系保宫[62]，子卿不欲降，何以过陵！且陛下春秋高[63]，法令亡常，大臣亡罪夷灭者数十家[64]，安危不可知。子卿尚复谁为乎？愿听陵计，勿复有云[65]！"武曰："武父子亡功德，皆为陛下所成就，位列将[66]，爵通侯[67]，兄弟亲近，常愿肝脑涂地。今得杀身自效，虽蒙斧钺汤镬[68]，诚甘乐之。臣事君，犹子事父也；子为父死，亡所恨。愿勿复再言！"

陵与武饮数日，复曰："子卿壹听陵言[69]。"武曰："自分已死久矣[70]！王必欲降武[71]，请毕今日之欢，效死于前！"陵见其至诚，喟然叹曰："嗟乎，义士！陵与卫律之罪，上通于天！"因泣下沾衿，与武决去。陵恶自赐武[72]，使其妻赐武牛羊数十头。

后陵复至北海上，语武："区脱捕得云中生口[73]，言太守以下吏民皆白服，曰上崩[74]。"武闻之，南向号哭，呕血，旦夕临[75]，数月。

昭帝即位[76]，数年，匈奴与汉和亲。汉求武等，匈奴诡言武死。后汉使复至匈奴，常惠请其守者与俱[77]，得夜见汉使，具自陈道[78]。教使者谓单于，言："天子射上林中[79]，得雁，足有系帛书，言武等在某泽中"。使者大喜，如惠语以让单于[80]。单于视左右而惊，谢汉使曰："武等实在。"

于是李陵置酒贺武曰："今足下还归，扬名于匈奴，功显于汉室。虽古竹帛所载[81]，丹青所画[82]，何以过子卿！陵虽驽怯[83]，令汉且贳陵罪[84]，全其老母，使得奋大辱之积志[85]，庶几乎曹柯之盟[86]，此陵宿昔之所不忘也！收族陵家，为世大戮[87]，陵尚复何顾乎？已矣，令子卿知吾心耳！异域之人，一别长绝！"陵起舞，歌曰："径万里兮度沙幕[88]，为君将兮奋匈奴[89]。路穷绝兮矢刃摧[90]，士众灭兮名已隤[91]。老母已死，虽欲报恩将安归！"陵泣下数行，因与武决。单于召会武官属[92]，前以降及物故，凡随武还者九人。

武以始元六年春至京师[93]。诏武奉一太牢谒武帝园庙[94]。拜为典属国[95]，秩中二千石[96]；赐钱二百万，公田二顷，宅一区。常惠、徐圣、赵终根皆拜为中郎[97]，赐帛各二百匹。其余六人老，归家，赐钱人十万，复终身[98]。常惠后至右将军，封列侯，自有传。武留匈奴凡十九岁[99]，始以强壮出，及还，须发尽白。

武来归明年，上官桀、子安与桑弘羊及燕王、盖主谋反[100]。武子男元与安有谋[101]，坐死[102]。

……

武年老，子前坐事死，上闵之，问左右："武在匈奴久，岂有子乎？"武因平恩侯自白[103]："前发匈奴时[104]，胡妇适产一子通国[105]，有声问来[106]，愿因使者致金帛赎之。"上许焉。后通国随使者至，上以为郎[107]。

又以武弟子为右曹[108]。武年八十余，神爵二年病卒[109]。

【注释】

[1]选自中华书局标点本《汉书·李广苏建传》1978年版。

[2]父：指苏武的父亲苏建，有功封平陵侯，做过代郡太守。以父任：因为父亲职位关系而做官。

[3]兄弟：指苏武和他的兄苏嘉，弟苏贤。郎：官名，汉制年俸二千石以上，其子弟得以父荫为郎。

[4]稍迁：逐渐提升。栘（yí）中厩：汉宫中有栘园，园中有马厩，故称。监：此指管马厩的官。

[5]通使：派遣使者往来。

[6]郭吉：元封元年（前110），汉武帝亲统大军十八万到北地，派郭吉到匈奴，晓谕单于归顺，单于大怒，扣留了郭吉。路充国：元封四年（前107），匈奴派遣使者至汉，病故。汉派路充国送丧到匈奴，单于以为是被汉杀死，扣留了路充国。辈：批。

[7]相当：相抵。

[8]天汉元年：公元前100年。天汉，汉武帝年号。

[9]且鞮（jū dī）侯：单于嗣位前的封号。单（chán）于：匈奴首领的称号。

[10]丈人：长辈。行（háng）：辈。[11]中郎将：官名，皇帝的侍卫长。节：使臣所持信物，以竹为杆，柄长八尺，拴上旄牛尾，共三层，故又称"旄节"。

[12]假吏：临时委任的使臣属官。

[13]斥候：军中担任警卫的侦察人员。

[14]置币：摆列礼物。

[15]缑（gōu）王：匈奴的一个亲王。长水：水名，在今陕西省蓝田县。虞常：长水人，后投降匈奴。

[16]昆（hún）邪（yé）王：匈奴一个部落的王，其地在河西（今甘肃省西北部）。昆邪王于汉武帝元狩二年（前121）降汉。

[17]浞（zhuó）野侯：汉将赵破奴的封号。汉武帝太初二年（前103）率二万骑击匈奴，兵败而降，全军覆没。当时缑王隶属破奴军，亦投降匈奴。

[18]卫律：本为长水胡人，但生长于汉，被协律都尉李延年荐为汉使出使匈奴。回汉后，正值李延年因罪全家被捕，卫律怕受牵连，又逃奔匈奴，被封为丁零王。

[19]阏氏（yān zhī）：匈奴王后封号。

[20]私候：私下拜访。

[21]引：牵引，这里指供出。

[22]左伊秩訾：匈奴的王号，有"左""右"之分。

[23]复加：指加重处分。

[24]受辞：受审，取口供。

[25]坎：坑。

[26]煴（yūn）火：没有火苗的微火。

[27]舆：名词用作动词，以车载送。

[28]使使：派遣使者。[29]会论：共同判决罪犯。

[30]相坐：连带治罪。古代法律规定，凡犯谋反等大罪者，其亲属要跟着治罪，叫做连坐，或相坐。

[31]拟：比划，做出要砍杀的样子。

[32]弥山：满山。

[33]膏：肥美滋润，此用作动词。

[34]女：即"汝"，下同。

[35]斗两主：使汉皇帝和匈奴单于相斗。斗，用为使动词。

[36]南越：国名，今广东、广西南部一带。屠：平定。《史记·南越列传》载，武帝元鼎五年（前112），南越王相吕嘉杀其国王及汉使者，叛汉。武帝发兵讨伐，活捉吕嘉，因将其地改为珠崖、南海等九郡。

[37]宛王：指大宛国王毋寡。北阙：宫殿的北门。《史记·大宛列传》载，汉武帝太初元年（前104），宛王毋寡派人杀前来求良马的汉使。武帝即命李广利讨伐大宛，大宛诸贵族乃杀毋寡而降汉。

[38]《史记·朝鲜列传》载，武帝元封二年（前109）派遣涉何出使朝鲜，涉何暗害了伴送他的朝鲜人，谎报为杀了朝鲜武将，因而被封为辽东东部都尉。朝鲜王右渠枭杀涉何。于是武帝发兵讨伐。朝鲜相杀王右渠降汉。

[39]旃：通"毡"，毛毡。

[40]北海：当时在匈奴北境，即今贝加尔湖。

[41]羝（dī）：公羊。乳：用作动词，生育，指生小羊。公羊不可能生小羊，此句是说苏武永远没有归汉的希望。

[42]廪食：指当时匈奴当局供应的粮食。

[43]於（wū）靬（qián）王：且鞮单于之弟，为匈奴的一个亲王。弋射：射猎。

[44]网纺缴：据《太平御览》卷四八六所引，此句"网"前应有"结"字。结网：编结打猎所用的网。缴：系在箭上的丝绳。

[45]檠（qíng）：矫正弓箭的工具。此作动词，犹"矫正"。

[46]服匿：盛酒酪的容器，类似今天的坛子。穹庐：圆顶大篷帐，犹今之蒙古包。

[47]丁令：即"丁零"，匈奴族北边的一个部族。

[48]李陵：字少卿，西汉陇西成纪（今甘肃秦安）人，李广之孙，武帝时曾为侍中。天汉二年（前99）出征匈奴，兵败投降，后病死匈奴。侍中：官名，皇帝的侍从。

[49]求：求见。

[50]空自：白白地，徒然。亡：通"无"。

[51]长君：指苏武的长兄苏嘉。奉车：官名，即"奉车都尉"，皇帝出巡时，负责车马的侍从官。

[52]雍：汉代县名，在今陕西凤翔县南。棫（yù）阳宫：秦时所建宫殿，在雍东北。

[53]辇：皇帝乘坐的车。除：宫殿的台阶。

119

[54]劾：弹劾，汉时称判罪为劾。大不敬：不敬皇帝的罪名，为一种不可赦免的重罪。

[55]孺卿：苏武弟苏贤的字。河东：郡名，在今山西夏县北。后土：地神。

[56]宦骑：充当骑从的宦官。黄门驸马：宫中掌管车辇马匹的官。

[57]太夫人：指苏武的母亲。不幸：死的讳称。

[58]阳陵：汉时有阳陵县，在今陕西咸阳市东。

[59]女弟：妹妹。

[60]两女一男：指苏武的两个女儿、一个儿子。

[61]忽忽如狂：忽忽，迷惘恍惚、神情不定的样子。狂，精神失常。

[62]保宫：本名"居室"，太初元年更名"保宫"，囚禁犯罪大臣及其眷属之处。

[63]春秋高：年老。春秋：指年龄。

[64]亡罪夷灭：没有罪被杀灭。

[65]勿复有云：不要再说什么了。

[66]位：指被封的爵位。列将：一般将军的总称。苏武父子曾被任为右将军、中郎将等。

[67]通侯：汉爵位名，本名彻侯，因避武帝讳改。苏武父苏建曾封为平陵侯。

[68]斧钺（yuè）：古时用以杀犯人的斧子。钺，大斧。汤：沸水。镬（huò）：大锅。汤镬：指把人投入开水锅煮死。此泛指酷刑。

[69]壹听：一定要听。

[70]自分（fèn）：自己料定。

[71]王：指李陵。李陵投降后匈奴封为右校王。

[72]恶（wù）：羞愧。

[73]区（ōu）脱：接近汉地的一个匈奴部落名。云中：郡名，在今山西省北部和内蒙古自治区南部一带地区。生口：活口，即俘虏。

[74]上崩：指后元二年（前87年）汉武帝死。

[75]临：哭。专用于哭奠死者。

[76]昭帝：武帝少子，名弗陵。公元前87年，武帝死昭帝即位。次年，改元始元。于始元六年，与匈奴达成和议。

[77]请守者与俱：请求看守他的人一起去见汉使。

[78]具：完全、详细。陈道：陈述。

[79]上林：双苑名，故址在今陕西省长安县西。

[80]让：责备。

[81]竹帛：指史籍。

[82]丹：硃砂。青：青䕩。都是绘画所用的颜色。此指古代丹青所画的杰出人物。

[83]驽怯：无能和胆怯。

[84]贳（shì）：赦免、宽恕。

[85]奋：奋起、奋发。积志：蓄积已久的志向。

[86]曹柯之盟：《史记·刺客列传》载，春秋时，曹沫鲁将，与齐作战，三战三败，鲁庄公割地求和，但仍用曹沫为将。后齐桓公与鲁庄公会盟于柯邑（时为齐邑，在今山东省阳谷县东北），曹沫持匕首胁迫齐桓公，齐桓公只得归还鲁地。李陵引此以自比，表示要立功赎罪。

[87]大戮：大耻辱。

[88]沙幕：沙漠。

[89]奋：奋击。

[90]矢刃摧：指兵器都被损坏。

[91]隳：同"颓"，败坏。

[92]会：聚集。

[93]京师：京都，指长安。

[94]太牢：祭品，即牛、羊、豕三牲。园：陵园。庙：祭祀祖先的祠庙。

[95]典属国：官名，掌管依附汉朝的各属国事务。

[96]秩：官俸。中二千石：官俸的等级之一，即每月一百八十石，一年合计二千一百六十石。此举整数而言。

[97]中郎：官名，掌管宿卫侍值。

[98]复：免除。

[99]"武留"句：苏武汉武帝天汉元年（前100）出使，至汉昭帝始元六年（前81）还，共十九年。

[100]上官桀：武帝末年封安阳侯，与大将霍光同辅昭帝。其子上官安，娶霍光女，生女，为昭帝皇后，安被封桑乐侯。后桀父子欲废昭帝，杀霍光，立燕王。事败，灭宗族。桑弘羊：武帝时任治粟都尉，后因与上官桀等谋立燕王，夺霍光权而被杀。燕王：名旦，武帝第三子。盖主：武帝长女，封鄂邑长公主，因嫁盖侯（王信），故又称盖主。谋反事败，与燕王皆自杀。

[101]武子男元：苏武的儿子苏元。苏武的儿子苏元因参与上官安的阴谋被处死。

[102]坐死：连坐处死。

[103]平恩侯：许广汉（一说是许伯）的封号。他是汉宣帝皇后的父亲。

[104]前发：以前在匈奴被发配。

[105]胡妇适产一子通国：娶的匈奴妇人正好生了一个儿子，名字叫通国。

[106]有声：有消息。

[107]郎：郎官。郎官在汉代是很重要的职位，为皇帝的侍卫。汉代的郎官都是在贵族子弟中选拔的优秀人才，说是在皇帝身边做侍卫，实际上是学习做官，增加阅历，经过一段时间的历练，会被任命正式的行政职位。

[108]武弟子：苏贤的儿子。右曹：汉时尚书令下面的加官，为空衔。

[109]神爵二年：即公元前60年。神爵：汉宣帝年号。

【作者（作品）简介】

　　班固（32—92），字孟坚，扶风安陵（今陕西咸阳市）人。东汉著名史学家。其父班彪曾续补《史记》作《史记后传》，未成而故。班固继承父业，广搜材料，续写父书。后因有人向汉明帝诬告他私改国史，被捕入狱。其弟班超上书求见明帝，始得获释，被任命为兰台令史，奉诏撰写《汉书》，经过二十多年努力，最终写成。汉和帝永元初年，班固随窦宪出征匈奴，不久窦宪因谋反案被诛，班固受牵连被捕，死于狱中。《汉书》中的八"表"与"天文志"是由其妹班昭和马续写成。

　　《汉书》是我国第一部纪传体断代史，体例模仿《史记》，但略有变更。全书起自汉高祖元年（前206），止于王莽地皇四年（公元23），记西汉一代二百三十年间史实。全书分帝纪十二篇，表八篇，志十篇，传七十篇，共一百篇。《汉书》评价历史人物往往从封建正统观念出发，以儒家的伦理道德作为标准。历来《汉书》与《史记》并称。

【作品评析】

　　本文记叙了苏武出使匈奴，被扣留十九年，历尽千辛万苦，终于回到汉廷的经历。通过苏武所受种种迫害和北海牧羊等许多情节的生动描写，刻画出苏武这一忠于国家和民族的英雄形象，歌颂了苏武富贵不能淫、威武不能屈的高尚节操。文中还着重叙写了卫律、李陵这两个不同类型的投降人物，通过人物的对比描写，更加突出苏武高尚的民族气节。

"苏武牧羊"的故事长期在民间广为流传，可见人民群众对这一人物形象的景仰和爱戴。当然，对苏武来说，忠于自己的民族和国家与忠于国君是等同的，他所表现的民族气节不可避免地有其历史局限性。两千多年来，他的精神激励着无数仁人蹈死不顾，宁为玉碎，不为瓦全，将不屈之信念、不朽之爱国精神大旗高高标举，猎猎作响于历史的时空。

【思考与练习】

1.文章并不具体描述苏武的每一事迹，而是有详有略，比如文章对卫律和李陵劝降的部分就描写得特别详细而且不同，为什么作者要这样处理，用意是什么？

2.苏武出使匈奴前曾许诺其妻"生当复归来，死当长相思""结发为夫妻，恩爱两不疑"，为何还在匈奴娶妻生子？

《乐府诗》二首

东门行[1]

出东门，不顾归[2]；来入门，怅欲悲[3]。盎中无斗米储[4]，还视架上无悬衣[5]。拔剑东门去[6]，舍中儿母牵衣啼[7]："他家但愿富贵[8]，贱妾与君共餔糜[9]。上用仓浪天故[10]，下当用此黄口儿[11]。今非[12]！""咄[13]！行！吾去为迟！白发时下难久居[14]。"

【注释】

[1]选自《汉魏六朝乐府诗评注》，齐鲁书社2000年版。东门行：乐府古辞，载于《乐府诗集·相和歌辞·瑟调曲》中。东门：主人公所居之处的东城门。

[2]顾：念、考虑。不顾归：决然前往，不考虑归来不归来的问题。

[3]来：返回来。怅：惆怅失意。

[4]盎（àng）：口小腹大的瓦瓮。

[5]还视：回头看。架：衣架。

[6]"拔剑"句：主人公看到家中无衣无食，只得拔剑再去东门。

[7]舍中儿母：指主人公的妻子。

[8]他家：别人家。

[9]餔糜（bū mí）：吃粥。餔：吃。糜：粥。

[10]用：为了。仓浪天：即苍天、青天。仓浪，青色。

[11]黄口儿：幼儿。

[12]今非：你今去铤而走险不对。

[13]咄（duō）：指丈夫因妻子的劝阻而发出的呵斥声。

125

[14]白发时下：白发经常脱落。难久居：苦日子难以久挨下去。

【作者（作品）简介】

乐府是古代音乐机构的名称，最初始于秦代，汉武帝时正式设立乐府，其主要任务是采集民间歌词以配乐，以及将文人歌功颂德之诗制谱，以供统治者祭祀和朝会宴饮时演奏使用。后来人们就把乐府所收集编录的"歌诗"称为乐府诗，或者简称乐府，于是乐府便由音乐机关的名称变成带有音乐性的诗体名称。汉代乐府诗流传至今约三四十首，大都收在宋人郭茂倩所编的《乐府诗集》中。其中，汉乐府民歌继承了《诗经》的现实主义传统，反映了汉代社会的真实面貌，表达了人民群众的爱憎之情，具有丰富深刻的思想意义。汉乐府民歌通过叙事性成分的加强，使诗中人物形象更加鲜明，故事情节更为完整。乐府诗表现形式自由多样，章法、句法自由随意，整散不拘。语言质朴自然而饱含感情。对后世文学影响深远。

【作品评析】

《东门行》是一首汉乐府民歌，描写的是一个城市下层平民在无衣无食的绝境中为极端穷困所迫不得不拔剑而起走上反抗道路的故事，是汉代乐府民歌中思想最激烈，斗争性最强的一篇作品。

诗的开篇写主人公决然走出城邑的东门，不打算再回来，却在矛盾中折返。"盎中无斗米，架上无悬衣"，还视家中的景况令人绝望。主人公胸怀愁恨悲酸拔剑复出东门。"儿母"牵衣苦劝：上看老天爷、下看儿女的分上，你不要那样做！换来的却是丈夫绝望的呵斥：我早该下决心，走得太晚了！诗中通过对主人公出而复归、归而复出的矛盾心理和行为的描述，揭露出现实的残酷和主人公最终走上"为非"道路的情非得已。其中妻子"牵衣苦劝"，虽然无法挽回丈夫的决绝之心，但是该情节是对主人公行动的进一步烘托，加深了主人公在残酷的现实面前，被迫抛家弃子，奋起反抗行为的悲剧效果。男子的反抗和这个家庭的悲剧，映射出汉代人民在封建压迫下的悲惨命运和反抗意识，较深刻地揭示了当时阶级矛盾激化的社会现状。

这首诗以生动的细节表现典型的场面，揭示出复杂的人物心理活动。在句法上变化自如，随内容而定，尤其是夫妇的对话，具有鲜明的口语特点，长短不一，参差不齐，妻子的委曲哀怨，丈夫的急迫愤怒，生动刻画出了两人对话时的声音和形象，突破了《诗经》以四言为主的诗体形式，篇章错落富于变化。

【思考与练习】

1.结合历史背景，分析本诗的男主人公为何铤而走险？

2.分析本诗的塑造人物的艺术手法和语言特色。

有所思[1]

有所思,乃在大海南。何用问遗君[2]?双珠玳瑁簪[3],用玉绍缭之[4]。闻君有他心,拉杂摧烧之[5]。摧烧之,当风扬其灰。从今以往,勿复相思!相思与君绝。鸡鸣狗吠,兄嫂当知之[6]。妃呼豨[7],秋风肃肃晨风飔[8],东方须臾高知之[9]。

【注释】

[1]选自《汉魏六朝乐府诗评注》,齐鲁书社2000年版。本篇是"汉铙歌十八曲"中的一首情诗。

[2]问遗(wèi):赠送。

[3]玳瑁(dài mào):一种龟类动物,其甲壳光滑而多文采,可以制成装饰品。簪:古人用来插定发髻和冠的针状饰物。这里说的是想送给他一根两头挂珠子的玳瑁簪子。

[4]绍缭:缠绕。

[5]拉杂:折断。摧烧:摧毁焚烧。这句是说,听说情人另有所爱了,就把原拟赠送给他的玉、双珠堆集在一块砸碎,烧掉。

[6]"兄嫂当知之"句:指回忆当初两人幽会时曾惊动鸡狗,估计兄嫂已经知道。

[7]妃(bēi)呼豨(xū xī):妃,训为"悲",呼豨,训为"歔欷"。感叹词,没有实际意义。

[8]肃肃:飕飕,风声。晨风飔(sī):一说,"晨风飔",晨风凉。另外一说据闻一多《乐府诗笺》:晨风,是鹞子一类的鸟,飞行迅疾。雄鸡,雌鸡常晨鸣求偶。飔当为"思",是"恋慕"的意思。晨风飔,是雌鸟求偶不得而悲鸣,隐喻求偶失败之意。

[9]东方高(hào):日出东方亮。高(hào):通"皓",白,指天亮。

【作品评析】

《有所思》是一首女子相思情诗，以"双珠玳瑁簪"这一爱情信物为线索，通过"赠"与"毁"及毁后三个阶段，来表现女主人公的爱与恨，决绝与不忍的感情波折，由大起大落到余波不竭。她本想把"双珠玳瑁簪"赠送给远方的情郎，突然听到"闻君有他心"，怒火中烧，因人毁物，"拉杂摧烧之"，继而发誓"相思与君绝"，作为爱憎感情递增与递减为纽带；再以"妃呼豨"的长叹，情不自禁地回忆起当初的缠绵悱恻，整夜难眠，想了一个晚上也没有拿定主意，也许远方的情郎不会变心吧！从而构成了描写女子热恋、失恋、眷恋、怀疑彷徨、欲断不能的心路历程。

这首诗通过典型的行动细节描写（选赠礼物的精心装饰，摧毁礼物的连贯动作）和景物的比兴烘托（"鸡鸣狗吠"及末尾二句）来描写人物的细微心理，层次清晰而又错综，感情跌宕而有韵致，成功刻画了一个敢爱敢恨的女子形象。

近代著名学者闻一多在《乐府诗笺》指出："庄述祖谓此（与《上邪》）为男女问答之辞，当合为一篇。案庄说允为妙悟。"认为该诗与另一首情诗《上邪》原本是一篇，因为演奏的需要才割裂为两首。显然《上邪》中的女主人公在一时的激愤、决绝之后，旧情难忘，于是有了诗中的誓言："上邪！我欲与君相知，长命无绝衰。山无陵，江水为竭，冬雷震震，夏雨雪，天地合，乃敢与君绝！"此诗自"山无陵"一句以下连用五件不可能的事情来表明自己生死不渝的爱情，充满了磐石般坚定的信念和火焰般炽热的激情，新颖泼辣，深情奇想，气势豪放，感人肺腑，被誉为"短章中神品"。此种联想式研究，也甚为有趣。

【思考与练习】

1.《有所思》是通过哪些手法表现女主人公复杂的心路历程？

2.你是否认为《有所思》和《上邪》原本为同一首诗？此种研究有何意义？

长门赋(并序)[1]

孝武皇帝陈皇后[2],时得幸[3],颇妒。别在长门宫,愁闷悲思。闻蜀郡成都司马相如天下工为文[4],奉黄金百斤,为相如、文君取酒[5],因于解悲愁之辞[6]。而相如为文以悟主上[7],陈皇后复得亲幸。其辞曰:

夫何一佳人兮[8],步逍遥以自虞[9]。魂逾佚而不反兮[10],形枯槁而独居。言我朝往而暮来兮,饮食乐而忘人[11]。心慊移而不省故兮[12],交得意而相亲[13]。

伊予志之慢愚兮[14],怀贞悫之欢心[15]。愿赐问而自进兮[16],得尚君之玉音[17]。奉虚言而望诚兮[18],期城南之离宫[19]。修薄具而自设兮[20],君曾不肯乎幸临[21]。廓独潜而专精兮[22],天漂漂而疾风[23]。登兰台而遥望兮[24],神怳怳而外淫[25]。浮云郁而四塞兮[26],天窈窈而昼阴[27]。雷殷殷而响起兮,声象君之车音[28]。飘风回而起闺兮[29],举帷幄之襜襜[30]。桂树交而相纷兮[31],芳酷烈之闾闾[32]。孔雀集而相存兮[33],玄猿啸而长吟[34]。翡翠胁翼而来萃兮[35],鸾凤翔而北南[36]。

心凭噫而不舒兮[37],邪气壮而攻中[38]。下兰台而周览兮,步从容于深宫[39]。正殿块以造天兮[40],郁并起而穹崇[41]。间徙倚于东厢兮,观夫靡靡而无穷[42]。挤玉户以撼金铺兮,声噌吰而似钟音[43]。

刻木兰以为榱兮[44],饰文杏以为梁[45]。罗丰茸之游树兮,离楼梧而相撑[46]。施瑰木之欂栌兮,委参差以槺梁[47]。时仿佛以物类兮,象积石之将将[48]。五色炫以相曜兮[49],烂耀耀而成光[50]。致错石之瓴甓兮,象瑇瑁之文章[51]。张罗绮之幔帷兮[52],垂楚组之连纲[53]。

抚柱楣以从容兮[54]，览曲台之央央[55]。白鹤噭以哀号兮[56]，孤雌跱于枯杨[57]。日黄昏而望绝兮[58]，怅独托于空堂[59]。悬明月以自照兮，徂清夜于洞房[60]。援雅琴以变调兮，奏愁思之不可长[61]。案流徵以却转兮，声幼妙而复扬[62]。贯历览其中操兮，意慷慨而自卬[63]。左右悲而垂泪兮，涕流离而从横[64]。舒息悒而增欷兮[65]，蹝履起而彷徨[66]。揄长袂以自翳兮[67]，数昔日之𠮷殃[68]。无面目之可显兮，遂颓思而就床[69]。抟芬若以为枕兮[70]，席荃兰而茝香[71]。

忽寝寐而梦想兮，魄若君之在旁[72]。惕寤觉而无见兮[73]，魂迋迋若有亡[74]。众鸡鸣而愁予兮[75]，起视月之精光[76]。观众星之行列兮，毕昴出于东方[77]。望中庭之蔼蔼兮，若季秋之降霜[78]。夜曼曼其若岁兮[79]，怀郁郁其不可再更[80]。澹偃蹇而待曙兮[81]，荒亭亭而复明[82]。妾人窃自悲兮[83]，究年岁而不敢忘[84]。

【注释】

[1]长门，指长门宫，汉代长安别宫之一，在长安城南。

[2]孝武皇帝：指汉武帝刘彻。陈皇后：名阿娇，是汉武帝姑母之女。武帝为太子时娶为妃，继位后立为皇后。擅宠十余年，失宠后退居长门宫。

[3]时得幸：经常受到宠爱。

[4]工为文：擅长写文章。工，擅长。

[5]文君：即卓文君。取酒：买酒。

[6]于：为。此句说让相如作解悲愁的辞赋。

[7]为文：指作了这篇《长门赋》。

[8]"夫何"句：这是怎样的一个佳人啊。夫，发语辞。

132

[9]逍遥：缓步行走的样子。按：先秦两汉诗文里有两种不同的逍遥，一种是自由自在步伐轻快的逍遥，如庄子的逍遥游，一种是忧思愁闷步伐缓慢的逍遥，如这里的陈皇后。虞（yú）：度，思量。

[10]逾佚：外扬，失散。佚（dié），散失。反：同"返"。

[11]言我：指武帝。忘人：指陈皇后。

[12]慊（qiàn）：《文选》李善注引郑玄曰："慊，绝也。"慊移：断绝往来，移情别处。省（xǐng）故：念旧。此句指武帝的心已决绝别移，忘记了故人。

[13]得意：指称心如意之人。相亲：相爱。

[14]伊：发语词。予：指陈皇后。慢愚：迟钝。

[15]怀：抱。贞悫（què）：忠诚笃厚。懽：同"欢"。此句指自以为欢爱靠得住。

[16]赐问：指蒙武帝的垂问。自进：前去进见。

[17]"得尚"句：谓侍奉于武帝左右，聆听其声音。尚：奉。

[18]奉虚言：指得到一句虚假的承诺。望诚：当作是真实。意思是知道是虚言，但是当作真的信，表明陈皇后的痴心。

[19]"期城南"句：在城南离宫中盼望着他。离宫，帝王在正宫之外所用的宫室，这里指长门宫。

[20]修：置办，整治。薄具：指菲薄的肴馔饮食，自谦的话。

[21]曾：表语气的副词，乃，竟。幸临：光降。

[22]廓：空阔。独潜：独自深居。专精：用心专一，指一心一意想念皇帝。

[23]漂漂：同"飘飘"。

[24]兰台：美丽的台榭。

[25]悦悦：同"恍恍"，心神不定的样子。外淫：指走神。淫：浸润，游走。

[26]郁：郁积。四塞（sè）：乌云密布的样子。

133

[27]窈窈：幽暗的样子。

[28]殷殷：雷声沉重的样子。这两句是说在阴霾的天气里，因为盼君之情切、思君之情深，以至于简直要把雷声误作是君车来的声音了。

[29]起：开。闱：宫中小门。

[30]帷幄：帷帐。襜襜（chān）：摇动的样子。

[31]交：交错。相纷：重叠。

[32]芳：指香气。闿闿（yín）：中正、和悦，形容香气浓烈。

[33]存：《文选》李善注引《说文》曰："存，恤问也。"

[34]玄猨：黑猿。猨，同"猿"。

[35]翡翠：鸟名。胁翼：收敛翅膀。萃：集。

[36]鸾凤：指鸾鸟和凤凰。翔而北南：飞到北又飞到南。用鸟的自由相会来反衬人物的心情。

[37]凭：气满。噫：叹气。

[38]壮：盛。攻中：攻心。

[39]步从容：犹开首之"步逍遥"。

[40]块：屹立的样子。造天：及天。造：到，达。

[41]郁：形容宫殿雄伟、壮大。穹崇：高大的样子。

[42]"间徙倚"二句：谓有时在东厢各处徘徊游观，观览华丽纤美的景物。间：间或，有时。徙倚：徘徊。靡靡：纤美。

[43]"挤玉户"二句：谓挤开殿门弄响金属的门饰，发出像钟一样的声音。挤：用身体接触排挤。撼：动。噌吰（zēng hóng）：钟声。

[44]榱（cuī）：屋椽。

[45]文杏：木名，或以为即银杏树。以上二句形容建筑材料的华美。

134

[46]"罗丰茸"二句：谓梁上的柱子交错支撑。罗：集。丰茸（róng）：繁饰的样子。游树：浮柱，指屋梁上的短柱。离楼：众木交加的样子。梧：屋梁上的斜柱。

[47]"施瑰木"二句：谓用瑰奇之木做成斗拱以承屋栋，房间非常空阔。瑰木：瑰奇之木。欂栌（bó lú）：指斗拱。斗拱是中国木结构建筑中柱与梁之间的支承构件，主要由拱（弓形肘木）和斗（拱与拱之间的方斗形垫木）纵横交错，层层相叠而成，可使屋檐逐层外伸。委：堆积。参差：指斗、拱纵横交错、层层相叠的样子。槺（kāng）：同"口"，空虚的样子。

[48]"时仿佛"二句：经常拿不定这些宫殿拿什么来比类呢，就好像那积石山一样高峻。积石：指积石山。将将（qiāng），高峻的样子。

[49]炫：形容词，明亮。曜：动词，照耀。

[50]耀耀：光明闪亮的样子。

[51]致（zhì）：《说文》："致，密也"。错石：铺设各种石块。瓴甓（líng pì）：砖块。玛瑁：即玳瑁。文章：花纹。

[52]罗绮：有花纹的丝织品。幔：帐幕。帷：帐子。

[53]组：绶带，这里是用来系幔帷。楚组，楚所产者有名。连纲：指连结幔帷的绳带。

[54]抚：摸。柱楣：柱子和门楣。

[55]曲台：宫殿名，李善注说是在未央宫东面。央央：广大的样子。

[56]噭（jiào）：鸟鸣。

[57]孤雌：失偶的雌鸟。跱：同"峙"，立。

[58]望绝：望不来。

[59]怅：惆怅，悲伤。托：指托身。

[60]"悬明月"二句：明月高照，以衬孤独。徂（cú）：往，这里指经历。

135

[61]"援雅琴"二句：是说拿出好琴却弹不出正调，抒发愁思但知道这不能维持长久。

[62]流：这里指转调。徵（zhǐ）：徵调式。案：同"按"，指弹奏。幼（yāo）妙：同"要妙"，指声音轻细。

[63]贯：连贯，贯通。这句是说将这些琴曲连贯起来可以看出我内心的情操。卬（áng）：昂扬。自卬：自我激励。

[64]左右：指周围的人。涕：眼泪。流离：流泪的样子。从横：同"纵横"。

[65]舒：展，吐。息悒：叹息忧闷。欷：哭后的余声，抽泣声。

[66]蹝（xǐ）履：趿着鞋子。

[67]揄（yú）：揭起。袂（mèi）：衣袖。自翳（yì）：自掩其面。翳：遮蔽。

[68]数：计算，回想。愆（qiān）殃：过失和罪过。愆，同"愆"。

[69]"无面目"二句：是说自己无面目见人，只好满怀愁思上床休息。

[70]抟（tuán）：团拢。芬若：香草名。

[71]这句说以荃（quán）、兰、茝（chǎn）等香草为席。

[72]魄：魂魄，指梦境。若君之在旁：就像君在我身旁。

[73]惕寤：指突然惊醒。惕：心惊。寤：醒。

[74]迋迋（kuāng）：恐惧的样子。若有亡：若有所失。

[75]愁予：使我愁。

[76]月之精光：即月光。

[77]毕、昴（mǎo）：二星宿名，本属西方七宿，《文选》李善注谓五六月间（指旧历）出于东方。

[78]蔼蔼：月光微弱的样子。季秋：深秋。降霜：后人诗歌谓月光如霜所本。

[79]曼曼：同"漫漫"，言其漫长。若岁：像是经历了一年。

[80]郁郁：愁苦郁结不散。更：历。不可再更：过去的日子不可重新经历。

[81]澹：摇动。偃蹇（yǎn jiǎn）：伫立的样子。是说夜不成寐，伫立以待天明。

[82]荒：将明而微暗的样子。亭亭：久远的样子。是说天亮从远处开始。

[83]妾人：自称之辞。

[84]究：终。不敢忘：不敢忘君。

【作品评析】

长门赋，开骈体宫怨题材之先河，是受到历代文学称赞的成功之作。作品将离宫内外的景物同人物的情感有机的结合在一起，以景写情，情景交融，在赋中已是别创。

这篇赋据说是受了失宠的陈皇后的百金重托写成的，以受到冷遇的陈皇后口吻写成。赋一开头就写陈皇后独自一人在深宫徘徊，神情恍惚，郁郁寡欢，先为人们塑造了一个美丽却孤独而凄凉的形象，明月沉缺，红颜憔悴，最动人心，所以虽未读全文却已有一丝怜悯在心。接下来，作者才道出美人孤独寂寞的原因，因为武帝喜新厌旧，曾许愿常来看我但却因和"新人"玩乐而遗忘，当年金屋在，今已空悠悠。在这里，作者运用了对比的手法，用未央宫的歌舞升平来对比长门宫的清冷孤寂，新人笑来对比自己哀伤的旧人哭，虽只"饮食乐而忘人；交得意而相亲。"短短十二字，却蕴含着无数的意味：有对皇帝喜新厌旧无情抛弃自己的怨恨；有对再难面君颜重拾旧宠的伤感；有对生活百无聊赖度日如年的无奈；有对自己命运凄凉的自怜。可谓一语含千金，穷声尽貌的描写，荡气回肠的意蕴。

紧接着，作者用一系列的景色描写来衬托陈皇后的心境。首先写陈后登兰台所见到的自然景色"浮云郁而四塞兮，天窈窈而昼阴……桂树交而相纷兮，芳酷烈之闾阎。孔雀集而相存兮，玄猨啸而长吟"这里的风云鸟树给人以压抑而阴暗的感觉，云是浮云，如同君王的心思，漂浮不定，来去无形；风是寒风，如同君王的无情，寒彻入骨，丝丝缕缕；鸟是孤鸟，如同自己，美丽却形单影只，茕茕孑立；猿鸣是哀鸣，如同自己，愁肠百结，个个为君系！在我看来，这里，作者用各种景色映射陈后的心情，景物本无情，但却为作者赋予了最真挚也最催人泪下的情感纠缠。其次，作者描写了陈皇后下兰台后所见宫殿的华美景色"刻木兰以为榱兮，饰文杏以为梁。罗丰茸之游树兮，离楼梧而相撑……五色炫以相曜兮，烂耀耀而成光。致错石之瓴甓兮，象瑇瑁之文章。张罗绮之幔帷兮，垂楚组之连纲。"宫殿的一切都是华丽而奢靡的，高大而整严，但似乎又有着一种与世隔绝的封闭之感。在这里，作者以乐景写哀情，通过宫殿里面美好的建筑来反衬陈后失宠后悲伤的心情：景色虽美，却并不属于自己，那绚丽的美丽向来只能属于受宠的宫人，对于失宠的自己，这里的美丽只能勾起自己以往的回忆，自己的美好时光已成过往，一切的欢乐都早已一去不返，物是人非的痛！庄重整饬而华美的宫宇却被作者赋予了哀情，让人黯然神伤。再次，作者描绘了洞房清夜寒烟漠漠，独自抚琴情感哀哀景象。"悬明月以自照兮，徂清夜于洞房。援雅琴以变调兮，奏愁思之不可长……左右悲而垂泪兮，涕流离而从横。"在这一部分中，作者写明月当空洞房凄清，陈皇后独自一人抚琴自慰，却因为心中的悲苦而致使琴音变调，然后，作者笔锋一转，不再写陈后的悲苦心情，反而叙写周边宫女听琴音垂泪的景象，以琴音发情悸，以他人感伤怀，从他人的反应来写主人公的心情，用他人的眼泪来写陈后的眼泪，似乎比反复重复写陈后的心情更能打动人心，达到事半功倍的效果。

"忽寝寐而梦想兮，魄若君之在旁……夜曼曼其若岁兮，怀郁郁其不可再更。澹偃蹇而待曙兮，荒亭亭而复明。妾人窃自悲兮，究年岁而不敢忘。"文章最后，作者再次写陈后在漫漫长夜孤独寂寞的形象，迷蒙的梦中仿若君王在侧，醒来后才发觉只是南柯一梦，只好在清醒的悲伤中独自熬过长夜。再以"究年岁而不敢忘"结束全赋，直接写出了陈后的凄凉是长久的，年年岁岁难以忘怀，没有了君王的怜爱，只有独自一人在寂寞与伤心中了却残生。

《长门赋》是一篇抒情赋，但也有铺叙之笔。在描写失意者的心态时，作者巧妙地运用了夸张想象和景物衬托两种手法。此赋时如高山瀑布，澎湃汹涌，气采宏流，如对陈后所见自然景物以及对宫殿庄严宏伟的景色描写；时而又如涓涓细流，丝丝缕缕，绵绵不绝，清明澄澈，沁人心脾。如对陈后独处洞房，无所事事的凄楚心境的描写。整体来讲，这篇赋作词藻华丽，精巧雕琢，字字珠玑，读之感人至深，令人伤心欲绝。

【思考与练习】

1.你能讲述一下"金屋藏娇"的故事吗？

2.你了解司马相如的其他作品吗？请与同学分享一下。

行行重行行[1]

行行重行行[2]，与君生别离[3]。

相去万余里[4]，各在天一涯[5]。

道路阻且长[6]，会面安可知？

胡马依北风[7]，越鸟巢南枝[8]。

相去日已远[9]，衣带日已缓[10]。

浮云蔽白日[11]，游子不顾反[12]。

思君令人老[13]，岁月忽已晚。

弃捐勿复道[14]，努力加餐饭。

【注释】

[1]选自《文选》第二十九卷，上海古籍出版社1986年版。

[2]行行重行行：行而不止，走个不停。

[3]生别离：活生生地分开。

[4]相去：相距。

[5]天一涯：天一方。涯：边际。

[6]阻：艰险。

[7]胡马：北方所产的马。依：依恋。

[8]越鸟：南方所产的鸟。巢南枝：在向南的枝条上筑巢。巢：筑巢。

[9]远：时间久远。

[10]缓：宽松。这句话是说，人因为相思而一天比一天瘦。

[11]白日：明亮的太阳，喻指未归的丈夫。浮云：喻指丈夫在外地的新欢。

[12]顾反：顾恋回家。反：同"返"，返回。

[13]老：喻指因相思而身心交瘁，有似衰老。

[14]弃捐：丢下，抛弃。勿复道：不再说。

【作者（作品）简介】

《行行重行行》是《古诗十九首》的第一首诗。由南朝萧统从传世无名氏的古诗中选录了十九首编入《文选》而成。这些诗是乐府诗文人化的显著标志，深刻地再现了在汉末社会思想大转变时期，文人理想追求的幻灭与沉沦、心灵的觉醒与痛苦，内容多写夫妇朋友间的离愁别绪，有些作品还表现出追求富贵和及时行乐的思想。语言朴素自然，描写生动真切，具有浑然天成的艺术风格。

【作品评析】

这是一首典型的思妇诗，抒写思妇对远行在外丈夫的深切思念。汉代末年，战争频仍，社会动荡，大批中下层文人为寻求出路而远离故乡，以求得一官半职。由于路途遥远，关山阻隔，这些"游子"长期外出，家眷不能同往，生离犹如死别，彼此难免有伤离怨别的情绪。本诗的女主人公与丈夫感情很深，既担心丈夫在外地发生变故，又忧虑自己年华流逝，但当种种忧愁感伤都无从排遣时，还是深情祝愿丈夫在外多加保重，表现了一个温柔善良的传统妇女形象。

本诗淳朴清新，委婉含蓄。具体表现在以下两个方面：一是多用比兴手法。"胡马依北风，越鸟巢南枝"，以凡生物都有眷恋乡土的本性，喻远行游子，说明物尚有情，人岂无思的道理，同时也暗喻思妇对远行游子深婉的恋情和热烈的相思。这种含蓄深沉的写法，和主人公的善良柔情互为表里。

二是善于用典。如开头的"与君生别离"句化用了《楚辞·九歌》中"悲莫悲兮生别离"的句意，"各在天一涯""道路阻且长"等句借用了《诗经·蒹葭》中句式和意境，使诗句言简义丰，韵味无穷。

【思考与练习】

1.本诗通过哪些手法塑造了一个温柔善良的妇女形象？

2.试分析"胡马依北风，越鸟巢南枝"两句的比兴寓意？

第四章　魏晋南北朝文学

洛神赋（并序）[1]

　　黄初三年[2]，余朝京师[3]，还济洛川[4]。古人有言，斯水之神[5]，名曰宓妃[6]。感宋玉对楚王说神女之事[7]，遂作斯赋。其辞曰：

　　余从京域[8]，言归东藩[9]。背伊阙[10]，越轘辕[11]，经通谷[12]，陵景山[13]。日既西倾，车殆马烦[14]。尔乃税驾乎蘅皋[15]，秣驷乎芝田[16]，容与乎阳林[17]，流眄乎洛川[18]。于是精移神骇[19]，忽焉思散[20]。俯则未察，仰以殊观[21]，睹一丽人，于岩之畔。

　　乃援御者而告之曰[22]："尔有觌于彼者乎[23]？彼何人斯？若此之艳也！"御者对曰："臣闻河洛之神，名曰宓妃。然则君王之所见也，无乃是乎[24]？其状若何，臣愿闻之。"

　　余告之曰：其形也，翩若惊鸿[25]，婉若游龙[26]。荣曜秋菊[27]，华茂春松[28]。仿佛兮若轻云之蔽月[29]，飘飖兮若流风之回雪[30]。远而望之，皎若太阳升朝霞[31]；迫而察之[32]，灼若芙蕖出渌波[33]。秾纤得衷[34]，修短合度[35]。肩若削成，腰如约素[36]。延颈秀项[37]，皓质呈露[38]。芳泽无加[39]，铅华弗御[40]。云髻峨峨[41]，修眉联娟[42]。丹唇外朗[43]，皓齿内鲜[44]，明眸

143

善睐[45]，靥辅承权[46]。瓌姿艳逸[47]，仪静体闲[48]。柔情绰态[49]，媚于语言。奇服旷世[50]，骨像应图[51]。披罗衣之璀璨兮[52]，珥瑶碧之华琚[53]。戴金翠之首饰，缀明珠以耀躯。践远游之文履[54]，曳雾绡之轻裾[55]，微幽兰之芳蔼兮[56]，步踟蹰于山隅[57]。于是忽焉纵体[58]，以遨以嬉。左倚采旄[59]，右荫桂旗[60]。攘皓腕于神浒兮[61]，采湍濑之玄芝[62]。

余情悦其淑美兮，心振荡而不怡[63]。无良媒以接欢兮[64]，托微波而通辞[65]。愿诚素之先达兮[66]，解玉佩以要之[67]。嗟佳人之信修兮[68]，羌习礼而明诗[69]。抗琼珶以和予兮[70]，指潜渊而为期[71]。执眷眷之款实兮[72]，惧斯灵之我欺[73]。感交甫之弃言兮[74]，怅犹豫而狐疑。收和颜而静志兮[75]，申礼防以自持[76]。

于是洛灵感焉，徙倚彷徨[77]，神光离合[78]，乍阴乍阳。竦轻躯以鹤立[79]，若将飞而未翔，践椒涂之郁烈[80]，步蘅薄而流芳[81]。超长吟以永慕兮[82]，声哀厉而弥长。

尔乃众灵杂遝[83]，命俦啸侣[84]，或戏清流，或翔神渚[85]，或采明珠，或拾翠羽[86]。从南湘之二妃[87]，携汉滨之游女[88]。叹匏瓜之无匹兮[89]，咏牵牛之独处[90]。扬轻袿之猗靡兮[91]，翳修袖以延伫[92]。

体迅飞凫[93]，飘忽若神，凌波微步[94]，罗袜生尘[95]。动无常则[96]，若危若安[97]。进止难期，若往若还。转眄流精[98]，光润玉颜。含辞未吐，气若幽兰。华容婀娜[99]，令我忘餐。

于是屏翳收风[100]，川后静波[101]。冯夷鸣鼓[102]，女娲清歌。腾文鱼以警乘[103]，鸣玉鸾以偕逝[104]。六龙俨其齐首[105]，载云车之容裔[106]，鲸鲵踊而夹毂[107]，水禽翔而为卫。

于是越北沚，过南冈，纡素领[108]，回清阳[109]，动朱唇以徐言，陈交接之大纲[110]。恨人神之道殊兮，怨盛年之莫当[111]。抗罗袂以掩涕兮[112]，泪流襟之浪浪[113]。悼良会之永绝兮，哀一逝而异乡[114]。无微情以效爱兮[115]，献江南之明珰[116]。虽潜处于太阴[117]，长寄心于君王[118]。忽不悟其所舍[119]，怅神宵而蔽光[120]。

于是背下陵高[121]，足往神留，遗情想像[122]，顾望怀愁。冀灵体之复形，御轻舟而上溯。浮长川而忘反[123]，思绵绵而增慕。夜耿耿而不寐[124]，沾繁霜而至曙。命仆夫而就驾，吾将归乎东路。揽䮉辔以抗策[125]，怅盘桓而不能去[126]。

【注释】

[1]选自《曹植集校注》，人民文学出版社1998年版。洛神：相传古帝宓（fú）羲氏的女儿宓妃溺于洛水而死，遂为洛水之神。

[2]黄初：魏文帝曹丕年号，公元220—226年。三年当作四年：即公元223年。曹植时年32岁。《三国志·魏书·陈思王传》："（黄初）三年，立为鄄（juàn）城王，邑二千五百户。四年，徙封雍丘王。其年，朝京都。"

[3]京师：京都，指魏都洛阳。按曹植黄初三年朝京师事不见史载，《文选》李善注以为系四年之误。朝京师，即到京都洛阳朝见魏文帝。

[4]还：回去。济：渡。洛川：即洛水，源出陕西，东南入河南，经洛阳。

[5]斯水：指洛川。

[6]宓妃：即洛水女神。

[7]"感宋玉"句：感：感于。宋玉有《高唐》《神女》二赋，皆言与楚襄王对答梦遇巫山神女之事。

[8]京域：指京都洛阳地区。

145

[9]言：语助词。东藩（fān）：曹植时封为鄄城王，鄄城在当时的京都之东北，所以称东藩。藩，古代天子封建诸侯，如藩篱之卫皇室，因称诸侯国为藩国。

[10]伊阙：山名，即阙塞山、龙门山。《水经注·伊水注》："昔大禹疏以通水，两山相对，望之若阙，伊水历其间北流，故谓之伊阙矣。"山在洛阳南，曹植东北行，故曰背。

[11]轘辕（huán yuán）：山名，在今河南偃师县东南。《元和郡县志》："道路险阻，凡十二曲，将去复还，故曰轘辕。"

[12]通谷：山谷名。华延《洛阳记》："城南五十里有大谷，旧名通谷。"

[13]陵：登。景山：山名，在今河南偃师县南。

[14]车殆马烦：车困马乏。殆：通"怠"，倦怠。烦：疲乏。

[15]尔乃：承接连词，"于是就"。税驾：犹停车。税，放置。驾，车乘总称。蘅皋（héng gāo）：生着杜蘅（香草）的河岸。皋，河边高地。

[16]秣驷：喂马。驷：一车四马，此泛指驾车之马。芝田：种有灵芝草的田。

[17]容与：悠然安闲貌。阳林：地名，一作"杨林"，因多生杨树而名。

[18]流眄（miǎn）：纵目观望。

[19]精移神骇：精神恍惚。

[20]忽焉：急速貌。思散：思绪分散。

[21]以：而。殊观：特异的景象。

[22]援：以手牵引。御者：车夫。

[23]觌（dí）：看见。

[24]无乃：犹言莫非。

[25]形：形影。翩：鸟疾飞貌，此引申为飘忽摇曳的姿态。惊鸿：惊飞的鸿雁。

[26]婉：蜿蜒曲折貌。游龙：指游动的蛟龙。以上两句形容洛神体态之轻柔宛转。

[27]荣：丰盛。曜：明亮鲜明。

[28]华：华美。茂：茂盛。二句形容洛神容光焕发，肌体丰盈。

[29]仿佛：若隐若现。轻云之蔽月：轻云笼月。

[30]飘飖：飘忽不定。流风：飘风。回雪（huíxuě）：指雪飞舞回旋。这里用来比喻女神身姿的轻盈优美。

[31]皎：洁白光亮。太阳升朝霞：朝霞中升起的旭日。

[32]迫：靠近。

[33]灼：鲜明灿烂。芙蓉：一作"芙蕖"，荷花。渌（lù）：水清貌。

[34]秾（nóng）：花木繁盛，这里指体态丰盈。纤：细长，指体态苗条。得衷：适中。

[35]修：长。度：标准。此句即宋玉《登徒子好色赋》"增之一分则太长，减之一分则太短"之意。

[36]约素：指腰肢线条圆美、纤细。约：缠束。素：白细丝织品。

[37]延：长。秀：秀美。项：后颈。

[38]皓质：洁白的皮肤。

[39]芳泽：芳香的润肤油脂。后指女子仪容。

[40]铅华：妇女用的铅粉。古代的妆粉里会添加铅，化妆时可以增白。弗御：不用。

[41]云髻：形容发际浓密卷曲如云。峨峨：高耸的样子。

[42]修：长。联娟：亦作"连娟"，弯曲而纤细的样子。

[43]朗：鲜润。

[44]皓：洁白。鲜：光洁。

[45]明眸善睐：形容女神的眼睛明亮而灵活。眸：目瞳子。睐（lài）：顾盼。

[46]靥（yè）：酒窝。辅：颊腮。靥辅：有酒窝的面颊。权：同"颧"，颧骨。

[47]瓌姿：优美的姿态。瓌：同"瑰"。艳逸：美丽洒脱。

147

[48]仪：仪态。闲：娴雅。

[49]绰：宽绰。绰态：从容舒缓的姿态。

[50]奇服旷世：奇丽的服饰举世未有。旷：罕见，超绝。

[51]骨像：骨骼形貌。应图：指与画中人相当，意谓好像图画里所画的一般。

[52]罗衣：轻软丝织品制成的衣服。璀璨：鲜明貌。一说为衣动声。

[53]珥：珠玉耳饰。此用作动词，作佩戴解。瑶碧：美玉。华琚：刻有花纹的佩玉。

[54]践：著。文履：有花纹的鞋子。

[55]曳：拖。雾绡：轻薄如雾的绡。绡：生丝。裾：裙边。

[56]微：隐约有。芳蔼：芳香。

[57]踟蹰：徘徊。山隅：山角。

[58]纵体：轻举貌。

[59]采旄（máo）：彩旗。旄，旗杆上旄牛尾饰物。

[60]桂旗：以桂枝为旗杆的旗。

[61]攘：此指捋袖伸出。神浒：指女神所游之水边地。浒，水边。

[62]湍濑（tuān lài）：石上激流。玄芝：黑色芝草。

[63]振荡：忐忑不安。不怡：这里怕女神不接受。怡，喜悦。

[64]接欢：指互通情愫。

[65]通辞：犹沟通言辞。

[66]素：通"愫"，真情。先达：先于别人而表达给洛神。

[67]要：同"邀"，约会。

[68]信修：确实美好。

[69]羌：发语词。习礼：懂得礼法。明诗：善于言辞。

[70]抗：举起。琼珶（dì）：美玉。和：应答。

148

[71]潜渊：深渊，指洛神所居之地。期：会。

[72]眷眷：通"睠睠"，依恋貌。款实：诚实的心意。

[73]斯灵：此神，指宓妃。我欺：即欺骗我。

[74]交甫：郑交甫。李善注引《韩诗内传》说，郑交甫在汉水边，遇见两个女神，并送他玉佩，他受而怀之，但转眼玉佩已失，回望女神也不见了。弃信：失信。这句是说有感于郑交甫故事中女神的失信。

[75]收和颜：收敛笑容。静志：镇定情志。

[76]申：施展。礼防：礼法，礼能防乱。自持：自我约束。

[77]徙倚：犹低回。

[78]神光：指洛神身上放射的光芒。离合：若隐若现。乍阴乍阳：忽明忽暗。

[79]竦（sǒng）：耸。鹤立：形容身躯轻盈飘举，如鹤之立。

[80]践：踏着。椒涂：长满花椒的道路。椒：花椒，有浓香。

[81]蘅薄：杜蘅丛生之地。流芳：散发着香味。

[82]超：惆怅。永慕：长久思慕。

[83]众灵：众神。杂遝（tà）：众多的样子。

[84]命俦（chóu）啸侣：犹呼朋唤友。俦：伙伴、同类。

[85]渚：水中高地。

[86]翠羽：翠鸟的羽毛。古人多用以为饰。

[87]从南湘之二妃：洛神身旁跟着娥皇、女英南湘二妃。据刘向《列女传》载，尧以长女娥皇和次女女英嫁舜，后舜南巡，死于苍梧。二妃往寻，死江湘间，为湘水之神。

[88]携汉滨之游女：手挽汉水之滨嬉游的女神。即郑交甫所见之汉水女神。

[89]瓠瓜（hù guā）：星名，又名天鸡，孤独地在河鼓星东。《隋书·天文志中》："瓠瓜五星，在离珠北。"无匹：无偶。

[90]牵牛：星名，与织女星各处天河一旁。相传每年七月七日乃得一会。

[91]裪：今作褂，古代女子上衣。刘熙《释名》："妇人上服曰裪。其下垂者，上广下狭如刀圭也。"猗靡：随风飘动貌。

[92]翳：这里指遮住阳光。修袖：长袖。延伫：伫立远望。

[93]体迅飞凫（fú）：形容身体敏捷。迅：飞快。凫：水鸟，似鸭而小，能飞。

[94]凌波微步：在水波上细步行走，形容女神步履轻盈欲飞。

[95]罗袜生尘：原指罗袜上也沾上了尘埃，这里形容女神在水波上细步行走，脚下生起蒙蒙水雾。

[96]动无常则：行踪不定。常则：固定的规则。

[97]若危若安：这里指喜忧不明。

[98]转眄流精：顾盼有神。流精，形容目光流转而有光彩。

[99]华容：如花的容貌。婀娜：轻盈娇美。

[100]屏翳：这里指传说中的风神。

[101]川后：中国古代神话中的黄河水神河伯。河伯，原名冯夷，也作"冰夷"。

[102]冯（píng）夷：传说中的水神，即河伯。

[103]腾：升。文鱼：神话中带翅能飞的一种鱼。警乘：警卫乘舆。

[104]玉鸾：以玉装饰的车铃。偕逝：一同离去。

[105]六龙：神话传说中神仙出游用六龙驾车。俨：庄严的样子。齐首：指齐头并进。

[106]载：驾。云车：神仙所乘之车。容裔：即"容与"，闲暇自得的样子。

[107]鲸鲵（ní）：即鲸鱼。雄的叫鲸，雌的叫鲵。踊：腾跃。夹：车驾两旁。毂（gǔ）：车轮中心的贯轴的圆木，这里指车。

[108]纡（yū）：回转。素领：白皙的颈项。

[109]清阳：眉目清秀的神态，这里指眼睛。

150

[110]交接：交好，往来。大纲：行动准则，此指交往的礼法和规矩。

[111]盛年：指壮年。当：指匹配。这里是指洛神怨恨二人在盛年时没得配合。

[112]抗：举。罗袂：丝绸衣袖。

[113]浪浪：泪流不止的样子。

[114]异乡：指这次分离之后，人各一方。

[115]效爱：表达爱情。

[116]珰（dāng）：耳珠，这里是指洛神以饰物相赠。

[117]太阴：指众神所居的幽深之地。

[118]君王：指曹植。

[119]不悟：未察觉。其：指洛神。舍：停留，止息。

[120]宵：同"消"，消逝。蔽光：隐去光彩。

[121]背下：离开低地。陵高：登上高处。

[122]遗情：情思留恋。想像：指思念洛神的形象。

[123]长川：指洛水。反：同"返"。

[124]耿耿：心神不安的样子。

[125]骈（fēi）：本指四马驾一车的两旁二马，这里泛指马。辔：即马缰。抗策：扬起马鞭。

[126]盘桓：徘徊不前的样子。

【作者（作品）简介】

曹植（192—232），字子建，沛国谯县（今安徽省亳县）人，曹操第三子，曹丕同母弟。自幼博学多才，有强烈的用世之心，颇为曹操宠爱，一度欲立为世子。及曹丕、曹睿相继称帝，曹植备受猜忌、打击，虽多次上疏以求重用，均遭拒绝，抑郁而终。曹植曾封陈王，死后谥曰"思"，世称陈思王。

曹植是三国时期著名文学家，是建安文学的代表人物之一与集大成者，在两晋南北朝时期，被推尊到文章典范的地位，其代表作有《洛神赋》《白马篇》《七哀诗》等。曹植的文学创作，以曹丕即位为标志，可明显地分为前后两个时期。前期作品内容主要是讴歌其理想和抱负和一些反映人民苦难的社会现实，诗风昂扬向上，洋溢着乐观浪漫的情调。后期由于备受猜忌、打击，内容主要是抒写壮志难酬的愤懑之情和忧生之嗟，诗风转为悲凉、深沉。曹植创造性地发展了汉乐府的民歌，把叙事为主变为抒情为主，注入了诗人的个性与感情，骨气奇高，词采华茂。其辞赋继承两汉以来抒情小赋的传统，又吸收了楚辞的浪漫主义精神，为辞赋的发展开辟了新境界，对后世骈文的发展有一定的影响。《洛神赋》是曹植辞赋中的代表作品。文学批评家钟嵘在《诗品》里称其为"建安之杰"，南朝宋文学家谢灵运有"天下才有一石，曹子建独占八斗"的评价。王士祯尝论汉魏以来二千年间诗家中堪称"仙才"者，仅曹植、李白、苏轼三人耳。有《曹子建集》传世。

【作品评析】

曹植一生才华出众，却受到猜忌、打击，加上转蓬似的不断迁徙，使他产生了强烈的不安定感和孤寂感。因此，曹植在途经洛水时，"感宋玉对楚王说神女之事，遂作斯赋"，驰骋想象，撰写了这篇抒情小赋。在这篇赋中，曹植细腻刻画了洛神宓妃的艳丽和美好，描摹了她对自己的柔情相约以及离别时的深情留恋，在这个两情相悦的过程中，曹植不但感受到喜获知音的欢娱，也能从洛神的眷恋中充分地体现了自我价值。

但细读该赋时我们发现,曹植虽然从这个美丽的人神恋爱故事中获得了精神慰藉,描写的却是一个人神相恋的悲剧故事。虽然抒发了对洛神的倾慕相悦之情,但是由于"人神之道殊",洛神最终没有接受他的爱情,只能怅然分离。曹植通过写对洛神的追求与幻灭,表达了自己在政治上的失意和理想的破灭,隐约地抒发了自己的身世之悲,因此有着强烈的悲剧色彩。

《洛神赋》在创作手法上有着突出的艺术成就。首先,描述了一个神奇的虚幻故事,细腻刻画了艳丽美好的洛神形象,创造出一个充满了瑰丽奇异、缥缈迷离的艺术境界,散发出浓郁的浪漫情调。作者运用华丽的辞藻以及多种修辞手法,形象地描绘出洛神的形体美、容貌美、仪态美、服饰美以及举止美。其次,曲折细腻的情感描写。作者以真切、深挚的情感,细致地刻画出恋爱双方顾盼、依恋之态以及离别时的悲伤、凄厉之情,生动地演绎了一个悲欢离合的故事,显示了强烈的艺术震撼力。最后,全文语言华丽优美,和谐结构,多用比兴手法,充分显示了曹植的文学才华。

【思考与练习】

1. 试分析曹植创作《洛神赋》的原因是什么?如何理解《洛神赋》主题。
2. 作品通过哪些手法来描写洛神的艳丽和美好及其象征意义。
3. 从《洛神赋》中找出若干骈句,说明它们在对偶、用韵等方面的特色。

与山巨源绝交书[1]

　　康白：足下昔称吾于颍川[2]，吾常谓之知言[3]。然经怪此意尚未熟悉于足下[4]，何从便得之也？前年从河东还[5]，显宗、阿都说足下议以吾自代[6]，事虽不行[7]，知足下故不知之[8]。足下傍通[9]，多可而少怪[10]，吾直性狭中[11]，多所不堪[12]，偶与足下相知耳。间闻足下迁，惕然不喜[13]，恐足下羞庖人之独割[14]，引尸祝以自助[15]，手荐鸾刀[16]，漫之羶腥[17]，故具为足下陈其可否[18]。

　　吾昔读书，得并介之人[19]，或谓无之，今乃信其真有耳。性有所不堪，真不可强；今空语同知有达人无所不堪，外不殊俗[20]，而内不失正[21]，与一世同其波流，而悔吝不生耳[22]。老子、庄周，吾之师也，亲居贱职；柳下惠、东方朔[23]，达人也，安乎卑位，吾岂敢短之哉[24]！又仲尼兼爱，不羞执鞭[25]；子文无欲卿相[26]，而三登令尹[27]，是乃君子思济物之意也[28]。所谓达则兼善而不渝，穷则自得而无闷。以此观之，故尧、舜之君世[29]，许由之岩栖[30]，子房之佐汉[31]，接舆之行歌[32]，其揆一也[33]。仰瞻数君，可谓能遂其志者也。故君子百行[34]，殊途而同致，循性而动，各附所安。故有处朝廷而不出，入山林而不返之论。且延陵高子臧之风[35]，长卿慕相如之节[36]，志气所托，不可夺也。

　　吾每读尚子平、台孝威传[37]，慨然慕之，想其为人。加少孤露[38]，母兄见骄[39]，不涉经学[40]。性复疏懒，筋驽肉缓，头面常一月十五日不洗；不大闷痒，不能沐也。每常小便而忍不起，令胞中略转乃起耳[41]。又纵逸来久，情意傲散[42]，简与礼相背[43]，懒与慢相成，而为侪类见宽[44]，不攻其过。又读庄、老，重增其放，故使荣进之心日颓，任实之情转笃[45]。此犹禽鹿，少见驯育，则服从教制；长而见羁，则狂顾顿缨[46]，赴蹈汤火，虽饰以金镳[47]，飨以嘉肴，愈思长林而志在丰草也。

阮嗣宗口不论人过[48]，吾每师之而未能及；至性过人[49]，与物无伤，唯饮酒过差耳[50]。至为礼法之士所绳[51]，疾之如雠，幸赖大将军保持之耳[52]。吾不如嗣宗之贤，而有慢弛之阙[53]，又不识人情，暗于机宜[54]，无万石之慎[55]，而有好尽之累[56]。久与事接，疵衅日兴[57]，虽欲无患，其可得乎？又人伦有礼，朝廷有法，自惟至熟[58]，有必不堪者七，甚不可者二：卧喜晚起，而当关呼之不置[59]，一不堪也。抱琴行吟，弋钓草野[60]，而吏卒守之，不得妄动，二不堪也。危坐一时，痹不得摇[61]，性复多虱，把搔无已，而当裹以章服[62]，揖拜上官，三不堪也。素不便书[63]，又不喜作书，而人间多事，堆案盈机[64]，不相酬答，则犯教伤义[65]，欲自勉强，则不能久，四不堪也。不喜吊丧，而人道以此为重，已为未见恕者所怨[66]，至欲见中伤者[67]；虽瞿然自责[68]，然性不可化，欲降心顺俗[69]，则诡故不情[70]，亦终不能获无咎无誉如此，五不堪也。不喜俗人，而当与之共事，或宾客盈坐，鸣声聒耳[71]，嚣尘臭处[72]，千变百伎[73]，在人目前，六不堪也。心不耐烦，而官事鞅掌[74]，机务缠其心，世故烦其虑，七不堪也。又每非汤、武而薄周、孔[75]，在人间不止[76]，此事会显，世教所不容，此甚不可一也。刚肠疾恶，轻肆直言，遇事便发，此甚不可二也。以促中小心之性[77]，统此九患，不有外难，当有内病，宁可久处人间邪？又闻道士遗言，饵术黄精[78]，令人久寿，意甚信之；游山泽，观鱼鸟，心甚乐之；一行作吏，此事便废，安能舍其所乐而从其所惧哉？

夫人之相知，贵识其天性，因而济之。禹不逼伯成子高[79]，全其节也；

仲尼不假盖于子夏[80]，护其短也；近诸葛孔明不逼元直以入蜀[81]，华子鱼不强幼安以卿相[82]，此可谓能相终始，真相知者也。足下见直木不可以为轮，曲木不可以为桷[83]，盖不欲枉其天才，令得其所也。故四民有业[84]，各以得志为乐，唯达者为能通之[85]，此足下度内耳。不可自见好章甫[86]，强越人以文冕也[87]；己嗜臭腐，养鸳雏以死鼠也[88]。吾顷学养生之术，方外荣华[89]，去滋味[90]，游心于寂寞，以无为为贵。纵无九患，尚不顾足下所好者。又有心闷疾，顷转增笃，私意自试，不能堪其所不乐。自卜已审[91]，若道尽途穷则已耳。足下无事冤之[92]，令转于沟壑也[93]。

吾新失母兄之欢，意常悽切。女年十三，男年八岁，未及成人，况复多病。顾此恨恨[94]，如何可言！今但愿守陋巷，教养子孙，时与亲旧叙离阔[95]，陈说平生，浊酒一杯，弹琴一曲，志愿毕矣。足下若嬲之不置[96]，不过欲为官得人[97]，以益时用耳。足下旧知吾潦倒粗疏[98]，不切事情，自惟亦皆不如今日之贤能也[99]。若以俗人皆喜荣华，独能离之，以此为快，此最近之，可得言耳[100]。然使长才广度[101]，无所不淹[102]，而能不营[103]，乃可贵耳。若吾多病困，欲离事自全，以保余年，此真所乏耳，岂可见黄门而称贞哉[104]！若趣欲共登王途[105]，期于相致[106]，时为欢益，一旦迫之，必发狂疾。自非重怨[107]，不至于此也。

野人有快炙背而美芹子者[108]，欲献之至尊[109]，虽有区区之意[110]，亦已疏矣[111]。愿足下勿似之[112]。其意如此，既以解足下[113]，并以为别[114]。嵇康白。

【注释】

[1]选自《嵇康集校注》，中华书局 2014 年版。山涛，字巨源，魏末竹林七贤之一。先隐后仕，依附司马氏。山涛原任吏部郎，即将转任散骑侍郎，吏部郎一职出现空缺，想推荐嵇康替其原职。但是，嵇康十分憎恶司马氏的残暴和虚伪，蔑视司马氏的官职，便写了这封信表示拒绝。

[2]称：称道，这里指称嵇康不愿出仕。颍川：指山嵚。是山涛的叔父，曾经做过颍川太守，故以代称。古代往往以所任的官职或地名等作为对人的代称。

[3]知言：知己的话。

[4]经：常常。怪：感到奇怪。此意：指嵇康不愿出仕的意志。

[5]河东：地名。辖境相当在今山西南部黄河以东地区。

[6]显宗：公孙崇，字显宗，谯国人，曾为尚书郎。阿都：吕安，字仲悌，小名阿都，东平人，嵇康好友，262 年，与嵇康一道被司马昭杀害。以吾自代：指山涛拟推荐嵇康代其原职。

[7]事虽不行：指山涛拟推荐嵇康代其原职一事未能实行。

[8]故不知之：原来并不了解我。

[9]傍通：善于应变。

[10]多可而少怪：指山涛通达世故，遇事多认可而少疑怪。

[11]直性狭中：性格耿直，心地狭窄。

[12]多所不堪：对很多事情不能忍受。

[13]惕然：忧惧的样子。

[14]庖人：厨师。割：屠宰。

[15]尸祝：祭师，祭祀时读祝辞的人。以上两句用《庄子·逍遥游》"越俎代庖"这个典故，是说山涛要荐引嵇康去做官，犹如厨师拉祭师去代庖。

157

[16]荐：举起。鸾刀：刀柄缀有鸾铃的屠刀。

[17]漫之膻腥：沾上一身膻腥味。漫，玷污。

[18]具：详尽。陈：陈述。可否：可不可以。

[19]得并介之人：听说有兼济天下而又耿介孤直的人。山涛为"竹林七贤"之一，曾标榜清高，后又出仕，这里是讥讽他的圆滑处世。

[20]外不殊俗：指通达之人外表上与世俗无异。

[21]内不失正：内心不失去正道。

[22]悔吝：悔恨。以上五句的意思是，现在大家都说有一种对任何事情都能忍受的通达之人，他们外表上跟一般世俗的人没有两样，而内心却仍能保持正道，能够与世俗同流合污而没有悔恨的心情，但这只是一种空话罢了。

[23]柳下惠：即展禽。名获，字季，春秋时鲁国人。为鲁国典狱官，曾被罢职三次，有人劝他到别国去，他自己却不以为意。居于柳下，死后谥号"惠"，故称柳下惠。东方朔：字曼卿，汉武帝时人，满腹经纶，官为侍郎。二人职位都很低下，故曰"安乎卑位"。

[24]短：轻视。

[25]不羞执鞭：不以做指执鞭赶车之人为羞。

[26]子文无欲卿相：子文不想做卿相。子文，姓斗，名縠於菟（gòu wū tū），春秋时楚国人。

[27]令尹：楚国官名，相当于宰相。《论语·公冶长》："令尹子文，三仕为令尹，无喜色；三已之，无愠色。"登：担任。已：罢免。

[28]济物：救世。

[29]君世：为君于世。"君"作动词用。

[30]许由：尧时隐士。尧想把天下让给他，他不肯接受，就到箕山去隐居。岩栖：隐居山林。

[31]子房：张良的字。他曾帮助汉高祖刘邦统一天下，建立汉王朝。

[32]接舆：春秋时楚国隐士。孔子游宦楚国时，接舆唱着讽劝孔子归隐的歌从其车边走过。

[33]揆（kuí）：原则，道理。以上数句是说这些人的行为方式不同，而处世之道是一样的，都是顺乎本性。

[34]百行：各种各样的行为。

[35]延陵：春秋时吴国公子季札，居于延陵（今江苏武进县），人称延陵季子。高子臧之风：以子臧之风概为高。子臧：春秋时曹国公子。曹宣公死后，曹人要立子臧为君，子臧不从，离国而去。后来，季札的父兄要立季札为嗣君，季札以子臧不为曹国君为例，拒不接受。风，风概，指高尚情操。

[36]长卿：西汉辞赋家司马相如，字长卿，小名犬子。相如：指战国时赵国人蔺相如，以"完璧归赵"功拜上大夫。《史记·司马相如传》载："（司马）相如既学，慕蔺相如之为人，更名相如。"

[37]尚子平：东汉隐士。曾经做过县级小官，后弃官归隐。在儿女婚嫁后，即不再过问家事，恣意游五岳名山，不知所终。台孝威：名佟，东汉时人。隐居武安山，凿穴而居，以采药为业。二人在《后汉书·逸民传》有记载。

[38]孤：幼年丧父。露：羸弱。

[39]兄：指嵇喜。见骄：指受到母兄的骄纵。

[40]涉：涉猎，阅读。经学：儒家经典。

[41]胞：原指胎衣，这里指膀胱。

[42]傲散：孤傲散漫。

[43]简：简略，指举止随便。礼：礼法。

[45]侪（chái）类：指朋友们。

159

[45]任实：指放任本性。

[46]狂顾：疯狂地四面张望。顿缨：挣脱羁索。

[47]金镳（biāo）：金属制作的马嚼子。

[48]阮嗣宗：阮籍，字嗣宗，与嵇康同为"竹林七贤"之一。不拘礼法，常用醉酒的办法，以"口不臧否人物"来避祸。

[49]至性：淳厚的本性。

[50]过差：犹过度。

[51]礼法之士：指一些借虚伪礼法来维护自己利益的人。据《晋阳秋》记载，何曾在司马昭面前说阮籍"任性放荡，败礼伤教""宜投之四裔，以絜王道。"司马昭回答说："此贤素羸弱，君当恕之。"绳：纠正过失，这里指弹劾。

[52]大将军：指司马昭。保持：保护。

[53]慢弛：傲慢懒散。阙：缺点。

[54]暗于机宜：不懂得随机应变。

[55]万石：汉石奋。他和四个儿子都官至二千石，共一万石，所以汉景帝称他为"万石君"。一生以谨慎著称。

[56]好尽：尽情直言，不知忌讳。累：过失，毛病。

[57]疵：缺点。衅：争端。

[58]惟：思虑。熟：精详。

[59]当关：守门的差役。不置：不已，不放过，这里指呼叫不止。

[60]弋（yì）：系有绳子的箭，用来射取禽鸟。弋钓草野，指在草野间或猎鸟或钓鱼。

[61]痹：麻木。摇：活动。这里指做了官要正身跪坐多时，即使麻痹了也不许活动。

[62]章服：冠服。指官服。

[63]不便：不习惯。书：指书札文章。

[64]堆案盈机：公文、书信等堆积满案头。原指等待处理的文书大量积压。后也指书籍或文字材料非常多。机：同"几"，小桌子。

[65]犯教伤义：指触犯封建礼教失去礼仪。

[66]已为未见恕者所怨：已经被不肯见谅的人所怨恨。

[67]至欲见中伤者：以至有想对我加以陷害的人。

[68]瞿然：惊惧的样子。

[69]降心顺俗：压抑自己傲散的本性顺应世俗。

[70]诡故：违背自己本性。不情：不符合真性情。

[71]聒（guō）耳：嘈杂喧闹。

[72]嚣尘臭处：喧杂的声音、飞扬的尘土，污浊的处所。

[73]千变百伎：指官场中的各种诡诈手段和花招。

[74]官事：官场事务。鞅掌：繁忙。

[75]非：责难。汤、武：商汤和周武王。薄：轻视。周、孔：周公和孔子。

[76]在人间不止：在别人面前不停止议论（汤武周孔之事）。

[77]促中小心：指心胸狭隘。

[78]饵：服食。术（zhú）、黄精：两种中草药名，古人认为服食后可以轻身延年。

[79]伯成子高：传说是古代的贤者，他批评禹治理天下不善，禹没有逼迫他出仕。

[80]假：借。盖：雨伞。子夏：孔子弟子卜商的字。《孔子家语》记载：孔子外出遇雨有的学生说子夏有伞。孔子知道子夏为人有小气的毛病，就没有去借，这样就掩饰了子夏的短处。

[81]元直：徐庶的字。曾是刘备重要幕僚，后来徐庶母亲被曹操抓去，他不得已辞别刘备而归曹操，诸葛亮没有加以阻留。

[82]华子鱼：三国时华歆的字。幼安：管宁的字。两人自幼好善，魏文帝时，华歆为太尉，想荐举管宁做官，管宁坚决不肯出仕，华歆也不加强迫。

[83]桷（jué）：屋上承瓦的椽子。

[84]四民：指士、农、工、商。

[85]达者：通达的人。通：了解。

[86]章甫：古代一种须绾在发髻上的帽子。

[87]强：勉强。越人：指今浙江、福建一带居民。文冕：饰有花纹的帽子。

[88]鸳雏：传说中像凤凰一类的鸟。《庄子·秋水》中说：惠子做了梁国的相，害怕庄子来夺他的相位，便派人去搜寻庄子，于是庄子就往见惠子，并对他说："南方有鸟，其名为鸳雏……非梧桐不止，非练实不食，非醴泉不饮。于是鸱得腐鼠，鸳雏过之，仰而视之，曰：'赫！'"此处化用典故，就是想说明，不要以为自己喜欢做官就勉强别人也出来做官。

[89]外：疏远，排斥。

[90]滋味：美味。

[91]自卜已审：自己已经考虑好了。卜：考虑。审：审定。

[92]无事：不要做。冤：犹委屈。

[93]转于沟壑：流转在山沟河谷之间。指遭遇苦难而死。

[94]悢（liàng）悢：悲恨、悲伤。

[95]离阔：离别之情。

[96]嬲（niǎo）：纠缠。不置：不放。

[97]为官得人：为官府拉拢人。

[98]潦倒粗疏：犹放任散漫的意思。

[99]自惟：自己思考。

[100]可得言：可以这么说。

[101]长才广度：指有高才大度的人。

[102]淹：通达。

[103]不营：不营求。指不求仕进。

[104]黄门：宦官。称贞：称赞其有贞洁。此句意思是宦官失去了生理条件，近妇女亦无所作为，这是不得已之贞，岂能见了宦官非要称赞他守得住贞节呢？喻指自己不喜荣华是因为自己没有才能，并不值得称赏。

[105]趣：急于。王途：仕途。

[106]期于相致：希望一定把我弄到官场。期：希望。致：招致。

[107]自非：若不是。重怨：大仇。

[108]野人：居住在乡野的人，指农民。快炙背：对太阳晒背感到快意。美芹子：以芹菜为美味。

[109]至尊：指君主。以上两句载于《列子·杨朱篇》，谓乡野之人感到太阳晒背舒服，芹菜味美，就想献给君王以邀赏，受是会受到别人的嘲笑。用这个典故讽刺山涛。

[110]区区：形容微小而诚恳之意。

[111]疏：迂远，不合实际。

[112]勿似之：不要像那个野人。

[113]解足下：向你解释。

[114]别：告别。这是绝交的婉辞。

【作者（作品）简介】

嵇康（223—262），字叔夜，谯郡铚县（今安徽省宿县）人。"竹林七贤"之一。仕魏，任中散大夫，故世称嵇中散。他是曹魏宗室的女婿，学问

163

渊博，相貌出众，而性格刚直，疾恶如仇。魏晋易代之季，他以老庄思想为武器，对司马氏集团提倡的虚伪名教和镇压异己的行径进行了强烈的讥讽和抨击，对趋炎附势之士进行了无情嘲讽和讥笑，由于拒绝和司马氏集团合作，结果遭诬陷被司马昭处死。他临刑前，洛阳三千名学生请求以他为师，可见他在当时社会上的声望。嵇康是正始文学的代表作家，诗文、音乐皆擅，而散文成就尤高，有《嵇中散集》。

【作品评析】

嵇康与山巨源的绝交书，是一份坚决不与司马氏集团合作的郑重声明。它不仅体现了"魏晋风度"中的时代精神和阳刚之美，而且还启发人们：选择与自己志同道合的良友，是一条重要的交友准则。

本文集中叙述了作者不羁礼法的思想性格，流露了不愿与执政者同流合污的态度，从一定程度上表现了魏晋易代之际一部分正直知识分子的政治立场和立身处世的精神面貌，具有浓厚的文学意味和大胆的反抗思想的散文。文中拒绝了山涛的荐引，指出人的秉性各有所好，申明他自己赋性疏懒，不堪礼法约束，不可加以勉强。他强调放任自然，既是对世俗礼法的蔑视，也是他崇尚老庄无为思想的一种反映。文中说，"人伦有礼，朝廷有法，自惟至熟，有必不堪者七，甚不可者二"。他的"必不堪者七"，是表示蔑视虚伪礼教，"甚不可者二"更是公然对抗朝廷法制，所谓"每非汤、武而薄周、孔"，正是公开揭穿司马氏争夺政权的阴谋。这实际上是向司马氏集团表示决绝，是对标榜名教、高谈汤武、一心阴谋夺权的司马氏的有力嘲讽。也正因为这篇书信，司马氏最终杀害了他。

文章风格清俊，立意超俗，恣肆奔放、不避俚俗，流动着强烈的傲世超俗的感情色彩。如第三段、第四段，作者对自我生活经历和思想性格的描述，随意所至，信笔挥洒，嬉笑怒骂，毫无顾忌。"头面常一月十五日不洗，不大闷痒，不能沐也。每常小便而忍不起，令胞中略转乃起耳。""刚肠疾恶，轻肆直言，遇事便发。"无论写生活细节，还是写思想个性，都能纵情所至，毫不遮掩。本文还善于运用鲜明的对比手法和生动的比喻。如作者在描述自己的思想性格与礼法的矛盾时，基本采用对照的笔调，写官场之不堪，个性之通脱，犹如水火，势不两立。作者以野鹿形象，比喻自己不愿出任的坚决态度；又将《庄子》《列子》中的一些典故信手拈来，作为鲜明生动的比喻来嘲讽为司马氏拉拢名士的山涛的卑劣、愚蠢。这些都显示了本文极强的艺术魅力。

【思考与练习】

1. 嵇康为何要写这封绝交书，当时这是出于何种考虑？
2. 如何理解嵇康在信中提到的"有必不堪者七，甚不可者二"？
3. 请谈谈这封信在语言风格和写作手法上有何突出的特色。

别　赋[1]

　　黯然销魂者,唯别而已矣!况秦吴兮绝国,复燕宋兮千里[2]。或春苔兮始生,乍秋风兮暂起。是以行子肠断[3],百感凄恻。风萧萧而异响,云漫漫而奇色。舟凝滞于水滨,车逶迟于山侧[4]。棹容与而讵前[5],马寒鸣而不息。掩金觞而谁御[6]?横玉柱而沾轼[7]。居人愁卧,怳若有亡[8]。日下壁而沉彩[9],月上轩而飞光。见红兰之受露,望青楸之罹霜[10]。巡层楹而空掩[11],抚锦幕而虚凉[12]。知离梦之踯躅[13],意别魂之飞扬。

　　故别虽一绪,事乃万族[14]。

　　至若龙马银鞍[15],朱轩绣轴,帐饮东都[16],送客金谷[17]。琴羽张兮箫鼓陈,燕赵歌兮伤美人。珠与玉兮艳暮秋,罗与绮兮娇上春。惊驷马之仰秣[18],耸渊鱼之赤鳞[19]。造分手而衔涕[20],感寂寞而伤神。

　　乃有剑客惭恩[21],少年报士[22],韩国赵厕[23],吴宫燕市[24],割慈忍爱,离邦去里[25],沥泣共诀[26],抆血相视[27]。驱征马而不顾,见行尘之时起。方衔感于一剑,非买价于泉里[28]。金石震而色变[29],骨肉悲而心死[30]。

　　或乃边郡未和,负羽从军[31],辽水无极[32],雁山参云[33]。闺中风暖,陌上草薰[34]。日出天而曜景,露下地而腾文[35]。镜朱尘之照烂[36],袭青气之烟煴[37],攀桃李兮不忍别,送爱子兮沾罗裙。

　　至如一赴绝国[38],讵相见期[39]?视乔木兮故里,决北梁兮永辞[40],左右兮魂动,亲宾兮泪滋[41]。可班荆兮憎恨[42],惟樽酒兮叙悲。值秋雁兮飞日,当白露兮下时,怨复怨兮远山曲[43],去复去兮长河湄[44]。

　　又若君居淄右[45],妾家河阳[46]。同琼佩之晨照,共金炉之夕香。君结绶兮千里[47],惜瑶草之徒芳[48]。惭幽闺之琴瑟,晦高台之流黄[49]。春宫閟

166

此青苔色[50]，秋帐含兹明月光，夏簟清兮昼不暮[51]，冬釭凝兮夜何长[52]。织锦曲兮泣已尽，回文诗兮影独伤[53]。

傥有华阴上士[54]，服食还山[55]。术既妙而犹学，道已寂而未传[56]。守丹灶而不顾[57]，炼金鼎而方坚。驾鹤上汉[58]，骖鸾腾天[59]。暂游万里，少别千年。惟世间兮重别，谢主人兮依然。

下有芍药之诗[60]，佳人之歌[61]，桑中卫女，上宫陈娥[62]。春草碧色，春水绿波[63]，送君南浦[64]，伤如之何！至乃秋露如珠，秋月如珪，明月白露，光阴往来，与子之别，思心徘徊。

是以别方不定[65]，别理千名，有别必怨，有怨必盈，使人意夺神骇，心折骨惊[66]。虽渊、云之墨妙[67]，严、乐之笔精[68]，金闺之诸彦[69]，兰台之群英[70]，赋有凌云之称[71]，辩有雕龙之声[72]，谁能摹暂离之状，写永诀之情者乎！

【注释】

[1]本文选自《江文通集汇注》，南朝梁江淹撰，明胡之骥汇注，中华书局1984年版。

[2]秦：今陕西一带，吴：今江苏、浙江一带，两地隔离绝远。绝国：绝远之地。燕：今河北北部一带。宋：今河南东部一带。

[3]行子：出行之人。

[4]逶迟：缓慢而行貌。

[5]棹（zhào）：原指船桨，泛指船。容与：徘徊不前貌。讵前：不前。讵，岂。

[6]掩：倒扣。觞：酒杯。御：饮用。

[7]玉柱：用玉做的琴瑟一类弦柱。轼：车前横木，泛指车。这两句说，断肠的行人覆杯舍琴挥泪登车而去。

[8]怳：同"恍"，恍惚。亡：失。

[9]沉彩：落日余晖消失。

[10]青楸：青绿色的楸树，是一种落叶乔木。罹：遭受。

[11]楹：屋柱，屋一间为一楹，一说屋一列为一楹。这里指一排一排房屋。

[12]锦幕：帷帐。虚凉：悲凉。

[13]踯躅（zhī zhú）：徘徊不进貌。

[14]万族：万类。

[15]龙马：高大骏马。

[16]帐饮东都：东都，指汉时京师长安东门。据《汉书·疏广传》，疏广告老还乡，士大夫设帐东都门外，为之饯行。帐饮，张帷帐于郊野，设酒食饯行。

[17]金谷：西晋石崇的金谷园，在洛阳西北。石崇曾在金谷园中盛宴送王诩还长安，见其《金谷诗序》。

[18]仰秣：马进食，此指马仰头。

[19]耸：耸动。赤鳞：红色之鱼。这两句是说音乐美妙动听，连马与鱼儿也倾听感动。

[20]造：至。

[21]惭恩：感恩。

[22]报士：报答主上以国士相待之恩。

[23]韩国：指战国时聂政在韩国都城为严仲子刺杀韩相侠累之事。赵厕：指战国初豫让为主人智氏复仇，潜伏于厕中欲刺杀赵襄子之事。

168

[24]吴宫：指春秋时吴国公子光与吴王僚争权，公子光派刺客专诸刺杀吴王僚之事。燕市：指战国末荆轲受燕太子丹之聘，与好友高渐离在燕国街上饮酒高歌，谋刺秦王政之事。

[25]离邦去里：离别了故国和家乡。

[26]沥泣：滴泪。

[27]抆（wěn）：拭去。血：当指带血的眼泪。

[28]买价：沽名钓誉以取声价。泉里：阴间。本句说不是为了追求名声于黄泉地下。

[29]金石：指钟磬之类乐器。色变：荆轲以秦舞阳为随从出发刺秦，面见秦王政时，秦舞阳因庭上金石齐鸣而惊恐色变，面如死灰。

[30]骨肉悲：聂政刺杀侠累后，为不让人认出，自剜眼、毁面、剖腹死，被韩国暴尸街头。其姐荣抚其尸自杀。

[31]羽：羽箭。

[32]辽水：辽河。在今辽宁西部。

[33]雁山：雁门山，在今山西平县西北。

[34]薰：香。

[35]腾文：纹彩闪烁。

[36]镜：照。朱尘：红尘。照烂，明亮灿烂。

[37]袭：触及。青气：春郊清新之气。烟煴：同"氤氲"（yīnyùn），云气笼罩貌。

[38]绝国：指遥远边地。

[39]讵（jù）相见期：岂有相见的日期。

[40]决：通"诀"，诀别。梁：桥。

[41]泪滋：泪多。

[42]可：岂，作反诘词用。班荆：铺荆条于地，坐在上面与友人叙旧。典出《左传·襄公二十六年》："伍举奔郑，将逐奔晋。声子将如晋，遇之于郑郊，班荆相与食，而言复故。"班：布，铺。

[43]山曲：山坳。

[44]河湄：河边。

[45]淄右：淄水西边。古人以西为右方。淄：淄水，在今山东境内。

[46]河阳：黄河北岸。古人以河北为阳。

[47]结绶：指做官。绶，系印章的带子。

[48]瑶草：仙草，泛指珍奇芳馥的草。

[49]晦：使黯淡。流黄：一种精美的丝织品。这句是说无心织锦。

[50]春宫：妇女住处的美称。閟（bì）：遮蔽，隐藏。

[51]簟（diàn）：竹席。

[52]釭（gāng）：灯。

[53]"织锦曲"二句：这两句是互文见义。据《晋书·列女传·窦滔妻苏氏》记载，前秦苻坚时，窦滔为秦州刺史，被徙流沙，其妻苏蕙善属文，思念丈夫，织锦为回文旋图诗相赠，凡八百四十字，宛转循环以读之，词甚凄婉。另据武则天《织锦回文记》所载，则是窦滔赴任襄阳，携宠姬赵阳台前往，与苏蕙断绝音讯，苏氏悲伤，遂织锦成回文诗二百余首，名曰璇玑图。

[54]傥：或。华阴：华山北侧。上士：指求仙之士。

[55]服食：服食道教丹药。还山：指辞别人世而登仙。

[56]寂：指超越世俗的不生不灭之境，亦称寂灭。

[57]丹灶：与下句的"金鼎"皆为道教炼丹之炉。不顾：指不再关心世俗世界之事。

[58]汉：河汉，银河。

[59]骖鸾：乘御鸾凤。鸾：凤凰一类的鸟。

[60]芍药之诗：《诗经·郑风·溱洧》写相爱男女的戏谑，有"维士与女，伊其相谑，赠之以勺药"之句。勺药，同"芍药"。

[61]佳人之歌：据《汉书·外戚传·孝武李夫人》记载，李夫人之兄李延年曾为汉武帝起舞而歌："北方有佳人，绝世而独立。一顾倾人城，再顾倾人国，宁不知倾城与倾国，佳人难再得。"

[62]"桑中"二句：《诗经·鄘风·桑中》："期我乎桑中，要我乎上宫，送我乎淇之上矣。"桑中、上宫，乡中小地名，为男女约会之处。《鄘风》乃卫地民歌，故称桑中女子为卫女。陈，陈国，都城宛丘（今河南淮阳），春秋后期为楚国所灭。娥，美女。

[63]渌波：清澈的水波。

[64]南浦：南面的水滨。《楚辞·九歌·河伯》："子交手兮东行，送美人兮南浦。"

[65]方：情况、方式。

[66]心折骨惊："心惊骨折"的修辞倒装，"惊"字置后，也是为了押韵。

[67]渊、云：西汉著名文学家王褒字子渊，杨雄字子云。用"渊云"指称二人。王褒，蜀资中（今四川资阳人），宣帝时为谏议大夫，撰有《洞箫赋》。杨雄（前53-后18），蜀郡成都（今属四川）人，成帝时为给事黄门郎，撰有《长扬赋》《羽猎赋》《甘泉赋》。

[68]严、乐：西汉严安和徐乐，二人曾上书武帝言时务，被拜为郎中。

[69]金闺：汉代宫门金马门的别称，为学士待诏之处。彦：俊彦，才士。

[70]兰台：汉代朝廷珍典籍及讨论学术的地方。汉设兰台令史，掌校理图籍文书之事。

[71]凌云之称：司马相如奏《大人赋》，汉武帝读后飘飘有凌云之气。事见《汉书·司马相如列传》。

[72]雕龙之声：战国时齐人邹衍之学"闳大不经"，邹奭则"颇采邹衍之术以纪文"，齐人遂有"谈天衍，雕龙奭（shì）"之语。后多以"雕龙"形容文章华美，如雕镂龙文一样。

【作者（作品）简介】

江淹（444—505），字文通，济阳考城（今河南省民权县）人。南朝著名文学家。出身贫寒，沉静好学，十三岁丧父，曾采薪养母。二十岁左右在新安王刘子鸾幕下任职，开始其政治生涯，宋明帝时，为南徐州从事，后转入建平王刘景素幕。入齐，历官中书侍郎、御史中丞、吏部尚书等。入梁，官至金紫光禄大夫，封醴陵侯。江淹善作抒情小赋，文辞清丽，情景交融，尤以《恨赋》《别赋》驰名。有《江文通集》。

【作品评析】

江淹是南朝最优秀的骈文作家之一。南朝是辞赋兴盛的年代，但大多数赋词藻华美，内容空洞，像脸色苍白的美女。他的代表作《恨赋》和《别赋》是两篇主题和题材都很新颖别致的骈赋。

《别赋》结构清晰，次序井然，择取离别的七种类型摹写离愁别绪，极具代表性，曲折地映射出南北朝时战乱频仍、聚散不定的社会状况。江淹在赋中极尽铺排之能事，将人生离别之悲渲染得淋漓尽致，使人油然而起怅恨之意。全文共分十段。第一段开宗明义，点出抒情主题"黯然销魂者，惟别而已矣"，从总体上铺写离别的悲伤。第二段仅一句话"故别虽一绪，事乃万族"，承上启下，收束上文关于离别观感的描写，总领下文各种离别的分类叙述。中间七段分别描摹富贵之别、侠客之别、从军之别、绝国之别、夫妻之别、方外之别、情侣之别这七种不同类型的离别人们心理感受。第十段总结全文，写离别的痛苦非笔墨所能形容，极言叙写其难，照应开头，并以"别方不定，别理千名，有别必怨，有怨必盈"进行概括总结。

《别赋》最突出的成就，在于借环境描写和气氛渲染以刻画人的心理感受，具有浓郁的抒情气氛。作者善于对生活进行观察、概括，提炼，择取不同的场所、时序、景物来烘托、刻画人的情感活动，或刻画临别的衔涕伤神，或描写别后的四季相思；或慷慨悲歌，或缠绵反复。铺张而不厌其详，夸饰而不失其真。

《别赋》的文辞华丽，清新典雅，句式整齐，音韵铿锵优美。尤其是"春草碧色，春水绿波，送君南浦，伤如之何"等名句充满诗情画意，如溪流山中，珠落玉盘，千古传诵。

《别赋》熔铸典故，使全文映照生姿，内涵丰厚。文章虽运用了大量典故，如"惊驷马之仰秣，耸渊鱼之赤鳞""韩国赵厕，吴宫燕市""芍药之诗，佳人之歌，桑中卫女，上宫陈娥"等等，这些典故的恰当运用，不但使文章富有文采，而且具有极强的艺术感染力。

【思考与练习】

1.什么是骈赋？江淹的《别赋》表达了什么样的思想情感？

2.体会《别赋》语言的音乐之美，今天应该怎样正确对待离别？

陶渊明诗二首

饮　酒（其五）[1]

结庐在人境[2]，而无车马喧[3]。

问君何能尔[4]，心远地自偏[5]。

采菊东篱下[6]，悠然见南山[7]。

山气日夕佳[8]，飞鸟相与还[9]。

此中有真意[10]，欲辩已忘言[11]。

【注释】

[1]选自《陶渊明集校笺》，上海古籍出版社 2011 年版。陶渊明《饮酒》诗共二十首，本篇为第五首，当写于其归隐之后不久。题为《饮酒》，据诗序说，是因为这组诗都写于酒醉之后，实际上是借以述怀，取其坦率不受拘束之意。

[2]结庐：建造住宅，这里是居住的意思。人境：人世间。

[3]车马喧：指世俗交往的喧扰，象征为权位、名利等。

[4]君：指作者自己。何能尔：为什么能够这样。尔，如此。

[5]心远：心远离世俗社会。地自偏：住地尽管处于喧闹之中，也能像在偏僻安静之处一样。

[6]东篱：指诗人在小院东边种植菊花的地方。后特指文人的小院。

[7]悠然：闲适自得的样子。南山：当是泛指山峰。一说指庐山。

[8]山气：指山中景象、气息。日夕：傍晚。

[9]相与：结伴。以上两句是说傍晚山色秀丽，飞鸟结伴而还。

[10]此：既指山中景象，也指作者的隐逸生活。真意：这种隐逸生活蕴含着人生的真谛。

[11]辩：辩说。一作"辨"，辨明。忘言：忘记该怎么说才好，找不到合适的语言。

【作者（作品）简介】

陶渊明（365—427），字元亮，一说名潜，字渊明、浔阳柴桑（今江西九江市）人，自号五柳先生，谥号靖节先生。其曾祖为东晋名臣陶侃，父祖均曾任太守一类官职。由于父亲早死，家道中落，生活日渐贫困。陶渊明经历了晋宋易代之乱，曾几度出仕，先后担任江州祭酒、镇军参军、彭泽县令等职，后因厌恶官场黑暗，辞官归隐，从此躬耕自资，直至贫病而卒。陶渊明是我国最早大量以田园生活为题材进行诗歌创作的诗人，是田园诗派的开创者。他很多描写农村日常生活的诗歌，表现了农村的美好风光、诗人的闲适生活以及他不愿与黑暗现实同流合污的高尚情操，人们称之为"田园诗"。另外也写了一些表现政治理想和关心政局的诗歌，表达愤世嫉俗之情，呈现"金刚怒目"式一面。主要作品有《归去来辞》《桃花源记》《饮酒》。诗歌的整体风格质朴自然，冲和平淡，备受后人推崇，对后世影响很大。有《陶渊明集》。

【作品评析】

《饮酒》其五是陶渊明诗歌中最为优秀的作品之一，诗人于劳动之余，酒饮微醺之后，在晚霞的辉映之下，在山岚的笼罩中，采菊东篱，遥望南山时所感。表现了诗人弃官归隐田园后悠然自得的心态，对宁静自由的田园生活的热爱，抒发作者摒弃世俗功名、陶醉自然，感悟人生真谛的生命体验。

全诗的主旨是归复自然。而归复自然的第一步，是对世俗价值观的否定。首四句写身居"人境"而内心超脱世俗的虚静忘世心态。"车马喧"，车马的喧闹，意味着上层社会人士间的交往，用以指代人世间的各种世俗权位、名利等。"心远"便是对那争名夺利的世俗取远离与冷漠的态度，心灵超脱世俗，不为名利所惑，环境自然清静。中间四句写出诗人无意见到南山、心与物遇而进入物我两忘的心态，深化为人与自然合一、物我合一的境界。最后两句写忘言心态，写"心"在物我浑化中体验到了难以言传的生命真谛。从根本上说，就是辞官归隐田园，适意自然，最大限度地享受个体人生精神自由。

这首诗既写出了归隐生活的悠闲恬静，又蕴含着诗人对宇宙人生超然境界的向往，是陶渊明归隐后适意自然和返璞归真诗歌风格最深邃、最充分的体现。此诗最大的特点就是说理、抒情、写景交融一体。例如，"结庐在人境"是写景，"而无车马喧"是抒写超脱尘世的感受，是抒情，说明了"心远地自偏"的道理。"采菊东篱下，悠然见南山"两句，既是写景又是抒情，将诗人淡泊的心境和优美的大自然融为一体，菊花是清新高雅，丽而不媚、历尽风霜而后凋，正是陶渊明不与世俗同流合污的高洁品格的象征。陶渊明用采摘菊花来寄寓对田园与隐逸幽静生活的向往，历来以"静穆""淡远"为后世所称道。"山气日夕佳，飞鸟相与还"是写景，但从中流露出了诗人归隐后怡然自得的情怀，将情融于景中。诗的最后两句"此中有真意，欲辩已忘言"直接抒情，渗透出对隐居生活的由衷喜爱，同时又蕴涵了丰富的人生哲理。整首诗景中含情，情中见理，余音绕梁，回味悠长。

【思考与练习】

1.简析诗中所体现的"忘世""忘我""忘言"三层心态。

2.诗中的"菊花"有何象征意义,"采菊"寄托了诗人什么感情?

3.谈谈你对诗中"此中有真意"的理解,及本诗语言上的特色。

庚戌岁九月中于西田获早稻[1]

人生归有道[2]，衣食固其端[3]。

孰是都不营[4]，而以求自安[5]。

开春理常业[6]，岁功聊可观[7]。

晨出肆微勤[8]，日入负耒还[9]。

山中饶霜露[10]，风气亦先寒[11]。

田家岂不苦[12]？弗获辞此难[13]。

四体诚乃疲[14]，庶无异患干[15]。

盥濯息檐下[16]，斗酒散襟颜[17]。

遥遥沮溺心[18]，千载乃相关[19]。

但愿长如此[20]，躬耕非所叹[21]。

【注释】

[1]选自《陶渊明集校笺》，上海古籍出版社 2011 年版。庚（gēng）戌（xū）岁：晋安帝义熙六年（410）。该年陶渊明 46 岁，是他弃彭泽令归隐躬耕的第六年。

[2]有道：有常理。

[3]固：本、原。端：始、首。这两句是说，人生总归有常道，而衣食是人类赖以生存的首要条件。

[4]孰：何。是：此，指衣食。营：经营。

[5]自安：安宁。以上两句是说，怎么可以说连衣食都不经营而还要想内心安宁呢？

[6]常业：日常事务，这里指耕作，参加农业生产。

[7]岁功：一年的收成。聊可观：勉强可以。聊，勉强。

[8]肆：致力。微勤：轻微的劳动。

178

[9]耒（lěi）：耒耜，即农具。

[10]饶：多。霜露：霜和露水，而比喻艰难困苦的条件。

[11]风气：气候。先寒：早寒，冷得早。

[12]田家：农民。

[13]弗：不。此难：这种艰难，指耕作。这句是说不能辞却这种艰难的劳动。

[14]四体：四肢。

[15]庶（shù）：庶几、大体上。异患：想不到的祸患。干：犯。两句是说身体诚然疲劳，但这样才有可能避免意外的祸患。

[16]盥（guàn）濯（zhuó）：洗涤。息：休息。

[17]襟颜：胸襟和面颜。

[18]沮（jǔ）溺（nì）：即长沮、桀溺，孔子遇到的"耦而耕"的隐者（见《论语·微子》）。借指避世隐士。心：心思。

[19]乃相关：乃相符合。这两句是说千年以前的隐者长沮、桀溺的心思，竟能和自己的怀抱相通。

[20]长如此：长期这样。

[21]躬耕：亲自耕作。这两句是说，但愿长期这样生活下去，并不为亲自耕作而叹息。

【作品评析】

《庚戌岁九月中于西田获早稻》是体现陶渊明躬耕思想的重要诗篇。陶渊明归隐之后，参加了一些轻微的生产劳动，对之有了亲身的经历和体会，与劳动人民日益接近。由于失去俸禄，再加上诗人本不善农耕，所以家境一年不如一年。诗人开始懂得躬耕有乐，亦有苦忧。他开始像农民一样直接关心着自己的劳动成果，忧虑天灾的发生，但内心仍然执着地认为，躬耕固然苦累，但比起黑暗的官场来说，又算得了什么。

　　本诗通过收获早稻之叙说，抒发躬耕之情怀，安贫乐道，崇尚自然。语言平淡冲和，意蕴则无限深远。陶渊明自幼爱好六经，敬仰孔子。孔子的理想是国家的治理和谐，社会秩序稳定，人民幸福安康，士人应该以天下有道为己任，积极入世，建功立业。而自己最终选择了长沮、桀溺式的人生道路，追求心灵自由与人格完美。选择这条道路，陶渊明有一个矛盾痛苦的心态变化过程。事实上，为了最终抉择弃官归田，他曾经历了十三年的曲折反复。而此诗，则说明在归田五六年之后，他的心灵里也并不总是那么平静单纯。

　　此诗更重要的意义在于，陶渊明经过劳动的体验和深沉的省思，产生了新的思想。这就是：农业生产乃是衣食之源，士人尽管应以道为终极关怀，但是对于农业生产仍然有义不容辞的责任。尤其处在一个自己所无法改变的乱世，只有躬耕自资，才能保持人格的独立自由。躬耕纵然辛苦，可是乐亦自在其中。这份喜乐，是体验到自由与劳动之价值的双重喜乐。陶渊明这些思想见识，在晚周之后的文化史和诗歌史上，乃是稀有的和新异的。诗中所闪耀的思想光彩，对人生意义的深沉思考，正是此诗极可宝贵的价值之所在。

【思考与练习】

1.简析陶渊明归隐之后的思想变化。

2.联系当今社会现实，谈谈你对诗中"衣食固其端"的理解。

《世说新语》六则[1]

一、王恭身无长物

王恭从会稽还[2],王大看之[3]。见其坐六尺簟[4],因语恭:"卿东来[5],故应有此物,可以一领及我[6]。"恭无言。大去后,既举所坐者送之。既无馀席,便坐荐上[7]。后大闻之甚惊,曰:"吾本谓卿多,故求耳。"对曰:"丈人不悉恭[8],恭作人无长物[9]。"

二、王子猷雪夜访戴

王子猷居山阴[10],夜大雪,眠觉[11],开室命酌酒,四望皎然[12];因起彷徨,咏左思《招隐》诗[13],忽忆戴安道[14]。时戴在剡[15],即便夜乘小船就之[16],经宿方至[17],造门不前而返[18]。人问其故,王曰:"吾本乘兴而行,兴尽而返,何必见戴!"

三、嵇康不畏权贵

钟士季精有才理[19],先不识嵇康,钟要于时贤俊之士[20],俱往寻康。康方大树下锻[21],向子期为佐鼓排[22]。康扬槌不辍,傍若无人,移时不交一言[23]。钟起去,康曰:"何所闻而来?何所见而去?"钟曰:"闻所闻而来,见所见而去。"

四、阮籍不拘礼法

阮籍嫂尝还家[24],籍见与别。或讥之[25],籍曰:"礼岂为我辈设也!"

阮公邻家妇，有美色，当垆酤酒[26]。阮与王安丰常从妇饮酒[27]，阮醉，便眠其妇侧。夫始殊疑之，伺察，终无他意。

五、刘伶纵酒放达

刘伶恒纵酒放达[28]，或脱衣裸形在屋中。人见讥之，伶曰："我以天地为栋宇，屋室为裈衣[29]，诸君何为入我裈中！"

六、石崇要客燕集

石崇每要客燕集[30]，常令美人行酒[31]，客饮酒不尽者，使黄门交斩美人[32]。王丞相与大将军尝共诣崇[33]，丞相素不善饮，辄自勉强[34]，至于沉醉。每至大将军，固不饮，以观其变。已斩三人，颜色如故，尚不肯饮。丞相让之[35]，大将军曰："自杀伊家人，何预卿事[36]？"

【注释】

[1]选自《世说新语笺疏》，上海古籍出版社1993年版。题目为编者所加。

[2]王恭：字孝伯，历任中书令，青州、兖州刺史，为人清廉。会稽（kuàijī）：郡名，郡治在今浙江省绍兴市。

[3]王大：王忱，小名佛大，也称阿大、是王恭的同族叔父辈；官至荆州刺史。

[4]簟（diàn）：竹席。

[5]卿：六朝时，在对称中，尊辈称晚辈，或同辈熟人间的亲热称呼。

[6]一领：一张。

[7]荐：草席。

[8]丈人：古时晚辈对长辈的尊称。

[9]作人：为人。长（zhǎng）物：多余的东西。

[10]王子猷（yóu），王徽之，字子猷，王羲之之子。山阴，旧县名，在今浙江省绍兴市。

[11]眠觉：睡醒。

[12]皎然：洁白光明。

[13]左思：西晋著名诗人。《招隐诗》："策杖招隐士，荒涂横古今。岩穴无结构，丘中有鸣琴。白云停阴冈，丹葩曜阳林。"这里旨在歌咏隐士清高的生活。

[14]戴安道：戴逵，字安道。博学多艺，擅长音乐、书画和佛像雕刻，性高洁，终生隐居不仕。

[15]剡（shàn）：今浙江省嵊州市。

[16]就：往访。

[17]经宿：经过一个晚上。

[18]造门：到了门口。

[19]钟士季：钟会，字士季，三国后期曹魏重要谋臣、玄学家。才华横溢，机智多谋，为司马师、司马昭重要心腹，为司马家篡权屡建奇功，嵇康被害，与其构陷有关。魏灭蜀后，钟会以郭太后遗命之名，矫诏起兵，据成都讨伐司马昭，为乱军所杀，时年40岁。精：精明。才理：才思。

[20]要：通"邀"，邀请。于时：当时。贤俊之士：名流人物。

[21]锻：打铁。

[22]向子期：字子期，又名向秀，魏晋之际哲学家、文学家，竹林七贤之一。其哀吊嵇康、吕安的《思旧赋》，情辞沉痛，颇有名。佐：助手。鼓：鼓风。排：风箱。

[23]移时：过了一段时间。交：说。

[24]阮籍：字嗣宗，三国时期魏国诗人，竹林七贤之一。曾任步兵校尉，世称阮步兵。崇奉老庄之学，政治上则采取谨慎避祸的态度。

[25]或讥之：按礼制，叔嫂不通问，所以人们认为阮籍不遵礼法而指责他。

[26]当垆酤酒（dāng lú gū jiǔ）：在酒垆前卖酒。当垆，在酒垆前。垆，卖酒处安置酒瓮的砌台，亦借指酒肆、酒店。酤，卖。

[27]王安丰：王戎，字濬冲，西晋大臣，官封安丰县侯，故名"王安丰"。

[28]刘伶：字伯伦，西晋沛国（今安徽宿州）人，宣扬老庄思想和纵酒放诞之情趣，对传统"礼法"表示蔑视。纵酒：指无节制地饮酒。放达：任性放纵，不拘礼法。

[29]裈（kūn）：裤子。

[30]石崇：字季伦，历任散骑常侍、荆州刺史等职。晋惠帝时为荆州刺史，劫夺远使商客而暴富，以生活奢侈闻名于时。要客燕集：邀请客人举行宴会。要：通"邀"。燕：通"宴"。

[31]行酒，劝酒，斟酒劝客。

[32]黄门：仆役中的阉人，以供内室役使。交：交替，轮流。按：黄门不只一人，轮流来斩美人。

[33]王丞相：王导，字茂弘，晋元帝时为丞相。大将军：王敦，字处仲，王导的从兄，晋元帝时为征南大将军。后以罪被诛。诣：造访，访问。

[34]辄自勉强：总是勉强喝完酒（以免美人被杀）。辄，总是。

[35]让：责备。

[36]自杀伊家人，何预卿事：他自己杀他自家的人，与你有何相干。伊，第三人称代词，他。

【作者（作品）简介】

刘义庆（403—444），彭城（今江苏省徐州市）人。刘宋宗室，封临川王。曾任南兖州刺史、尚书左仆射。为人简素，爱好文学，门下聚集了不少才学之士，致力于典籍编撰。编有《世说新语》十卷，《集林》二百卷，志怪小说《幽明录》等。《世说新语》记载了自汉魏至东晋士大夫的言行，反映了当时士族阶层的生活方式、精神面貌及清谈放诞的风气。其中最为有名的是曹魏正始年间（240—249）的"竹林七贤"，包括嵇康、阮籍、山涛、向秀、刘伶、王戎及阮咸七人，他们放旷不羁，常于竹林下，酣歌纵酒。《世说新语》是魏晋南北朝志人小说的杰出代表。全书分德行、言语、政事、文学等三十六门，在中国小说中自成一体，后代仿作很多。由于作者用清谈家的观点来品评人物，所以书中存在着一些消极因素；但也有不少批判黑暗现实、讽刺骄奢淫逸、彰扬善良的记述。全书语言精练，文辞隽永，善于通过一言一行刻画人物肖像和精神面貌。梁朝刘孝标引四百余种书籍为之作注，更增加了该书的分量。

【作品评析】

这里的六则逸闻，从不同侧面记录了魏晋时期士人的精神风貌。

第一则写王恭身无长物，出自《德行》篇。德行，指人的道德品行。在当时德行好坏是品评人才优劣的最主要标准。通过王恭和王大的言行举止，表现了王恭轻视外物的审美情趣和精神面貌。

第二则写王徽之雪夜去见戴安道，出自《任诞》篇。任诞，指任性放纵。这是魏晋名士生活方式的主要表现。王徽之乘兴连夜而去，至门却回之事，表现了洒脱放达的精神面貌。"乘兴而行，兴尽而返"这种不讲实务效果、但凭兴之所至的惊俗行为,十分鲜明地体现出当时士人所崇尚的"魏晋风度"。

第三则写通过钟会与嵇康相见时的各自言行,表现了嵇康的简傲狂放和不屈从于权贵的骨气,以及钟会在面临冷语讥讽时的尴尬和机智,出自《简傲》篇。简傲,即轻视他人而自傲之意。魏晋政权交替之际,嵇康等士人蔑视司马氏及其追随者,公然对他们倨傲不恭。司马氏为笼络士人,给予暂时的容忍。其后,以慢世任诞为清高的魏晋风度逐渐形成,崇尚老庄玄学、追慕旷达、不拘礼法的行为司空见惯。

第四则写阮籍蔑视礼教,不拘礼法,不顾"叔嫂不通问"的礼制,与嫂话别;醉后睡在酒家妇旁边之事,出自《任诞》篇。表现了阮籍等名士们主张言行不必遵守礼法,但凭禀性行事,不做作,不受任何拘束,这样才能回归自然,才是真正的名士风流。

第五则写刘伶表面上嗜酒如命,如同酒鬼;骨子里是他以酒言悲,崇尚自然的写照,是他独立人格和反抗精神的反映,后世以他为蔑视礼法、纵酒避世的典型。出自《任诞》篇。

第六则写通过石崇以美人劝酒,王敦不肯饮酒,石崇便残杀美人的之事,反映了石崇的凶暴,王敦的狠毒,并写出了美人的凄苦悲惨。出自《汰侈》篇,汰侈,指骄纵奢侈,记载豪门贵族凶残暴虐、穷奢极侈之事。

【思考与练习】

1.从本篇所选的几位名士身上,谈谈你所理解的"魏晋风度"?

2.为什么魏晋时期会出现这样一批名士?他们的出现有什么意义?

3.《世说新语》反映了怎样的社会现实?艺术上有何特点?

4.课外阅读鲁迅先生的文章《魏晋风度及文章与药及酒之关系》。

第五章　唐宋文学

古从军行[1]

白日登山望烽火[2]，黄昏饮马傍交河[3]。

行人刁斗风沙暗[4]，公主琵琶幽怨多[5]。

野云万里无城郭[6]，雨雪纷纷连大漠[7]。

胡雁哀鸣夜夜飞[8]，胡儿眼泪双双落[9]。

闻道玉门犹被遮[10]，应将性命逐轻车[11]。

年年战骨埋荒外[12]，空见蒲桃入汉家[13]。

【注释】

[1]选自《唐代边塞诗选注》，黄山书社 1992 年版。"从军行"是乐府古题。此诗借汉皇开边，讽玄宗用兵。实写当代之事，由于怕触犯忌讳，所以题目加上一个"古"字。

[2]烽火：古代边关发生战事时的一种警报。

[3]饮（yìn）马：给马喂水。傍：顺着。交河：古县名，故城在今新疆吐鲁番西面。

[4]行人：出征战士。刁斗：古代军中铜制炊具，容量一斗。白天用以煮饭，晚上敲击代替更柝。

[5]公主琵琶：汉武帝时细君公主远嫁乌孙国王昆莫，所弹的琵琶曲调其声哀怨。

[6]野云万里：极言军营所在的边陲环境辽阔荒寒，旷野云雾茫茫，渺无人烟。

[7]大漠：无边的沙漠。

[8]胡雁：雁来自北方胡地，故称。

[9]胡儿：胡人，这里指称当时西域的少数民族。

[10]玉门被遮：汉武帝曾命李广利攻大宛，欲至贰师城取良马，作战经年，死伤过多，请求回师。武帝大怒，发使至玉门关令军士死战，曰："军有敢入，斩之！"遮，阻断入玉门关之路。

[11]逐：跟随。轻车：本义为轻快的战车，这里泛指将帅之车。这两句大意是：听说玉门关还被遮断着，只有随本部的将领去与敌人拼命。

[12]埋荒外：指年年战死的将士尸骨埋葬于荒野，极为凄惨。

[13]蒲桃：即葡萄。

【作者（作品）简介】

李颀（690—约753），唐代诗人。祖籍赵郡（今河北赵县），长期居住颍阳（今河南登封西）。开元二十三年（735）登进士第。任新乡县尉，不久去官，退归家园，来往于洛阳、长安之间。他的交游很广泛，与盛唐时著名诗人王维、高适、王昌龄、綦毋潜等都有诗词唱和。李颀以七古见长，今存边塞诗多为歌行体。其诗笔力奔放、境界高远、格调悲壮，是唐代边塞诗派的代表人物之一。

【作品评析】

《古从军行》是唐代诗人李颀的代表作品，也是唐代边塞诗中的名篇。

边塞诗有很多种主题,如建功立业、报效国家,思乡怀亲、战争惨烈,环境苦寒,边塞风情等。此诗以汉喻唐,借写汉武帝之事讽刺唐玄宗"益事边功"的穷兵黩武开边之策的看法,充满反战思想。首句先写紧张的从军生活:白日黄昏繁忙,夜里刁斗悲呛,琵琶幽怨,景象肃穆凄凉。接着渲染边陲的环境:军营所在,四顾荒野,大雪荒漠,夜雁悲鸣,一片凄冷酷寒景象。最后写如此恶劣环境,本应班师回朝,然而皇上不准;而千军万马拼死作战的结果,却只换得葡萄归国,可见君王之草菅人命。全诗句蓄意,步步逼紧,最后才画龙点睛,着落主题,显出其讽刺笔力。

【思考与练习】

1.阅读高适的《燕歌行》,分析本诗与一般的边塞诗有何不同?

2.阅读陈陶的《陇西行》,归纳边塞诗悲壮之情的描写手法?

陇西行·其二

誓扫匈奴不顾身,五千貂锦丧胡尘。

可怜无定河边骨,犹是春闺梦里人!

渭川田家[1]

斜光照墟落[2]，穷巷牛羊归[3]。

野老念牧童[4]，倚杖候荆扉[5]。

雉雊麦苗秀[6]，蚕眠桑叶稀[7]。

田夫荷锄至[8]，相见语依依[9]。

即此羡闲逸[10]，怅然吟式微[11]。

【注释】

[1]选自《王右丞集笺注》，上海古籍出版社2007年版。渭川：渭水，源于甘肃，经陕西，流入黄河。田家：农家。

[2]墟落：村庄。

[3]穷巷：冷僻简陋的小巷。

[4]野老：村野老人。念：惦念。

[5]倚杖：靠着拐杖。荆扉：柴门。

[6]雉雊（zhì gòu）：野鸡鸣叫。秀：抽穗、开花。

[7]蚕眠：蚕蜕皮时，不食不动，像睡眠一样。

[8]荷（hè）：肩负的意思。

[9]依依：恋恋不舍的样子。

[10]即此：指上面所说的情景。

[11]式微：《诗经·邶风》篇名，诗中有"式微，式微，胡不归！"之句，表归隐之意。

【作者（作品）简介】

　　王维（701—761），字摩诘，祖籍太原祁（今山西祁县）人，世称"王右丞"，唐朝著名诗人、画家。因笃信佛教，又被称为"诗佛"。出身官宦之家，开元九年（721）举进士，擢为右拾遗。安史之乱中，他为叛军所俘，被迫任伪职。乱平后，以陷贼论罪，降为太子中允，终尚书右丞。王维青年时期颇有政治热情及积极进取之心，诗作亦呈现昂扬奋发的风貌，题材有边塞、游侠等。中年以后，淡泊世事，素食礼佛，长期在终南山、辋川别业居住，过着半官半隐的生活，致力田园山水诗的创作，明显带有佛理禅机的气息，成为盛唐田园山水诗派的代表作家，诗与孟浩然齐名，并称"王孟"。王维精通音律，擅长书画，后人推其为南宗山水画之祖。诗歌融绘画、音乐、理趣于一体，创造出清新淡雅、明净幽深的独特诗风。苏轼评价其："味摩诘之诗，诗中有画；观摩诘之画，画中有诗。"王维田园山水诗存诗四百余首，代表诗作有《相思》《山居秋暝》等。著作有《王右丞集》。

【作品评析】

　　这是一首五言古体诗。王维用简淡自然的笔触，勾画出一幅春末夏初的农家暮归图：温暖的夕阳照着小村庄，一位老人拄着拐杖，倚靠柴门，在等候放牛羊归来的孙儿；远处田野上，不时传来几声野鸡的啼叫，绿油油的麦苗正在抽穗，吃足桑叶的蚕儿开始休眠。丰年在望，农夫们三三两两，扛着锄头下地归来，在田间小道上偶然相遇，亲切絮语，简直有点乐而忘归。诗人在不远处目睹这一切，顿生羡慕与惆怅之情。

　　农村的风景如此美好，农村生活也是这样的宁静闲逸，诗人联想到自己的处境和身世，自开元二十五年（737）宰相张九龄被排挤出朝廷之后，深感政治上失去依傍，身心俱疲，进退两难。看到众人皆有所归，独无所归，所以诗人感慨说："即此羡闲逸，怅然吟式微。"其实农夫们并不闲逸，但诗人觉得和自己担惊受怕的官场生活相比，农夫们安然得多，自在得多，故有闲逸之感。诗人正是以这一宁静恬美之景，反衬出自己政治失意的苦闷孤寂，以及急欲归隐田园的心情。

全诗用白描手法，前八句写景，后两句抒情。最后以"式微"暗扣第二句"穷巷牛羊归"的"归"字，首尾呼应，情景交融，语言自然清新，诗意隽永，令人回味，富有诗情画意。

【思考与练习】

1. 王维的山水田园诗中常常蕴含禅悦的意蕴，请举例说明。
2. 王维与陶渊明都向往归隐生活，两者在行动上有何不同？

长干行(其一)[1]

妾发初覆额[2]，折花门前剧[3]。郎骑竹马来[4]，绕床弄青梅[5]。同居长干里，两小无嫌猜。十四为君妇，羞颜未尝开；低头向暗壁，千唤不一回。十五始展眉[6]，愿同尘与灰；常存抱柱信[7]，岂上望夫台[8]！十六君远行，瞿塘滟滪堆[9]；五月不可触，猿声天上哀。门前旧行迹，一一生绿苔；苔深不能扫，落叶秋风早。八月蝴蝶黄[10]，双飞西园草；感此伤妾心，坐愁红颜老。早晚下三巴[11]，预将书报家。相迎不道远，直至长风沙[12]。

【注释】

[1]选自《李白诗选》，人民文学出版社1983年版。长干行：乐府旧题《杂曲歌辞》调名，原为长江下游一带民歌，源于《清商西曲》。长干：地名在今江苏南京市南秦淮河畔。据《景定建康志》载："长干里，在秦淮南。"即现在的南京中华门一带。

[2]初覆额：头发刚刚盖住额角，意谓年纪尚小。古代女子十五岁束发待嫁，称为及笄。

[3]剧：游戏。

[4]竹马：以竹竿当马骑。"郎骑"与后句概括为成语"青梅竹马"。

[5]床：井栏，后院水井的围栏。

[6]始展眉：意谓才懂得些人事，感情也在眉宇间显现出来。

[7]抱柱信：《庄子·盗跖》："尾生与女子期于梁下，女子不来，水至不去，抱梁柱而死。"这里形容爱情的坚贞。

[8]岂上望夫台：因深信两人的爱情都是牢固的，所以自己决不会成为望夫台上的人物。望夫台，类似的望夫石、望夫山的传说颇多，大致是丈夫远行不归，妻子常常登山眺

望之处，有些甚至指称妻子因为思夫殷切，化成望夫石。王琦注引苏辙《栾城集》，说是在忠州（今四川省忠县）南。

[9]滟（yàn）滪（yù）堆：三峡之一瞿塘峡峡口的险滩，周围二十丈，当江水中心。冬季水浅，屹然露出水面，夏季水涨，仅露出其顶，过往船只易触礁翻沉。谚语说："滟滪大如马，瞿塘不可下。滟滪大如鳖，瞿塘行舟绝。滟滪大如龟，瞿塘不可窥。"

[10]蝴蝶黄：明代杨慎说蝴蝶或黄或黑，或五彩皆异，只有秋天时黄蝶最多。

[11]早晚：何时。三巴：谯周《三巴记》："阆白水东南流，曲折三回如巴字。"《华阳国志》："献帝建安六年，改永陵为巴郡，以固陵为巴东，安汉为巴西，是为三巴。"《小学绀珠》："三巴：巴郡，今重庆府；巴东，今爱州；巴西，今合州。"相当于今重庆东部地区。

[12]长风沙：地名，在今安徽省安庆市的长江边上，水势湍险。陆游记："自金陵（今南京市）至长风沙七百里，而室家来迎其夫，甚言其远也。"上文写"君"如果从四川沿长江而下，有书信报到家里，这句就写"妾"沿长江而上去迎接。

【作者（作品）简介】

李白（701—762），字太白，号青莲居士，祖籍陇西成纪（今甘肃天水），出生于碎叶城（唐时属安西都护府，今属吉尔吉斯斯坦），5岁随父迁至剑南道绵州昌隆县（今四川江油）青莲乡。青少年时博览群书，二十五岁离川远游，寻仙问道，漫游四方。天宝元年（742），应诏入长安，任翰林院供奉，在京仅两年半就遭谗离去，从此漫游于齐鲁吴越等地。安史之乱时，因参加李璘幕府，被流放夜郎（今贵州桐梓），途中遇赦，卒于安徽当涂族叔李阳冰家。李白正直傲岸，是屈原之后最具个性特色、最伟大的浪漫主义诗人，有"诗仙"之美誉，与杜甫并称"李杜"。其诗多强烈抨击封建权贵、深切关怀时局安危，热爱祖国山河，同情下层人民，抒发美好理想。风格豪放飘逸，想象丰富奇特，夸张大胆惊人，语言清新俊逸，善于从民间和神话传说中吸取营养和素材，达到了盛唐诗歌艺术的巅峰。"笔落惊风雨，诗成泣鬼神"（杜甫《寄李十二白二十韵》）正是对李白诗歌艺术魅力的经典写照。"李杜文章在，光焰万丈长。"（韩愈《调张籍》）。李白的诗歌对后代产生了极为深远的影响。今存诗九百多首，有《李太白集》三十卷。

【作品评析】

《长干行》是李白的组诗作品，反映古代商人妻子的生活与情感。这首诗以自叙手法，抒写妻子对远行丈夫的牵挂和思念，塑造了一个感情丰富细腻、对爱情坚贞自信的少妇形象，具有动人的艺术力量。

诗的开头六句回忆自幼与丈夫一起长大，青梅竹马，两小无猜。十四岁初为人妻，带有少女的羞涩与矜持；十五岁与丈夫共尝爱情的甜蜜，山盟海誓，如胶似漆。十六岁，丈夫远行千里经商，山阻水长，留给女子美好的回忆与沉重的思念，时时担心丈夫的安危，缠绵悱恻。接着写绿苔不扫、蝴蝶双飞，突出环境的凄清与其内心的伤感。最后四句，愿意不远千里去迎接丈夫回家，把对丈夫的思念推向了高潮。

全诗熔叙事、状景、抒情于一炉，形象鲜明饱满，风格深沉柔婉。诗人通过具体的景物描写，展示了思妇内心世界深邃的感情活动，注意表现女子不同阶段心理状态的变化，由童年时代，到年，到月，越来越迫近，时间的挤压让人强烈感受到思念的沉重。在写景中抒情，如"门前田行迹，一一生绿苔""八月蝴蝶黄，双飞西园草"，语言清新隽永、真切感人。

【思考与练习】

1.在本诗中,作者通过哪些手法来表达少妇的相思之情的?

2.比较崔颢《长干行》,归纳两者在心理描写上的异同。

3.人们对李白诗素有"清水出芙蓉,天然去雕饰"的评价,以此诗谈谈你的理解。

又呈吴郎[1]

堂前扑枣任西邻[2],无食无儿一妇人[3]。

不为困穷宁有此[4]?只缘恐惧转须亲[5]。

即防远客虽多事[6],使插疏篱却甚真[7]。

已诉征求贫到骨[8],正思戎马泪盈巾[9]。

【注释】

[1]选自《杜甫诗选》,中华书局2009年版。大历二年(767),即杜甫漂泊到四川夔州的第二年,他住在瀼西的一所草堂里。草堂前有几棵枣树,西邻的一个寡妇常来打枣,杜甫从不干涉。后来,杜甫把草堂让给一位姓吴的亲戚(即诗中吴郎)居住,他自己搬到离草堂十几里路远的东屯去。吴郎搬入后就在草堂周围插上篱笆,禁止打枣。杜甫得知此事后便写此诗去劝告吴郎。呈:呈送。这是用诗写的一封信,作者以前已写过一首《简吴郎司法》,所以说"又呈"。杜甫有意地用了"呈"这个似乎和对方身份不大相称的敬词,这是让吴郎易于接受。吴郎:系杜甫吴姓晚辈亲戚,时任州政府的军事参谋。

[2]堂:瀼西草堂。扑枣:打枣。任:放任,听任。

[3]妇人:指西邻这位贫穷妇人。

[4]不为:要不是因为。宁有此:哪会这样做。此:指贫妇人打枣这件事。

[5]只缘:正因为。转须亲:反而更应该对她亲善。亲:亲善。

[6]即:就。防远客:指贫妇人对新来的主人存有戒心。防:提防,心存戒备。远客:指吴郎。多事:多此一举。

[7]却甚真:却真像是拒绝老妇来打枣一样。

[8]征求：指官府征收赋税，横征暴敛。贫到骨：犹一贫如洗，一无所有。

[9]戎马：指战争。

【作者（作品）简介】

杜甫（712—770），字子美，祖籍襄阳（今湖北襄樊），生于河南巩县，唐代最伟大的现实主义诗人，与李白合称"李杜"。出生在一个世代"奉儒守官"的家庭，自幼读书万卷，青年时曾漫游各地。35岁入长安，困守十年，尝居城南少陵附近，自号少陵野老，世称"杜少陵"。安史之乱爆发，奔凤翔投唐肃宗，任左拾遗，故世称"杜拾遗"。不久弃官入蜀，漂泊西南。代宗广德二年（764），剑南节度使严武推荐其为节度参谋、检校工部员外郎，故世称"杜工部"。晚年思乡北归，病逝于湘江一叶扁舟上。杜甫一生忧国忧民，历经战乱，颠沛流离，饱受艰难困苦，有着崇高的爱国主义精神和深沉的忧患意识。其诗作深刻地反映了唐王朝由盛到衰的社会风貌和时代苦难，后世称之为"诗史"。其诗作流传至今的约一千四百多首，代表作有"三吏""三别"。杜甫是我国古代诗歌艺术的集大成者，各体皆长，五古、七律成就尤高，诗风沉郁、顿挫，语言千锤百炼，被誉为"诗圣"，对后世影响很大。有《杜少陵集》。

【作品评析】

这是一首以诗代信之作。通过劝说吴郎不要阻止老妇人打枣这件小事，体现了诗人仁民爱物、心忧天下的博大胸怀。正是这种以小见大、推己及人、时刻关心黎民疾苦的崇高精神，使得这首诗在千载以后读来，仍能感动人心。

首联诗人自述从前对西邻老妇人扑枣的态度和理由，交代了她的悲惨处境和辛酸生活："无食无儿"，作者这样说，是为了感化吴郎，为老妇人的行为开脱。颔联说老妇人如果不是因为穷得万般无奈，又何至于去打人家的枣呢？颈联以含蓄的方式劝说吴郎，吴郎插上篱笆明明是为了防止外人偷窃，而诗人反过来却责备老妇人多事。这样写既不伤吴郎的面子，又使他易于接受意见，措辞极其委婉。正因为她担心遭到新主人的斥责而心存恐惧，所以对她就更应当和气亲近。目的是希望吴郎体谅老妇人的难处，任其前来打枣。尾联写老妇人的哭诉，揭示出她的贫穷是由于"征求"和战乱。诗人由老妇人联想到整个社会，从西邻老妇一人的遭遇想到战乱中更多流离失所的人民，从表达对老妇的同情扩展而为对时局艰难的担忧。悲伤至极，禁不住热泪沾襟。

全诗夹叙夹议，含蓄委婉。语言方面，诗中多用虚词作为转接，如"不为""只缘""已诉""正思"，以及"即""便""虽""却"等，句法别致，富于散文意味。

【思考与练习】

1.这首诗歌体现了杜甫怎样的思想？杜甫是怎样劝导吴郎的？

2.这首诗反映了当时怎样的社会现实？杜甫对当时社会现实持何种态度？

长恨歌[1]

汉皇重色思倾国[2],御宇多年求不得[3]。杨家有女初长成[4],养在深闺人未识。天生丽质难自弃[5],一朝选在君王侧。回眸一笑百媚生[6],六宫粉黛无颜色[7]。春寒赐浴华清池[8],温泉水滑洗凝脂[9]。侍儿扶起娇无力,始是新承恩泽时[10]。云鬓花颜金步摇[11],芙蓉帐暖度春宵。春宵苦短日高起[12],从此君王不早朝。承欢侍宴无闲暇,春从春游夜专夜[13]。后宫佳丽三千人[14],三千宠爱在一身。金屋妆成娇侍夜[15],玉楼宴罢醉和春[16]。姊妹弟兄皆列土[17],可怜光彩生门户[18]。遂令天下父母心,不重生男重生女。

骊宫高处入青云[19],仙乐风飘处处闻。缓歌曼舞凝丝竹[20],尽日君王看不足。渔阳鼙鼓动地来[21],惊破《霓裳羽衣曲》[22]。九重城阙烟尘生[23],千乘万骑西南行[24]。翠华摇摇行复止[25],西出都门百余里[26]。六军不发无奈何[27],宛转蛾眉马前死[28]。花钿委地无人收[29],翠翘金雀玉搔头[30]。君王掩面救不得,回看血泪相和流。黄埃散漫风萧索[31],云栈萦纡登剑阁[32]。峨嵋山下少人行,旌旗无光日色薄[33]。蜀江水碧蜀山青,圣主朝朝暮暮情。行宫见月伤心色[34],夜雨闻铃肠断声[35]。天旋日转回龙驭[36],到此踌躇不能去[37]。马嵬坡下泥土中,不见玉颜空死处[38]。

君臣相顾尽沾衣[39],东望都门信马归[40]。归来池苑皆依旧,太液芙蓉未央柳[41]。芙蓉如面柳如眉,对此如何不泪垂[42]。春风桃李花开日,秋雨梧桐叶落时。西宫南苑多秋草[43],落叶满阶红不扫。梨园弟子白发新[44],椒房阿监青娥老[45]。夕殿萤飞思悄然[46],孤灯挑尽未成眠[47]。迟迟钟鼓初长夜[48],耿耿星河欲曙天[49]。鸳鸯瓦冷霜华重[50],翡翠衾寒谁与共[51]。悠悠生死别经年,魂魄不曾来入梦。

临邛道士鸿都客[52]，能以精诚致魂魄[53]。为感君王展转思[54]，遂教方士殷勤觅[55]。排空驭气奔如电[56]，升天入地求之遍。上穷碧落下黄泉[57]，两处茫茫皆不见。忽闻海上有仙山，山在虚无缥缈间。楼阁玲珑五云起[58]，其中绰约多仙子[59]。中有一人字太真，雪肤花貌参差是[60]。金阙西厢叩玉扃[61]，转教小玉报双成[62]。闻道汉家天子使，九华帐里梦魂惊[63]。揽衣推枕起徘徊，珠箔银屏迤逦开[64]。云鬓半偏新睡觉[65]，花冠不整下堂来。风吹仙袂飘飘举[66]，犹似霓裳羽衣舞。玉容寂寞泪阑干[67]，梨花一枝春带雨[68]。含情凝睇谢君王[69]，一别音容两渺茫。昭阳殿里恩爱绝[70]，蓬莱宫中日月长[71]。回头下望人寰处[72]，不见长安见尘雾。惟将旧物表深情，钿合金钗寄将去[73]。钗留一股合一扇[74]，钗擘黄金合分钿[75]。但教心似金钿坚，天上人间会相见。临别殷勤重寄词，词中有誓两心知。七月七日长生殿[76]，夜半无人私语时。在天愿作比翼鸟[77]，在地愿为连理枝[78]。天长地久有时尽，此恨绵绵无绝期[79]！

【注释】

[1]选自《白居易集笺校》，上海古籍出版社1989年版。唐宪宗元和元年（806），白居易任盩厔县尉，与友人陈鸿、王质夫到马嵬驿附近的游仙寺游览，感慨于唐玄宗李隆基与贵妃杨玉环的历史故事。王质夫认为，像这样世所稀有的事情，如无出世之才加工润色，就会随着时间的推移而消没。他鼓励白居易："乐天深于诗，多于情者也，试为歌之，何如？"为此，白居易创作了《长恨歌》，陈鸿创作了传奇《长恨歌传》。歌和传都以唐玄宗与杨玉环的爱情故事为题材，因是悲惨结局，故以"长恨"为篇名。

[2]汉皇：这里借指唐玄宗李隆基。倾国：形容女子极其美貌。语出李延年诗："北方有佳人，绝世而独立，一顾倾人城，再顾倾人国。"（事见《汉书·外戚传》）

[3]御宇：统治天下。

[4]杨家有女：指杨玉环，其父杨玄琰早死，幼时养在叔父杨玄珪家，开元二十三年（735），17岁时被册封为玄宗之子寿王李瑁之妃。后被唐玄宗看中，22岁时，玄宗命其出宫为道士，道号太真。27岁被玄宗册封为贵妃。白居易此谓"养在深闺人未识"，是作者有意为帝王避讳的说法。

[5]丽质：美丽的姿容。形容女子妩媚艳丽。弃：舍弃。

[6]眸：眼珠。回眸：回首顾盼。百媚：种种媚人的姿态。

[7]六宫：本专指皇后寝宫，后泛指妃嫔居处。粉黛：本为女子的化妆品，这里代指宫中美女。

[8]华清池：华清宫温泉，在今陕西临潼骊山。

[9]凝脂：指白嫩润滑的肌肤。

[10]新承恩泽：指初受宠爱。

[11]云鬓花颜：形容云一样的鬓发，花一样的容貌。云鬓，形容女子鬓发轻盈飘逸。金步摇：古代贵妇插在发髻上的一种首饰，上有金花，下垂珍珠，走路时摇晃生姿，故称"步摇"。

[12]春宵：春夜。苦短：暗示寻欢无厌，故嫌夜短。

[13]夜专夜：即一夜连着一夜，整日整夜，指每夜都得到专宠。

[14]佳丽：美女。

[15]金屋：华美的房屋。汉武帝幼时，曾说要筑金屋，将姑母长公主之女阿娇藏之。这里借用此典，实际指杨贵妃所居之处。

[16]醉和（huò）春：醉意里含着春情。

[17]"姊妹"句：杨玉环受宠后，杨氏一家皆受到恩宠。大姐受封为韩国夫人，三姐受封为虢国夫人，八姐受封为秦国夫人，堂兄杨国忠被任命为右丞相。列土：分封土

地，这里代指封官晋爵。列，通"裂"。

[18]可怜：值得羡慕的意思。

[19]骊宫：指骊山华清宫。

[20]缓歌曼舞：悠扬的歌声，美妙的舞姿。凝丝竹：指歌舞紧扣乐声。丝竹，弦乐和管乐的合称。

[21]渔阳鼙（pí）鼓：指天宝十四年（755）十一月，安禄山起兵造反。渔阳，郡名，在今河北省蓟县，唐时为安禄山所辖之地，也是安禄山起兵造反之地。鼙鼓，骑兵用的小鼓。

[22]霓裳（cháng）羽衣曲：舞曲名，相传来自西域乐舞的一种，据说曾经唐玄宗加工润色。

[23]九重城阙：指京城长安。烟尘：烽烟尘土，指战火。

[24]西南行：天宝十五年（756）六月，安禄山攻破潼关，唐玄宗和杨贵妃等出延秋门向西南逃往蜀中。

[25]翠华：皇帝仪仗用翠鸟羽毛为饰的旗帜。

[26]百余里：指马嵬坡，在今陕西省兴平市西北二十余公里。

[27]六军：此指护送唐玄宗的禁卫军。不发：不再前进，暗指哗变。

[28]宛转：缠绵委屈貌。右龙武将军陈玄礼部下杀死杨国忠后，迫使唐玄宗命杨贵妃自尽。蛾眉：美女的眉毛，常作美女的代称，这里指杨贵妃。

[29]花钿（diàn）：金玉制花形首饰。委地：丢弃在地上。

[30]翠翘：形似翠鸟尾的首饰。金雀：钗名，凤形。玉搔头：玉簪。

[31]黄埃：黄色尘土。

[32]云栈（zhàn）：高耸入云的栈道。悬崖峭壁上凿石架木而成的通道称为栈道。萦纡（yū）：弯曲盘旋。剑阁：在今四川剑阁东北大、小剑山之间。

203

[33]日色薄：日光暗淡。

[34]行宫：皇帝离京出行时住的地方。见月伤心色：月呈伤心之色。

[35]夜雨闻铃肠断声：在下雨的夜里听到铃声，感到十分悲伤。

[36]天旋日转：指时局好转。肃宗至德二年（757），郭子仪军收复长安。回龙驭：指唐玄宗还京。

[37]此：代指马嵬坡。踌躇：徘徊不前的样子。去：离开。

[38]玉颜：美女，此指杨贵妃。空死处：只见到杨贵妃死去的地方。据说757年12月，玄宗由蜀郡回长安，经马嵬坡贵妃葬地，派人以礼改葬，掘土，贵妃香囊还在，不胜悲凄。

[39]沾衣：指落泪。

[40]都门：长安城门。信马：任马奔走，不加约束。信，任凭。

[41]太液：汉代宫池名，成帝与赵飞燕玩乐于此。未央：汉宫名。太液、未央在此泛指唐代宫苑。芙蓉：荷花。

[42]"芙蓉"二句：玄宗回宫后，看见池里的荷花像杨贵妃的脸，宫里的柳条像她的眉毛，不由得伤心落泪。

[43]西宫：太极宫。南苑：兴庆宫。唐玄宗返京后的两处住所。

[44]梨园弟子：指玄宗当年训练的乐工舞女。梨园，唐玄宗时宫中教习音乐的机构，曾选三百人教练歌舞，随时应诏表演，号称"皇帝梨园弟子"。

[45]椒房：宫殿名称，皇后所居，以花椒和泥涂壁，取其温暖而芳香，故称。阿监：宫中的侍从女官。青娥：年轻美貌的宫女。

[46]悄然：忧伤愁闷的样子。

[47]"孤灯"句：古时用灯草点油灯，为了使灯燃得明亮，过一会儿就要把灯草往前挑一挑。但宫廷夜间却是用燃烛照明，并不点油灯。从这可见玄宗晚年凄惨境遇。灯

挑尽,指夜已很深。

[48]迟迟:缓慢悠长。钟鼓:指宫中报时的钟鼓声。初长夜:指秋夜。因入秋以后,夜逐渐变长。

[49]耿耿:明亮貌。河:指银河。

[50]鸳鸯瓦:指嵌合成对的瓦片。霜华:霜花。

[51]翡翠衾(qīn):指绣有成双翡翠鸟的被子。翡翠,鸟名,雌雄双栖,形影不离。

[52]临邛(qióng):县名,在今四川省邛崃市。鸿都客:指到长安作客。鸿都,汉代洛阳宫门名,这里借指长安。

[53]精诚:至诚,指真心诚意。致魂魄:招来杨贵妃的亡魂。

[54]展转思:反复思念。

[55]教:使。方士:道士,有法术的人。

[56]排云驭气:指腾云驾雾。

[57]穷:找遍。碧落:道家称天界为碧落,指传说中的天堂。黄泉:地深处,指传说中的地狱。

[58]五云:五色的彩云。

[59]绰约:风姿轻盈美好的样子。

[60]参差:仿佛,好像。

[61]金阙:指仙山上金碧辉煌的宫殿。玉扃(jiōng):玉做的门。

[62]小玉、双成:这里指杨贵妃在仙山上的侍女。小玉,吴王夫差的女儿,相传死后成仙。双成,即董双成,相传是西王母的侍女。

[63]九华帐:绣着各种华美图案的帷帐。九华,重重花饰的图案。

[64]珠箔(bó):珠帘。屏:屏风。迤逦:接连不断。

[65]新睡觉(jué):刚刚睡醒。

205

[66]仙袂：指杨贵妃的衣袖。

[67]玉容：美好如玉的容貌。寂寞：暗淡失神貌。泪阑干：泪流纵横的样子。

[68]"梨花"句：意谓杨贵妃脸上带泪，好像春天梨花上落了雨滴。

[69]含情凝睇（dì）：无限深情地凝视。睇，微看。谢：以辞相告。

[70]昭阳殿：汉宫名，成帝皇后赵飞燕曾居此，这里借指杨贵妃生前所居之处。

[71]蓬莱宫：杨贵妃死后所住的仙宫。蓬莱，传说中海上仙山之一。

[72]人寰：人世，人间。

[73]钿合：用金丝和珠宝镶嵌的首饰盒。合：通"盒"。一说是用珠宝镶嵌的一种首饰，用两片合成。金钗：妇女插于发髻的金制首饰，由两股合成。

[74]"钗留"句：分开金钗、钿合，自己留下一半，寄给对方一半。作为将来重见的信物。

[75]钗擘（bò）黄金：把金钗分成两股。合分钿：把钿合分成两半。

[76]长生殿：唐代华清宫中殿名。

[77]比翼鸟：传说中雌雄并翅飞翔的鸟，名叫鹣鹣鸟。

[78]连理枝：不同根的植物，枝或干连生在一起。"在天"二句：是唐玄宗和杨贵妃当年在长生殿的誓词，表示两情相好，永不分离，象征坚贞不渝的爱情。

[79]恨：遗憾。绝期：中断的时候。最后两句是说生离死别之恨长久难消。

【作者（作品）简介】

白居易（772—846），字乐天，号香山居士，祖籍太原，后迁居下邽（今陕西渭南）。唐德宗贞元十六年（800）进士，历任盩厔（今陕西周至）县尉、翰林学士、左拾遗等职。他关心朝政，屡屡上书言事，并写了不少讽喻诗，要求革除弊政，因遭权贵忌恨于元和十年（815）被贬为江州司马。此后他被迫避祸保身，历任忠州、杭州、苏州刺史等，官终刑部尚书。白居易是中唐最杰出的现实主义诗人，与元稹倡导了"新乐府运动"，主张"文章合为时而著，歌诗合为事而作"，强调文学的社会作用，反对齐梁以来"嘲风雪，弄花草"的艳丽诗风。白居易继承陈子昂诗多兴讽和杜甫即事忧时的传统，所作诗、词、乐府内容丰富，题材广泛，风格多样，语言通俗，对后代有广泛影响。长篇叙事诗《长恨歌》《琵琶行》体大思精，情节曲折，形象鲜明，韵味醇厚，开辟了歌行体的新境界，代表了他诗歌艺术的最高成就。有《白氏长庆集》传世，存诗三千余首，数量之多，为唐人之冠。

【作品评析】

这首叙事长诗具有浪漫的传奇色彩和浓郁的抒情气氛，全诗记叙了唐玄宗和杨贵妃的爱情悲剧，通过对他们悲欢聚散、生死不渝的爱情经历的描绘，在一定程度上反映了复杂的社会矛盾，既揭露了唐玄宗荒淫无度的帝王生活，又塑造了形于外、诚于中的杨贵妃的艺术形象，寄寓了作者对李、杨遭遇的同情。全诗以"长恨"为主线，前写因，后写果。李、杨为重色享乐、淫逸误国而"长恨"，为生死相思、相见无期而"长恨"。重色享乐是"长恨"内因；生死相思是"长恨"本身。全诗可分为四大部分。第一部分从"汉皇重色思倾国"到"不重生男重生女"，描写唐玄宗与杨贵妃结合经过及李对杨的宠幸。第二部分从"骊宫高处入青云"到"不见玉颜空死处"，描写安史之乱爆发，杨贵妃殒命，唐玄宗伤痛不已。第三部分从"君臣相顾尽沾衣"到"魂魄不曾来入梦"，描写唐玄宗重归长安后对杨贵妃的无穷思念。第四部分从"临邛道士鸿都客"到结尾，描写杨贵妃对唐玄宗的忠贞不渝之情。

关于本诗的主旨历来争论较多，较有代表性的是以下三种意见：①讽喻说。②爱情说。③双重主题说。实际上，整首诗的主题自始至终贯穿着两重性，即描述了李、杨身兼爱情悲剧的制造者与承担者之间的冲突。冲突的体现者主要是两个人物本身，而冲突的必然结果是人物的长恨和社会的影响，由此形成了作品内容在国家命运和个人爱情之间的内在张力。

作者用力塑造了两个人物形象。对唐玄宗，主要突出了荒淫误国和对杨贵妃的苦苦相思；对杨贵妃，则着重描绘了她的美丽风姿和身登仙界后依然对玄宗忠贞不渝。作者将笔触深入到两个人物的内心世界，生动地写出了他们的心理活动。如"夕殿萤飞思悄然"以下几句写玄宗从傍晚到夜深、到黎明的整整一夜的心理活动；再如"闻道汉家天子使"以下诸句写贵妃的震惊、激动、惶惑、急切、悲楚、委屈、感激等诸般感触，诗人都尽力揣摩人物的内心活动，又充分发挥艺术想象，故写得颇合情理。

本诗故事情节生动曲折，富有传奇性。在表达上叙事、绘景、写人、抒情完美结合，充满浪漫主义色彩，体现了作者艺术构思之奇妙和想象力之丰富。在体式上采用七言歌行体，继承汉代《孔雀东南飞》和初唐四杰七古的优良传统，在形式上采用平仄相调的律句，间用对偶，数句一转韵，音节随情节而曲折，依感情而顿挫，多处运用顶针格，后人称之为"长庆体"。

【思考与练习】

1.试分析《长恨歌》主题的两重性和诗中所塑造的艺术形象的双重性。你对《长恨歌》的"恨"字如何理解？

2.这首长篇叙事诗情节曲折，扣人心弦，叙事、写景、抒情完美结合，试分析其结构和表现手法。

《无题》二首[1]

其一

昨夜星辰昨夜风[2]，画楼西畔桂堂东[3]。

身无彩凤双飞翼[4]，心有灵犀一点通[5]。

隔座送钩春酒暖[6]，分曹射覆蜡灯红[7]。

嗟余听鼓应官去[8]，走马兰台类转蓬[9]。

其二

来是空言去绝踪[10]，月斜楼上五更钟[11]。

梦为远别啼难唤[12]，书被催成墨未浓[13]。

蜡照半笼金翡翠[14]，麝熏微度绣芙蓉[15]。

刘郎已恨蓬山远[16]，更隔蓬山一万重[17]。

【注释】

[1]选自《李商隐诗集今译》，武汉大学出版社2001年版。李商隐诗集中标明为"无题"的诗作有十七首，"无题诗"成为李商隐诗歌中最引人注目也最具特色的作品。他的无题诗从来都没有写明具体的背景，从表面上看是爱情诗。但很多学者认为其中隐藏着李商隐的政治寄托。

[2]昨夜星辰：意思是昨夜星光闪烁。

[3]画楼：有绘饰雕刻的楼台。桂堂：以桂树为梁柱的厅堂。

[4]彩凤：凤的毛羽呈五彩，故称彩凤。

[5]灵犀：旧说以犀为神兽，犀牛角中心有一条白纹如线，上下相通，这里借喻两心相印。

[6]送钩：古代饮酒时的一种游戏，藏钩于手中让人猜，不中者罚酒。

[7]分曹：分组。射覆：古代饮酒时的一种游戏，覆物于器物之下让人猜。分曹、射覆未必是实指，只是借喻宴会时的热闹。

[8]听鼓：听夜间的更鼓声。听鼓应官：到官府上班，古代官府卯刻击鼓，召集僚属，午刻击鼓下班。

[9]兰台：指秘书省。类转蓬：像蓬草一样飘飞不定。

[10]空言：空话。去绝踪：一去便杳无影踪。

[11]月斜楼上：朦胧斜月空照楼阁。

[12]梦为远别：因为远别而积思成梦。

[13]书被催成：匆忙写成的信，这里指情书。

[14]蜡照半笼金翡翠：以金线绣成的翡翠鸟图案的帷帐，上部为烛光所不及，所以说"半笼"。

[15]麝熏：麝香熏染。

[16]刘郎：相传东汉人刘晨、阮肇入天台山采药迷路，遇仙女相邀至仙洞。返回故乡时子孙已七世。后重入天台山访仙女，已不见踪迹。事见刘义庆《幽明录》。蓬山：蓬莱仙境。

[17]蓬山一万重：此指对方所居之地路途遥远。

【作者（作品）简介】

李商隐（813—858），字义山，号玉谿生，原籍怀州河内（今河南沁阳）。开成二年（837），经过长期刻苦学习并由于令狐绹的延誉，得中进士。授秘书省校书郎，补弘农县尉。李商隐生活在日趋没落的晚唐时期，统治阶级内部朋党之争十分激烈。李商隐早年受恩于牛党的令狐楚父子，进士后却娶了李党王茂元之女，因而卷入"牛李党争"的政治旋涡而备受排挤，一生多为幕僚，辗转漂泊，寄人篱下，抑郁不得志。唐宣宗大中末年（858），李商隐贫病交加在郑州病故，葬于故乡荥阳。李商隐是晚唐时期的一位重要作家，他的诗作大多针砭时弊、抒发政治失意的苦闷。诗作想象丰富，辞藻华美，善用典故，音韵铿锵。同时又极善于用暗示、比喻、象征、衬托等手法，形成一种深情缠绵，秾丽精工和意境朦胧的独特风格，他的一些爱情诗和无题诗写得旨意幽深，缠绵悱恻，优美动人，历来为人们所喜爱。但部分诗歌过于隐晦迷离，难于索解，读之使人目眩神迷，以至有"诗家总爱西昆好，独恨无人作郑笺"。有《李义山诗集》《樊南文集》。

【作品评析】

李商隐的爱情诗以《无题》最为著名。这两首诗是李商隐无题诗中的代表之作，诗中各写了一段动人的爱情。

第一首诗描述的是一段不期而遇、心有灵犀的爱情。首联以曲折的笔墨追忆昨夜的欢聚。昨夜星光闪烁，凉风习习，在画楼的西畔，桂木厅堂的东边与意中人相见了。颔联写今日的相思。恨自己身上没有五彩凤凰一样的双翅，可以飞到爱人身边。"心有灵犀一点通"写相知之深：彼此的心意却像灵异的犀牛角一样，息息相通，纯洁而美好。颈联写宴会上的热闹。宴席上猜拳测谜，灯红酒暖，情感默契甜蜜。尾联感叹晨鼓已经敲响，马上要去应付官事，到兰台开始寂寞无聊的校书生涯，在这里就好像蓬草随风飘舞一样无依无靠。这句话应是解释离开意中人的原因，同时流露出对所任差事的厌倦，暗含身世飘零的感慨。

第二首是写对远隔天涯所爱女子无限思念、相会无期的失恋诗。首联写所思之人有约不来，去无消息，使人梦绕魂牵；醒后唯见残月，唯闻晨钟，天已明矣。颔联追忆梦中情景，与情人别离后的思念。因远别而痛哭，泣不成声，唤她不应；颈联谓醒后因强烈思念而匆忙写成情书，以至于墨犹未浓。尾联写伊人远去，咫尺天涯，永无会期，令人抱恨无穷。全诗着意摹写缠绵悱恻的相思相忆和不知所以的婉曲心理，而整个相思相忆的心理流程又与斜月、晨钟、烛影、麝熏绣芙蓉的环境描写，在梦幻交织中创造出一个凄迷哀丽的境界，既避免了艺术上的平直，又恰到好处地突出了"远别之恨"的主旨。

【思考与练习】

1.分析第一首诗的艺术手法，诗歌末句的感叹缘何而起？

2.分析第二首诗颈联所描绘的景象包含了怎样的情感内涵？

3.分析李商隐无题诗的艺术特色。为何说李商隐的诗歌是"现代朦胧诗"的鼻祖？

始得西山宴游记[1]

　　自余为僇人[2]，居是州[3]，恒惴慄[4]。其隟也[5]，则施施而行[6]，漫漫而游[7]，日与其徒上高山[8]，入深林，穷回溪[9]，幽泉怪石[10]，无远不到。到则披草而坐[11]，倾壶而醉，醉则更相枕以卧[12]，卧而梦。意有所极[13]，梦亦同趣[14]。觉而起，起而归。以为凡是州之山水有异态者[15]，皆我有也，而未始知西山之怪特[16]。

　　今年九月二十八日，因坐法华西亭[17]，望西山，始指异之[18]。遂命仆人，过湘江[19]，缘染溪[20]，斫榛莽[21]，焚茅茷[22]，穷山之高而止[23]。攀援而登，箕踞而遨[24]，则凡数州之土壤[25]，皆在衽席之下[26]。其高下之势，岈然洼然[27]，若垤若穴[28]。尺寸千里[29]，攒蹙累积[30]，莫得遁隐[31]。萦青缭白[32]，外与天际[33]，四望如一[34]。然后知是山之特立[35]，不与培塿为类[36]。悠悠乎与颢气俱[37]，而莫得其涯；洋洋乎与造物者游[38]，而不知其所穷。引觞满酌[39]，颓然就醉[40]，不知日之入。苍然暮色，自远而至，至无所见，而犹不欲归。心凝形释[41]，与万化冥合[42]。然后知吾向之未始游[43]，游于是乎始[44]。

　　故为之文以志[45]。是岁，元和四年也[46]。

【注释】

　　[1]选自《柳宗元诗文选译》，巴蜀书社1991年版。本篇为"永州八记"之首。西山：在今湖南省永州西湘江外二里。

　　[2]僇（lù）人：受刑戮的人，犹言罪人，因作者贬官永州，故称。僇，同"戮"，刑辱的意思。

[3]是州：此州，即永州。

[4]恒：常常。惴（zhuì）慄：忧惧不安。

[5]其隙也：在闲暇的时候。隙，指公务之暇。

[6]施（yí）施：缓慢行走的样子。

[7]漫漫：随意，不受拘束。

[8]日：每天。其徒：自己的随从。

[9]穷：尽，穷尽。回溪：弯曲的小河。

[10]幽泉：有神的泉水。怪石：奇异的石头。

[11]披草：拨开荒草。

[12]相枕：互相紧靠着。

[13]意有所极：心中想到。极，至。

[14]趣：通"趋"，往。此两句一起意思是，心中想到什么，梦中也会梦见什么。

[15]异态：奇异的形态。

[16]未始：未尝；不曾。怪特：奇怪独特。

[17]法华西亭：法华，寺名，在零陵县城内东山上。作者于元和四年（809）建亭于寺西，因称西亭，并曾作《永州法华寺新作西亭记》记其事。

[18]指异：指点而称奇。

[19]湘江：源出广西，流经今湖南省境内。

[20]缘：沿着。染溪：潇水支流，在永州西南。一名冉溪，柳宗元改其名为愚溪。

[21]斫（zhuó）：砍伐。榛（zhēn）莽：杂乱丛生的草木。

[22]焚（fén）：烧。茅茷（fèi）：茂盛的茅草。茷：草叶茂盛的样子。

[23]"穷山"句：一直爬到山顶为止。穷，尽。

[24]箕踞：双腿伸直岔开而坐，形如簸箕。这是一种不拘礼节的坐法。遨：游览，观赏。

[25]土壤：土地。

[26]衽（rèn）席：本指古人睡觉用的卧席，这里指座席。

[27]岈（xiā）然：山谷空阔深远的样子。洼然：溪谷低凹的样子。

[28]若垤（dié）：像蚂蚁窝外面的小土堆。若穴：像洞穴。

[29]尺寸千里：从西山远望，眼前景物虽然只有尺寸一般，但可能有千里之远。

[30]攒蹙（cuán cù）：聚集收缩。累积：层层重叠。

[31]莫得遁隐：意谓尽收眼底。遁隐：隐藏不见。

[32]萦青缭白：青山与白水相互萦绕。青，指山。白，指水。

[33]外与天际：尽头处与天相接。际，接；合。

[34]四望如一：四面望去浑然一体。

[35]然后：指看了眼前景色之后。特立：挺立，独立，指高出一般站立在那里。

[36]培塿（pǒu lóu）：亦作"部娄""附娄"，指小土丘。

[37]悠悠：邈远的样子。颢（hào）气：即浩气，天地自然之间的大气。颢：水势大。俱：在一起。

[38]洋洋乎：广大的样子。造物者：即天地、自然。穷：尽头。悠悠四句：意思说自己仿佛遨游于无边无际的天地宇宙之间，与浩渺广大的自然之气合而为一。

[39]引觞：拿起酒杯。

[40]颓然：形容醉倒的样子。就：接近。

[41]心凝形释：这里形容自己形神俱忘。

[42]万化：自然界万物。冥合：犹言浑然一体。

[43]向：以前。未始游：未尝是真正的游览。

215

[44]于是：从此。始：开始。

[45]志：记。

[46]元和：唐宪宗李纯年号（806—820）。

【作者（作品）简介】

柳宗元（773—819），字子厚，河东（今山西永济）人，世称柳河东。唐贞元九年（792）中进士，历任集贤殿正字、蓝田尉、监察御史。公元805年唐顺宗即位，王叔文等执政，柳宗元任礼部员外郎，积极参加当时的政治改革。唐宪宗即位后，改革失败，柳宗元被贬为永州司马，十年后为柳州刺史。宪宗元和十四年病死柳州，终年47岁，又称柳柳州。柳宗元的政治思想基本上是儒家的民本思想。在文学创作上，他和韩愈共同倡导古文运动，并称"韩柳"。他的许多散文长于议论，在思想上、艺术上都有杰出成就。而其山水游记尤佳，立意清新，多为后世所称颂。诗与韦应物并称。有《柳河东集》。

【作品评析】

永州之地多山水之胜。柳宗元于永贞元年（805）贬谪到此，既无官舍，又无具体职务，只有寄情山水来排遣郁闷，寻求精神慰藉。他在永州写下许多山水游记，倾诉内心的抑郁悲愤，曲折地表达对现实的不满。本篇是"八永州记"中的第一篇，也是我国古代山水游记中的名篇。本篇记叙了作者发现并游览西山的经过，表现了作者沉醉于自然之中的"心凝形释，与万化冥合"的超然境界；以自然山水之美与作者人格之美相互映照，体现出作者在革新失败、遭受贬谪后依然坚持特立独行的思想品格，使这篇山水游记的意蕴深化而具有了一定的思想价值和人格力量。

作者善于绘景状物，笔墨简洁而描述形象。且通过西山与众山的高下对比，从侧面烘托西山的高大峻美及非凡气势。文章题目中有"始得"二字，行文中或明或暗、或虚或实，时时予以照应，脉络清晰，结构缜密。

【思考与练习】

1.本文从哪几个方面来描写西山高大特立的雄姿？

2.如何理解本文以自然山水之美与作者人格之美相互映照？

卜算子[1]

黄州定慧院寓居作[2]

缺月挂疏桐,漏断人初静[3]。谁见幽人独往来[4],缥缈孤鸿影[5]。

惊起却回头,有恨无人省[6]。拣尽寒枝不肯栖[7],寂寞沙洲冷[8]。

【注释】

[1]选自《苏东坡诗词文译释》,黑龙江人民文学出版社 1984年版。卜算子:词牌名,北宋时盛行此曲。万树《词律》以为取义于"卖卜算命之人"。双调,四十四字,上下阕各两仄韵。

[2]定慧院:在今湖北省黄岗县东南。苏轼初贬谪黄州时,寓居于此。

[3]漏:指更漏而言,古人计时用的漏壶。这里"漏断"即指深夜。

[4]幽人:幽居的人,作者自指。

[5]缥缈:隐隐约约,若有若无。

[6]恨:幽恨。省(xǐng):理解,明白。"无人省",犹言"无人识"。

[7]拣尽寒枝:把寒冷的树枝都选遍了,良禽择木而栖的意思。栖:栖宿,停留、居住。

[8]寂寞沙洲冷:在寂寞寒冷的沙洲上栖宿。沙洲,江河中由泥沙淤积而成的陆地。

【作者(作品)简介】

苏轼(1037—1101),字子瞻,号东坡居士,眉州(今四川眉山)人。北宋著名文学家。与父苏洵、弟苏辙,合称"三苏"。苏轼于宋仁宗嘉祐二年(1057)中进士第。神宗熙宁年间,因与王安石政见不合,自请外放,历任杭州通判,密州、徐州、湖州知州。元丰二年(1079),因被诬作诗"谤讪朝廷",遭御史弹劾,被捕入狱,史称"乌台诗案"。后贬为黄州(今湖北黄冈)团练副使。哲宗时累迁中书舍人、翰林学士,出知杭州、颍州。绍圣初,又以"为文讥斥朝廷"的罪名远谪今广东惠州、海南儋州。卒谥"文忠"。苏轼一生宦海浮沉、历经坎坷,思想上常有出世与入世的矛盾,失意时每能达观自解,始终保持积极进取、欲有所为的精神。苏轼在文艺创作的各方面都有突出的成就。散文自然畅达,随物赋形,如行云流水,为"唐宋八大家"之一;词存三百四十多首,开豪放一派,突破了唐五代以来的艳词藩篱,与辛弃疾并称"苏辛";诗歌、绘画、书法亦有很高造诣。有《苏东坡集》《东坡乐府》等。

【作品评析】

这首词是作者于元丰五年(1082)被贬黄州期间写的。这时他因"乌台诗案"刚刚出狱,幽独寂寞、忧生惊惧,在黄州过着"深自闭塞,扁舟草履,放浪山水间"(《与李方叔书》)的生活。词中借月夜孤鸿这一形象托物寓怀,表达了词人清高自许,我行我素,决不愿随俗浮沉的心境。

上片写深夜院中所见的景色。前两句营造了一个夜深人静、月挂疏桐的孤寂、凄清的氛围,为幽人、孤鸿的出场作铺垫。"漏"指古人计时用的漏壶,"漏断"即指深夜。这两句出笔不凡,渲染出一种孤高脱俗的境界。接下来的两句先是点出一位独来独往、心事重重的"幽人"形象,这里作者把自己比成孤独的鸿雁,担惊受怕,无人为伍,其内心的抑郁、苦闷,可想而知。据史载,苏轼初到黄州时,住在定惠院,他乍来刚到,"郡中无一人识者,亲友绝交,疾病连年,饥寒数日,人皆相传已死"(《谢量移汝州表》),作者这里以缥缈的孤鸿自喻,形象地反映了他当时的凄凉境遇和孤寂心情。

下片就转入描写孤鸿形象。孤鸿遭遇不幸，心怀幽恨，惊恐不已，拣尽寒枝不肯栖息，只好落宿于寂寞荒冷的沙洲。"惊起却回头，有恨无人省。"这两句细腻地刻画了孤鸿的神情动态及其内心世界：因惊起飞，但又不忍离开地频频回头，谁能理解它的那种满怀幽恨？这实际上是写作者经受磨难以后产生的一种忧谗畏讥的怅惘心情，也是初到黄州惊魂未定，顾影自怜的自我写照。它曲折地表达了无人同情、理解他的深沉痛苦。这和作者初到黄州所作的文中反映的情绪是完全一致的。末两句："拣尽寒枝不肯栖，寂寞沙洲冷。"写这只受惊的孤雁最终还是栖宿在寂寞冷落的沙洲上。表现了作者虽处穷厄，但绝不随俗浮沉，宁愿在贬谪中过寂寞冷清的生活。在看似达观的背后隐藏着极深的苦闷与愤怒。这不仅体现了作者鲜明的个性，也暴露了北宋王朝因新旧党争而屈害忠良的黑暗政治。

　　这首词在艺术表现上是很成功的。苏轼笔下的孤鸿，不过是作者的托意之物，它已经融进了作者的思想感情、风格和个性，而不是纯客观的孤鸿的复制。词中以拟人化的手法表现生动地描绘了孤雁的形象和孤雁的心理活动，把自己的主观感情加以对象化，它的傲岸和自甘寂寞，正是作者自己的性格和心情的反映。艺术形象和所寄托的思想内容真正融为一体，显示了高超的艺术技巧。

【思考与练习】

　　1.这首词表达了作者怎样的思想情感？突出的艺术手法是什么？

　　2.前人在评论这首词时曾说，"恨"字是全词的关键，词中"恨"的内容是什么？请结合全词简要分析。

上枢密韩太尉书[1]

太尉执事[2]：辙生好为文，思之至深。以为文者气之所形[3]，然文不可以学而能[4]，气可以养而致[5]。孟子曰："吾善养吾浩然之气[6]。"今观其文章，宽厚宏博，充乎天地之间，称其气之小大[7]。太史公行天下[8]，周览四海名山大川，与燕、赵间豪俊交游[9]，故其文疏荡[10]，颇有奇气[11]。此二子者，岂尝执笔学为如此之文哉？其气充乎其中而溢乎其貌[12]，动乎其言而见乎其文[13]，而不自知也。

辙生十有九年矣。其居家所与游者，不过其邻里乡党之人[14]；所见不过数百里之间，无高山大野可登览以自广[15]。百氏之书[16]，虽无所不读，然皆古人之陈迹，不足以激发其志气。恐遂汩没[17]，故决然舍去[18]，求天下奇闻壮观，以知天地之广大。过秦、汉之故都[19]，恣观终南、嵩、华之高[20]，北顾黄河之奔流，慨然想见古之豪杰。至京师，仰观天子宫阙之壮，与仓廪、府库、城池、苑囿之富且大也[21]，而后知天下之巨丽[22]。见翰林欧阳公[23]，听其议论之宏辩[24]，观其容貌之秀伟，与其门人贤士大夫游[25]，而后知天下之文章聚乎此也。太尉以才略冠天下，天下之所恃以无忧，四夷之所惮以不敢发[26]，入则周公、召公[27]，出则方叔、召虎[28]。而辙也未之见焉。

且夫人之学也，不志其大[29]，虽多而何为[30]？辙之来也，于山见终南、嵩、华之高，于水见黄河之大且深，于人见欧阳公，而犹以为未见太尉也。故愿得观贤人之光耀[31]，闻一言以自壮[32]，然后可以尽天下之大观而无憾者矣。

辙年少，未能通习吏事[33]。向之来[34]，非有取于斗升之禄[35]，偶然得之，非其所乐。然幸得赐归待选[36]，使得优游数年之间[37]，将以益治其文，且学为政。太尉苟以为可教而辱教之[38]，又幸矣！

【注释】

[1]选自《苏辙集》，中华书局 1990 年版。枢密：即枢密使，宋代执掌全国兵权，职位等同于唐朝太尉。韩太尉：名韩琦，字稚圭，安阳（今河南安阳）人，北宋名臣，官至宰相。

[2]执事：旧时信函中尊敬对方的称谓。

[3]气之所形：品格气质等精神状态的表现。形，显露，表现。

[4]文不可以学而能：文章不能靠学来达到好。能，善，好。

[5]气可以养而致：气质却可以靠加强修养得到它。养，培养。致，得到。

[6]浩然之气：盛大刚正的气质。

[7]称其气之小大：与他的浩然正气的程度相称。称，相当。

[8]太史公：司马迁曾任太史令，故称太史公。

[9]燕、赵：燕、赵本战国之国，在今河北、山西一带。此谓燕、赵多豪士。太史公与之交往，文章多慷慨悲壮之气。

[10]疏荡：洒脱自由，不受拘束。

[11]奇气：奇特的气概。

[12]气充乎其中：精神气质充满在他们的胸中。溢乎其貌：洋溢在他们的外表。

[13]动乎其言：反映在他们的言辞里。见乎其文：表现在他们的文章中。

[14]乡党：乡里。

[15]自广：扩大自己的视野。

[16]百氏之书：诸子百家的著作。

[17]遂汩没：因而埋没。

[18]决然舍去：毅然离开，此处指离开家乡。

[19]秦、汉之故都：秦都咸阳，西汉都长安，东汉都洛阳。

[20]恣观：尽情观赏。终南、嵩、华：都是北方著名大山。高：高峻。

[21]苑囿（yòu）：园林。

[22]巨丽：极其美好。

[23]翰林欧阳公：指欧阳修，留任翰林学士。

[24]宏辩：宏伟善辩。

[25]门人贤士大夫：指当时的著名文人梅尧臣、苏舜钦、曾巩等。

[26]四夷之所惮（dàn）以不敢发：四方夷人害怕才不敢作乱。这里指西夏、契丹等。

[27]入：指在中央政府做官。周公、召公：周公姓姬名旦；召公姓姬名奭，均为辅佐周成王的大臣。

[28]出：指在地方时当官。方叔、召虎：周宣王时的大臣。方叔，周宣王时曾征伐荆蛮、猃狁。召虎，曾平定淮夷。

[29]不志其大，没有立下大志。志：有志于。

[30]虽多而何为：即使学得多又有什么用。

[31]光耀：风采。

[32]闻一言以自壮：听到您的一句话来激励自己。

[33]吏事：日常官务。

[34]向：先前。

[35]斗升之禄：微薄的俸禄。

[36]赐归待选：等待朝廷的选拔。

[37]优游：从容闲暇。

[38]辱教之：屈尊教导我。

【作者（作品）简介】

苏辙（1039—1112），字子由，眉州眉山（今属四川）人，北宋散文家。嘉祐二年（1057）与其兄苏轼同登进士科。神宗朝，为制置三司条例司属官。因反对王安石变法，出为河南推官。元丰二年（1079），因受"乌台诗案"牵连，贬为监筠州盐酒税。哲宗时，召为秘书省校书郎。元祐元年为右司谏，历官尚书右丞、门下侍郎，执掌朝政。因事忤哲宗，出知汝州，再谪雷州安置，移循州。徽宗即位，官复太中大夫。致仕后，晚年隐居颍川（今河南许昌），自号颍滨遗老。卒，谥文定。苏辙与父苏洵、兄苏轼齐名，合称"三苏"，其散文以策论见长，冲和淡泊。有《栾城集》。

【作品评析】

这是作者十九岁中进士后写给枢密史韩琦的一封信，本意是希望得到韩琦的接见和提携，但作者却偏从自己"生好为文"，而"文者气之所形，然文不可以学而能，气可以养而致"落笔，行文构思，独辟蹊径，不同于一般的求见书信。

文章首以孟子、太史公为例，说明胸襟修养、生活经历和文章风格有着必然的联系，极言养气充足，发为言语，表现成文的独到见解。气，指人的修养、气质、精神力量。再由增广阅历可以养气，实际上可以归纳为是游览天下名山大川，广交天下的文人学士，而这两样，实际上说的都是外在的阅历。最后由欧阳修，自然引出韩琦。这一段主要是颂扬韩琦。提出自己谒见韩太尉以求教的要求。用笔委婉曲折，层层深入，可谓其意愈明而其情愈深，充分体现了苏辙为文婉转而明畅、汪洋而淡泊的特色。文章强调实践活动和艺术修养对于作文的重要关系，赋予了"养气说"新的内涵。

【思考与练习】

1.作者认为"文"与"气"之间是什么关系?"养气"有哪些途径?为什么"养气"对写好文章有着重要的意义?

2.本文是如何层层推进地展开论述的?这样推进起何作用?

《沈园》二首[1]

其一

城上斜阳画角哀[2],沈园非复旧池台[3]。

伤心桥下春波绿[4],曾是惊鸿照影来[5]。

其二

梦断香消四十年[6],沈园柳老不吹绵[7]。

此身行作稽山土[8],犹吊遗踪一泫然[9]。

【注释】

[1]选自《剑南诗稿校注》,上海古籍出版社1985年版。沈园:故址在今浙江绍兴禹迹寺南。陆游曾娶表妹唐婉为妻,伉俪情深,然不合陆母意,婚后三年,夫妻被迫离异。唐婉另嫁赵士程。十年后,陆游在沈园游玩时与唐婉不期而遇,双方都非常难过,感伤之余,陆游在沈园墙上地题写了一首《钗头凤》词,引发唐婉心中创伤旧情,不久唐婉抑郁而死。宋宁宗庆元五年(1199)秋天,作者重游沈园,感伤往事,乃作此诗。

[2]画角:古代涂有色彩的军中乐器。多用它在城头上吹曲子报告时辰,这种乐器发声凄厉哀怨。

[3]非复:不再是。这句是说沈园的景色变得不再是从前的样子了。

[4]春波:春水,文学作品中常用形容缠绵的情感。

[5]惊鸿:语出三国魏曹植《洛神赋》句"翩若惊鸿",以喻美人体态之轻盈。这里指唐婉美丽。

[6]梦断句：作者在禹迹寺遇到唐琬是在高宗绍兴二十五年（1155），其后不久，唐琬抑郁而死。作此诗时距那次会面四十四年，这里的"四十"是举其成数。香消，指唐琬亡故。

[7]不吹绵：柳絮不再飞扬。

[8]行：即将。稽山：会稽山，在今浙江绍兴东南。

[9]吊：凭吊。泫（xuàn）然：流泪的样子。

【作者（作品）简介】

陆游（1125—1210），字务观，号放翁，越州山阴（今浙江绍兴）人。南宋杰出的爱国诗人。陆游出生在北宋末年，年轻时就立下"上马击狂胡，下马草军书"的壮志。高宗时应试礼部，名列前茅，因"喜论恢复"，被秦桧除名。孝宗时赐进士出身，历任镇江、隆兴通判，不久因支持张浚北伐而落职，入蜀任夔州通判。曾参加王炎、范成大幕府，共谋恢复大计。光宗时官礼部郎中。后被劾去职，归老故乡，闲居二十年之久。陆游生平诗作约九千三百多首，与尤袤、杨万里、范成大并称"南宋四大家"。其诗题材广阔，现实性强，洋溢着浓烈的战斗激情和悲愤情绪。也有部分表现个人生活情趣和劳动人民生活的作品。早年受江西诗派熏陶，后又取法李白、杜甫，终于自成一家。其诗风格多样，以雄浑清新为主，想象丰富，语言明快，对后世诗歌有深远的影响。有《渭南文集》《剑南诗稿》。

【作品评析】

这两首诗是为陆游悼念他的前妻而作，是一个七十五岁的老人对发生在四十多年前的一场爱情悲剧的惨痛回味。老诗人故地重游，触景生情，于是和泪提笔，寄托哀思。

  第一首诗写触景生情之感，物是人非之悲。诗回忆与唐婉离异后在沈园邂逅的往事，用借景言情的手法，以斜阳暗淡、画角哀鸣来渲染气氛，眼中之色、耳中之声无不凄凉哀怨，触动诗人的伤心情怀。第三句"伤心"二字由眼前景象转入回忆，第四句借桥下春波当年曾映照过唐婉身影，展现出深藏诗人心底那翩若惊鸿的美好形象。

  第二首诗表达对唐婉坚贞不渝的感情，写刻骨铭心之思。诗用反衬笔法，以"柳老不吹绵"，以草木无情反衬自己四十年不变的一腔深情。尽管自己将不久于人世，但对唐氏眷念之情永不泯灭；尽管个人生活上已无所追求，但对唐氏之爱历久弥新。所以对沈园遗踪还要凭吊一番。"泫然"二字，饱含无比复杂的感情：其中有爱，有恨，有悔，诗人不点破，足供读者体味。

  这两首诗与陆游慷慨激昂的诗篇风格迥异，写得深沉哀婉，含蓄蕴藉，但仍保持其语言朴素自然的一贯特色。

【思考与练习】

1. 这两首诗都表达了陆游对唐婉的思念，侧重点有何不同？
2. 课外阅读陆游和唐婉的《钗头凤》，分析他们婚姻悲剧的社会根源。

摸鱼儿[1]

淳熙己亥[2]，自湖北漕移湖南[3]，同官王正之置酒小山亭[4]，为赋。

更能消、几番风雨[5]，匆匆春又归去。惜春长怕花开早[6]，何况落红无数[7]。春且住！见说道、天涯芳草无归路[8]。怨春不语。算只有殷勤，画檐蛛网，尽日惹飞絮[9]。

长门事，准拟佳期又误。蛾眉曾有人妒。千金纵买相如赋，脉脉此情谁诉[10]？君莫舞[11]，君不见、玉环飞燕皆尘土[12]！闲愁最苦。休去倚危栏[13]，斜阳正在，烟柳断肠处[14]。

【注释】

[1]选自《唐宋词选》，人民文学出版社1981年版。摸鱼儿：词调名。

[2]淳熙己亥：宋孝宗淳熙六年（1179），岁次己亥。这年辛弃疾四十岁。

[3]漕：宋朝称转运使为漕司，掌管一路的财赋。移：调动职务。

[4]同官：作者此年由荆湖北路转运副使调任荆湖南路转运副使。由王正之接任原来职务，故称同官。王正之：名正己，是作者的旧交。小山亭：在鄂州（今湖北武汉）湖北转运副使衙内的乖崖堂内。

[5]"更能消"句：还能经受得起几番风吹雨打。消：经得住。

[6]"惜春"句：因花开得早落得也早，故云。长怕：总怕。

[7]落红：落花。

[8]"见说道"句：这句表示作者希望春天找不到归路，可以长驻人间。见说，听说。

[9]"算只有"三句：意谓只有蛛网粘住花絮，算是留住了一点儿春意。尽日：整天。惹：粘住。

[10]"长门事"五句：此用汉武帝陈皇后故事，喻忠贞刚烈之士遭受冷落排挤愁闷悲伤。汉武帝时，陈皇后失宠，废居长门宫，愁闷忧伤，听说司马相如善作赋，就奉送黄金百斤，请司马相如为解忧愁；于是司马相如作《长门赋》，使汉武帝感悟，陈皇后重新获宠。据《史记·外戚世家》，陈皇后被废后并未再得宠幸，这里只是借题发挥。这里是说，由于有人嫉妒，即使千金买来《长门赋》也没有用。准拟：获准；约定。蛾眉：女子细长的眉毛，借指美人。纵：即使。脉脉：含情的样子。

[11]君莫舞：这是对得意者的警告之辞。

[12]"君不见"句：意谓一时得宠者都没有好下场。玉环：唐玄宗宠妃杨贵妃的小名。安史之乱起，玄宗奔蜀途中被赐死于马嵬坡。飞燕：汉成帝宠后赵飞燕，后被废为庶人，自杀身死。两人都以貌美善妒著名。

[13]危栏：高楼的栏杆。危：高。

[14]"斜阳"句：夕阳正斜照在令人断肠的烟柳深处。这里用日落西山的黯淡景色喻南宋国势衰微。

【作者（作品）简介】

辛弃疾（1140—1207），字幼安，号稼轩，历城（今山东济南）人。南宋杰出的爱国词人。辛弃疾22岁时在北方参加耿京领导的抗金义军，后渡江南归南宋。一生主张抗战，坚持北伐，但始终不被信任，只做过通判、转运副使、镇江知府、江西安抚使等官职，不被重用。曾先后进呈《美芹十论》《九议》等奏章，陈述收复大计，均未被采纳。42岁后落职闲居江西农村长达二十余年，晚年虽被起用，但旋即又被罢免，68岁抑郁而殁。辛弃疾词现存六百多首，题材广泛，意境深远，手法多样，善于用典。辛弃疾有雄才大略，是英雄豪杰式的人物，由于报国无门、壮志难酬，只好把爱国抱负和满腔忧愤倾注到词作之中，形成雄奇豪壮、苍凉沉郁的风格，是南宋豪放词派的主要代表。有词集《稼轩长短句》。

【作品评析】

辛弃疾一生力主抗金，但数年中屡被调动，又遭政敌嫉恨。正当暮春三月之时，他又由湖北漕移湖南，于是借伤春、闺怨的传统题材作词，注入现实政治和人生遭际的内涵，抒发了对国势衰颓的担忧，以及报国无门的怨愤。

上片借物起兴，以伤春、惜春、留春、怨春，来象征当时抗金形势的潮起潮落，表达作者对时局的沉重忧虑。运用比兴手法表现自己年华虚度，志不得伸出的感慨。

下片托古喻今，以美人的失宠、见妒、闲愁、苦思，比况自己的遭遇、抗金人士的现实处境。借用陈皇后故事暗喻自己受到排挤，满腔爱国深情无处申述；并用杨玉环、赵飞燕的悲剧结局，来警告投降派不要得意忘形；尾三句，以残春景象照应开篇，合伤春与闺怨于一处，富含象征意味，全篇层层勾连、层层折转，读来沉郁顿挫，回肠荡气。

作者运用了香草美人的比兴手法，而且比兴的运用融贯全篇，构成了整体性的象征意蕴。词的外在形象与深层寓意，若即若离，含蕴深永，耐人寻味，是辛弃疾婉约词的代表作。

【思考与练习】

1.自古以来写惜春的诗词很多，辛弃疾在《摸鱼儿》词中写惜春的用意是什么？

2.这首词通篇比兴并有几处用典,请举例加以说明。"斜阳"句的内涵是什么?

3.这首词在表现手法与艺术风格方面,与辛弃疾《水龙吟》(楚天千里清秋)相比有什么不同特色?

第六章　金元明清文学

迈陂塘[1]

泰和五年乙丑岁[2]，赴试并州[3]，道逢捕雁者云："今旦获一雁，杀之矣。其脱网者悲鸣不能去，竟自投于地而死。"予因买得之，葬之汾水之上，垒石为识[4]，号曰"雁丘"。时同行者多为赋诗，予亦有《雁丘辞》。旧所作无宫商[5]，今改定之。

问世间、情是何物，直教生死相许[6]。天南地北双飞客[7]，老翅几回寒暑[8]。欢乐趣，离别苦，就中更有痴儿女[9]。君应有语，渺万里层云，千山暮雪，只影为谁去[10]。

横汾路，寂寞当年箫鼓，荒烟依旧平楚[11]。招魂楚些何嗟及，山鬼暗啼风雨[12]。天也妒，未信与，莺儿燕子俱黄土[13]。千秋万古，为留待骚人，狂歌痛饮，来访雁丘处。

【注释】

[1]选自《元好问诗词集》，中国展望出版社1987年版。迈陂（bēi）塘：词调名，即《摸鱼儿》。

[2]乙丑岁：金章宗泰和五年（1205），以天干地支纪年为乙丑年，元好问时年十六岁。

[3]并州：今山西太原。

[4]识（zhì）：标志，记号。

[5]宫商：音调名，此指音律。

[6]直教：竟使。生死相许：以生命来报答。许：报答。

[7]双飞客：大雁双宿双飞，秋去春来，故云。

[8]老翅几回寒暑：指这对大雁飞到天南地北总在一起，历经磨难，甘苦与共，已不知度过多少寒暑。

[9]痴儿女：痴情的男女，指殉情的雁。下句的"君"亦指此雁。

[10]只影：孤独的身影。

[11]"横汾路"三句：这葬雁的汾水，当年汉武帝横渡时是何等的热闹，而今却寂寞凄凉。汉武帝《秋风辞》："泛楼船兮济汾河，横中流兮扬素波。箫鼓鸣兮发棹歌，欢乐极兮哀情多。"在这三句中，词人用当年武帝巡幸汾水，烜赫一时，转瞬间烟消云散，四处冷烟衰草，一派萧条冷落景象，反衬了真情的万古长存。横汾路：指当年汉武帝巡幸处，在汾水一带。平楚：平林。楚，丛林，远望树梢齐平，故称平楚。

[12]"招魂"二句：欲为死去的大雁招魂又有何用，雁魂也在风雨中啼哭。招魂楚些（suò）：《楚辞·招魂》句尾皆有"些"字，故云。何嗟及：悲叹无济于事。山鬼：《楚辞·九歌·山鬼》篇指山中女神，此处指雁魂。暗啼：一作"自啼"。

[13]"天也妒"三句：双飞雁生死相许的深情连上天也嫉妒，殉情的大雁决不会和一般的莺儿燕子一样，死后化为一抔黄土。

234

【作者（作品）简介】

元好问（1190—1257），字裕之，号遗山，世称遗山先生，太原秀容（今山西忻州）人。金末至元朝初期著名文学家、历史学家。元好问自幼聪慧，有"神童"之誉。金宣宗兴定五年（1221），元好问进士及第。正大元年（1224），又以宏词科登第后，授权国史院编修，官至知制诰。金朝灭亡后，元好问被囚数年。晚年重回故乡，隐居不仕，于家中潜心著述。元宪宗七年（1257），元好问逝世，年六十八。元好问是宋金对峙时期北方文学的主要代表、文坛盟主，又是金元之际在文学上承前启后者，被尊为"北方文雄""一代文宗"。其诗、文、词、曲各体皆工，散曲虽传世不多，但当时影响很大，有倡导之功。有《元遗山先生全集》。

【作品评析】

这是一首咏物词，本意描述的是两只大雁的爱情，但词人驰骋想象，运用拟人手法，围绕一个"情"字，细致描绘大雁殉情之事，颂扬生死不渝的坚贞爱情。

词的上片歌颂大雁生死相许的坚贞情操。首三句"问世间、情是何物，直教生死相许"，以诘问句开篇，世界上"情"是什么，为何会以生命相报答？这三句感情充沛，重有千钧之势。作者在这里就孤雁殉情，由雁及人，而发出的深深感叹，实际上是对殉情者的赞美。接着，词人运用形象描写、心理刻画与抒情议论等多种艺术手段，对雁的生活、心理活动及殉情原因，层层深入地展开描写。特别是时空交错的写法，展示了这双飞燕相依为命、永不分离和一往情深。它们有团聚的欢乐，也有离别的苦楚，其中更为不幸的是为失去伴侣而殉情。"渺万里层云，千山暮雪，只影为谁去"三句，写孤雁形孤影单，前路渺茫，失去一生的至爱，处境的凄苦和感情的哀伤。即使苟活下去又有什么意义呢？于是痛下决心，"自投于地而死"。刻画了孤雁就犹如人世间的痴情儿女一样，谱写了一曲凄恻动人的恋情悲歌。

　　词的下片借助对自然景物的描绘，衬托大雁殉情之后的凄苦氛围。"横汾路，寂寞当年箫鼓。荒烟依旧平楚"这三句借助对历史盛迹的追忆与对眼前自然景物的描绘，渲染了大雁殉情的不朽意义。词人用当年武帝巡幸，烜赫一时，转瞬间烟消云散，反衬了真情的万古长存。结语处，词人极写为大雁招魂，并表达由衷的礼赞。殉情的大雁引发出生生世世的感动，引发对爱情永恒的思考。"狂歌痛饮"生动地写出了人们的感动之深。全词结尾，寄寓了词人对殉情者的深切哀思，延伸了全词的历史跨度，使主题得以升华。

【思考与练习】

1.简析"横汾路"三句及"招魂楚些"二句的深刻内涵。
2.我们如何看待这种生死不渝的爱情，请发表你的看法。
3.阅读元好问的《双蕖怨》，分析这两首词所表达的婚恋观？

双蕖怨

　　泰和中，大名民家小儿女，有以私情不如意赴水者，官为踪迹之，无见也。其后踏藕者得二尸水中，衣服仍可验，其事乃白。是岁此陂荷花开，无不并蒂者。沁水梁国用，时为录事判官，为李用章内翰言如此。此曲以乐府《双蕖怨》命篇。"咀五色之灵芝，香生九窍；咽三危之瑞露，春动七情"，韩偓《香奁集》中自序语。

　　问莲根、有丝多少，莲心知为谁苦？双花脉脉娇相向，只是旧家儿女！

天已许，甚不教、白头生死鸳鸯浦？夕阳无语。算谢客烟中，湘妃江上，未是断肠处。

《香奁》梦，好在灵芝瑞露。人间俯仰今古。海枯石烂情缘在，幽恨不埋黄土。相思树，流年度，无端又被西风误。兰舟少住。怕载酒重来，红衣半落，狼藉卧秋雨。

双调·夜行船[1]

秋思

百岁光阴如梦蝶[2],重回首往事堪嗟。今日春来,明朝花谢,急罚盏夜阑灯灭[3]。

[乔木查]想秦宫汉阙[4],都做了衰草牛羊野。不恁渔樵无话说[5]。纵荒坟横断碑,不辨龙蛇[6]。

[庆宣和]投至狐踪与兔穴,多少豪杰[7]!鼎足三分半腰折[8],魏耶?晋耶[9]?

[落梅风]天教富,莫太奢[10]。无多时好天良夜。看钱奴硬将心似铁[11],空辜负锦堂风月[12]。

[风入松]眼前红日又西斜,疾似下坡车[13]。晓来清镜添白雪,上床与鞋履相别[14]。莫笑鸠巢计拙[15],葫芦提一向装呆[16]。

[拨不断]名利竭,是非绝。红尘不向门前惹[17],绿树偏宜屋角遮[18],青山正补墙头缺[19],竹篱茅舍。

[离亭宴煞]蛩吟一觉方宁贴[20],鸡鸣万事无休歇。争名利何年是彻[21]?密匝匝蚁排兵[22],乱纷纷蜂酿蜜,闹攘攘蝇争血[23]。裴公绿野堂[24],陶令白莲社[25]。爱秋来那些:和露摘黄花,带霜烹紫蟹,煮酒烧红叶。人生有限杯,几个登高节[26]?嘱咐俺顽童记者[27]:便北海探吾来[28],道东篱醉了也[29]。

【注释】

[1]选自《马致远集》，山西古籍出版社 1993 年版。双调：这套散曲的共同宫调名。夜行船：套曲中第一首的曲牌名。

[2]梦蝶：指庄周梦见自己化为蝴蝶的事，语出《庄子·齐物论》。此句指人生短促虚幻，有如一场梦。

[3]急罚盏：赶快行令罚酒，意谓及时行乐。夜阑灯灭：夜深灯熄。阑，尽，残。灯灭，此处指人散。

[4]秦宫汉阙：秦汉两代的宫阙。宫，宫阙。阙，宫门前两边的楼。

[5]不恁（nèn）：不如此，不这般。

[6]龙蛇：秦汉时的篆书盘屈曲折，故用龙蛇形容，这里是指墓碑上的字迹。荒坟累累，碑碣断裂，由于年代久远，风雨侵蚀，碑上的字迹已模糊不清，不可辨认。

[7]投至：等到。这两句意谓等到坟墓成为狐兔出没之所时，已经不知消磨了多少豪杰。

[8]鼎足：指魏、蜀、吴三国分立，如鼎之三足。半腰折：中途夭折。折，折断，引申为灭亡。这句意谓鼎立的局面很快就结束了，三方的英雄人物都没有得到最后的胜利。

[9]"魏耶"两句：三国中蜀、吴灭亡于魏，魏又亡于晋，现在，魏在哪里，晋又在哪里呢？

[10]奢：奢侈。此处指奢望，即过分的欲望，此指富人中的奢侈者对财富无限度地追求。

[11]心似铁：心像铁一样又冷又硬。这句话的意思是富人中的吝啬者只知守财，而不知及时行乐。

[12]锦堂风月：指富贵生活与大好的时光。锦堂，这里指华美的宫室。风月，美好的景色。

[13]下坡车：比喻日子过得很快。

[14]上床与鞋履相别：僧家说大修行人上床就与鞋履相别，意指他们能轻视生死。

[15]鸠巢计拙：相传斑鸠性拙，不会做巢，常占据喜鹊的巢来居住。旧时用"鸠拙"作为自称性拙的谦词，这里指性情笨拙，不善营生。

[16]葫芦提：宋元俗语，糊糊涂涂。一向：一味地。装呆：即装傻。

[17]红尘：闹市的飞尘，形容繁华。这里是指世俗的牵缠、纠葛。惹：沾染。全句意谓看破红尘，断绝与世俗的来往。

[18]偏：倾斜。宜：合适，正好。倾斜的绿树正好把屋角遮住。

[19]墙头缺：墙头缺处。全句意谓墙头缺处可见青山。

[20]蛩（qióng）：指蟋蟀。一觉：一睡。宁贴：安宁、安稳。

[21]彻：完，尽。

[22]密匝匝：密密麻麻，形容多。排兵：像军队一样，排列成对，摆开阵势。

[23]闹攘攘：乱乱哄哄，纷乱的样子。

[24]裴公绿野堂：唐裴度平定淮西之乱有功，封晋国公，主朝政三十年。后因宦官专权，国事日非，便在洛阳筑绿野草堂居住，过着恬淡自娱的隐居生活。

[25]陶令白莲社：白莲社是一个专讲佛学的组织，由晋代名僧慧远法师主持，成员包括当时高僧名儒，曾邀陶渊明参加。因陶渊明做过彭泽县令，故称陶令。

[26]登高节：即重阳节，在阴历九月九日，古代有此日登高宴饮的习俗，故名。

[27]顽童：本意为顽皮的儿童，此指侍童。记者：记着。

[28]便：虽然，即使。北海：指东汉孔融。汉献帝时他当过北海相，故后世称他为孔北海，性好客，常聚友宴饮，为当时名士。

[29]东篱：作者自称。马致远慕陶潜的隐逸生活，因陶潜《饮酒》诗有"采菊东篱下，悠然见南山"之句，乃自号为"东篱"。

【作者（作品）简介】

马致远（1250—约 1321 至 1324），号东篱，大都（今北京市）人，元代杂剧、散曲作家。曾任江浙行省务官，晚年退隐山林，诗酒自娱。有杂剧 15 种，以《汉宫秋》最为著名。马致远扩大了曲的题材范围，提高了曲的意境，在散曲发展史上有着重要地位，有"曲状元"称号。他的散曲内容广泛，多叹世讽世之作、愤世嫉俗之情；亦有描画景色、歌咏恋情的作品，部分作品流露出隐居乐道、超然物外的消极情绪。马致远散曲技巧高超，融诗词意境入散曲，清雅率真，风格豪放清逸，语言流畅而有文采，现存散曲 120 余首，今人辑为《东篱乐府》。

【作品评析】

[双调·夜行船]（秋思）表面上看是宣扬人生如梦、及时行乐，实质上是一篇愤世之作。

第一支曲总写流光不驻，人生短暂。首句引用庄周梦蝶之典，烘托百年犹如一梦的迷惘之感；下句饱含历经世事、历尽坎坷的辛酸。接下来两句以自然之春倒映人生之秋，夸张光阴流逝的急速感。末句描写晚宴争相劝酒随即夜阑人散，寓及时行乐之意。

第二、三、四支曲子从兴亡之悲谈到贪财之愚，慨叹所谓名标青史、功业不朽、富贵久长的虚幻，以证明及时行乐的实在。前两曲主要写兴亡之悲，一涉秦皇汉武，一涉三国群雄。巍峨稳固的宫阙没了，成了野草丛生的放牧之地；歌功颂德的石碑残了，上面的字迹漫漶不清；拼死争夺的政权丢了，如螳螂捕蝉，黄雀在后；叱咤风云的人物死了，无论成败都葬身于狐兔出没的荒丘。如此悲凉的意绪却化为刻薄的挖苦："不恁渔樵无话说""魏耶？

晋耶？""秦宫汉阙"着眼于帝王生前之贵不能持久；"荒坟""断碑"着重于死后之名不能永存；"狐踪""兔穴"强调已被历史湮没的英雄当初逐鹿中原的纷争如同兔奔狐逐一样毫无意义。这就用虚无主义的历史观彻底否定了历代文人所讴歌的青史留名的人生理想。

第四支曲由叹古转为讽今，内容与上二支曲并列，意思更透过一层：帝王豪杰的功业尚且化为乌有，更何况守财奴的万贯家财？"天教你富，莫太奢"，警告他们不要无休止地聚敛财富。可笑这些人心硬似铁，一味地爱钱如命，看不透人生好景不长，空使锦堂风月虚设，全然不懂享受赏心乐事。全曲四句分两层递进，守财奴的庸俗愚蠢和锦堂的良辰美景两相对照，通俗的白话和清雅的词藻各得其所。

以上三支曲子已将功名富贵都参破，第五、六两支曲子便转而陈述自己的人生哲学。首句写一日之内光阴的流逝，遥承"百岁光阴"而来，"疾似下坡车"之喻从羲和御日的典故脱出，化雅为俗，生动有趣。"不争"句紧承上面岁月催人之意，"上床"句又进一步说明人生无常、富贵无常，貌似参透生死的俏皮话里隐藏着愤世嫉俗的深意。紧接着劝人莫笑自己像拙笨的斑鸠，他不过是糊里糊涂地装傻而已；自称不善营生之计，其实倒是远离名利是非的上策。

"名利竭，是非绝"即鄙弃名利，不问世事，是对上曲尾句的具体诠释。根据这种人生态度，作者为自己精心设计了一个世外桃源，幻想中的桃花源同现世的名利场尖锐对立。三句鼎足对，用鲜明的对比色描写，构图别具匠心。此曲全为对句，散而有序，整而不板，雅词与俗调相间，典故和俚语并用，活泼和谐，妙趣横生。

最后一曲〔离亭宴煞〕是全曲的高潮和总结，集中地表现了诗人鄙夷富贵、恬于隐逸、自在行乐的生活观。富贵场中的争名夺利，从鸡鸣天亮开始，到夜晚上床睡着了才算暂歇，日复一日，永无休止。第一层写官场的争斗。作者用小动物的叫声表示时间，暗用了"早起晚睡"的语意。接着以"蚁排兵""蜂酿蜜""蝇争血"比喻"争名利"者的凶残、贪婪和肮脏无耻，既形象生动，又表达了轻蔑和嘲弄之意。第二层写隐逸的雅趣。先提出前贤裴度、陶潜，隐含效法的意愿，再描写隐居的诗意生活，表达遁世的热切。最后五句用一个"醉"字总结全曲，写自己沉迷于隐居乐趣之中，不愿任何人来打扰，借此表达对黑暗现实的厌恶和远离恶浊社会的决心。

《秋思》是一流的套曲作品，它从思想内容上扩大了散曲的表现范围；并充分利用元曲语言通俗明快、句式节奏自由的特点，从表现艺术上提高了散曲的境界。元人周德清评为"万中无一"，明清时有不少和韵之作。

【思考与练习】

1.这首套曲表达了作者怎样的情趣与人生态度？

2.说说[离亭宴煞]这支曲的语言特色和表现手法。

卖柑者言

杭有卖果者，善藏柑，涉[1]寒暑不溃[2]。出之烨然[3]，玉[4]质而金色。置于市，贾[5]十倍，人争鬻[6]之。予贸[7]得其一，剖之，如有烟扑口鼻，视其中，则干若[8]败絮[9]。予怪而问之曰："若[10]所市于人者，将以实[11]笾豆[12]，奉祭祀，供宾客乎？将炫[13]外以惑[14]愚瞽[15]也？甚矣哉，为[16]欺[17]也！"

卖者笑曰："吾业[18]是有年矣，吾赖[19]是以食[20]吾躯。吾售之，人取之，未尝有言，而独不足子所乎？世之为欺者不寡矣，而独我也乎？吾子未之思也。今夫[21]佩虎符[22]、坐皋比[23]者，洸洸[24]乎干城之具[25]也，果能授孙、吴[26]之略[27]耶？峨[28]大冠、拖长绅[29]者，昂昂[30]乎庙堂[31]之器[32]也，果能建伊、皋[33]之业[34]耶？盗起[35]而不知御[36]，民困而不知救，吏奸而不知禁，法斁[37]而不知理，坐[38]糜[39]廪粟[40]而不知耻。观其坐高堂，骑大马，醉[41]醇醴而饫[42]肥鲜者，孰不巍巍[43]乎可畏，赫赫[44]乎可象[45]也？又何往而不金玉其外，败絮其中[46]也哉？今子是之不察，而以察吾柑！"

予默默无以应。退而思其言，类[47]东方生[48]滑稽之流[49]，岂其愤世疾[50]邪[51]者耶？而托[52]于柑以讽耶？

【注释】

[1]涉：经过，经历。

[2]溃：腐烂，腐败。

[3]烨（yè）然：光彩鲜明的样子。

[4]玉：像玉石一样。

[5]贾（jià）：同"价"，价格。

[6]鬻（yù）：这里是买的意思。

[7]贸：买卖，这里是买的意思。

[8]若：好像。

[9]败絮：破败的棉絮。

[10]若：代词，你，你们。

[11]实：填满，装满。

[12]笾（biān）豆：古代祭祀时盛祭品用的两种器具。笾，竹制的食器。豆，木制、陶制或铜制的食器。

[13]炫：同"炫"，炫耀，夸耀。

[14]惑：迷惑，欺骗。

[15]愚瞽（gǔ）：愚蠢的人和瞎子。瞽，瞎子。

[16]为：做。

[17]欺：欺骗人的事。

[18]业：以……为职业。

[19]赖：依赖，依靠。

[20]食（sì）：同"饲"，这里有供养、养活的意思。

[21]夫：发语词。

[22]虎符：虎形的兵符，古代调兵用的凭证。

[23]皋（gāo）比（pí）：虎皮，指将军的坐席。比，通"皮"，毛皮。

[24]洸（guāng）洸：威武的样子。

[25]干城之具：捍卫国家的将才。干，盾牌，文中意为捍卫。干和城都用以防御。具，将才。

[26]孙、吴：指古代著名军事家孙武和吴起。

[27]略：谋略。

[28]峨：高高地，指高戴。

[29]拖长绅：拖着长长的腰带。绅，古代士大夫束在外衣上的带子。

[30]昂昂：器宇轩昂的样子。

[31]庙堂：指朝廷。

[32]器：才能，本领，这里指"有才能的人"。

[33]伊、皋（gāo）：指古代著名政治家伊尹和皋陶。

[34]业：功业。

[35]起：兴起。

[36]御：抵御。

[37]斁（dù）：败坏。

[38]坐：坐在高位的意思，指那些在高位上却不干正事。

[39]縻：通"靡"，浪费。

[40]廪（lǐn）粟：国家发的俸米。

[41].醉：醉饮。

[42]饫（yù）：饱食。

[43]巍巍：高大的样子。

[44]赫赫：显赫的样子。

[45]象：模仿。

[46]金玉其外、败絮其中：比喻虚有其表，及外表好而实质坏的人

[47]类：像。

[48]东方生：指东方朔。汉武帝时曾任太中大夫，性格诙谐，善于讽谏。

[49]滑稽（古书中读作 gǔ jī）之流：指诙谐多讽、机智善辩的人。

[50]疾：恨痛。

[51]愤世疾邪：激愤、痛恨世间邪恶的现象。

[52]托：假托。

【作者（作品）简介】

刘基(1311—1375)，字伯温，青田（今浙江青田）人。元末进士，曾任元朝江西高安县丞等职，后弃官归隐。元至正二十年（1360）后，帮助朱元璋建立明王朝。他是元末明初著名诗文家之一，诗歌以质朴、雄放见长。著作有《诚意伯文集》。

这篇文章由买卖一个坏了的柑橘的小事引起议论，假托卖柑者的一席话，以形象、贴切的比喻，揭示了当时盗贼蜂起，官吏贪污，法制败坏，民不聊生的社会现实，有力地讽刺了那些冠冕堂皇、声威显赫的达官贵人们本质上都是"金玉其外，败絮其中"，欺世盗名的人物，从而有力抨击了元末统治者及统治集团的腐朽无能还有社会当下的黑暗，抒发了作者愤世嫉俗的情感。

【作品评析】

这是一篇著名的寓言体讽刺散文，全文可分为三个部分。第一部分以洗练的笔墨记述了故事的经过，可说是全文的引子，作者先写柑子外表具有金玉之美，其中却如败絮之劣，在一优一劣而形成的鲜明对比之中，自然而然地引起发问，"将炫外以惑愚瞽也？"也自然而然地引出指责，"甚矣哉，为欺也！"作者在此突出一个"欺"字，这是全文的核心，也是贯串始终的主线，看似不经意地提出，实则是精心设计的。正是这个文眼，才引起卖柑者大段的深刻的议论。

第二部分是全文的重点，通过卖柑人之口，揭露那些达官绅士欺世盗名的真相。文章的构思非常巧妙，"卖者笑曰"一个"笑"字用得很好，首先表现在后面的大段议论只是由一个小商贩在谈笑诙谐中说出，这就亲切又可信；其次表现了一个普通人对那些不可一世的人的鄙视。小商贩的回答也是巧妙之极，用一句反问"而独不足子所乎？"它揭示面对"欺"道横行的社会，人们已经麻木。紧接着再用一个反问"而独我也乎？"这个反问比前一个反问更有分量，它既突出了言者对"欺"道横行社会的强烈憎恨，又使愤懑之词如流涌出。为证实自己的论点，卖柑者以排比句式，历数了行"大欺"的人。先用两个长排比句描写武将"洸洸乎干城之具"、文官"昂昂乎庙堂之器"，以之与柑子"烨然"外表相对照；接着又连用五个短排比句揭露其实质，原来是文不能治国、武不能治军之众。为了更淋漓尽致地宣泄自己愤世嫉邪之情感，文章又用两个反问句进行反复揭露。反复揭露使卖柑者"今子是之不察，而以察吾柑"一句指责得有理，批评得有力。

第三部分是文章的结尾，作者没有写自己如何慷慨激昂地响应卖柑者之言，却是"退而思其言"，这样既使文章形成一种跌宕美，也表明作者在深思熟虑之中品味其言的真谛所在，承认其言的真实性和合理性。

【思考与练习】

1.你了解刘基的人生经历吗？这篇文章反映了刘基怎样的思想？

2.说说这篇文章的写作特点。

徐文长传[1]

余少时过里肆中[2],见北杂剧有《四声猿》[3],意气豪达[4],与近时书生所演传奇绝异[5],题曰"天池生"[6],疑为元人作。后适越[7],见人家单幅上有署"田水月"者[8],强心铁骨[9],与夫一种磊块不平之气[10],字画之中,宛宛可见[11]。意甚骇之,而不知田水月为何人。

一夕,坐陶编修楼[12],随意抽架上书,得《阙编》诗一帙[13]。恶楮毛书[14],烟煤败墨[15],微有字形[16]。稍就灯间读之,读未数首,不觉惊跃,忽呼石篑:"《阙编》何人作者?今耶?古耶?"石篑曰:"此余乡先辈徐天池先生书也。先生名渭,字文长,嘉、隆间人[17],前五六年方卒。今卷轴题额上有田水月者,即其人也。"余始悟前后所疑,皆即文长一人。又当诗道荒秽之时[18],获此奇秘,如魇得醒[19]。两人跃起,灯影下,读复叫,叫复读,童仆睡者皆惊起。

余自是或向人,或作书[20],皆首称文长先生[21]。有来看余者,即出诗与之读。一时名公巨匠[22],浸浸知向慕云[23]。

文长为山阴秀才[24],大试辄不利[25],豪荡不羁。总督胡梅林公知之[26],聘为幕客。文长与胡公约:"若欲客某者[27],当具宾礼,非时辄得出入[28]。"胡公皆许之。文长乃葛衣乌巾[29],长揖就坐,纵谈天下事,旁若无人,胡公大喜。是时,公督数边兵[30],威振东南,介胄之士[31],膝语蛇行[32],不敢举头;而文长以部下一诸生傲之,信心而行[33],恣臆谈谑,了无忌惮。会得白鹿[34],属文长代作表。表上,永陵喜甚[35]。公以是益重之,一切疏记[36],皆出其手。

文长自负才略,好奇计,谈兵多中[37]。凡公所以饵汪、徐诸虏者[38],皆

249

密相议，然后行。尝饮一酒楼，有数健儿亦饮其下，不肯留钱。文长密以数字驰公[39]，公立命缚健儿至麾下[40]，皆斩之，一军股栗[41]。有沙门负资而秽[42]，酒间偶言于公，公后以他事杖杀之。其信任多此类。

胡公既怜文长之才[43]，哀其数困[44]，时方省试，凡入帘者[45]，公密属曰："徐子，天下才，若在本房[46]，幸勿脱失。"皆曰："如命[47]。"一知县以他羁后至[48]，至期方谒公，偶忘属，卷适在其房，遂不偶[49]。

文长既已不得志于有司[50]，遂乃放浪曲蘖[51]，恣情山水，走齐鲁燕赵之地，穷览朔漠[52]。其所见山奔海立，沙起云行，风鸣树偃，幽谷大都，人物鱼鸟，一切可惊可愕之状，一一皆达之于诗。其胸中又有一段不可磨灭之气，英雄失路、托足无门之悲[53]，故其为诗，如嗔如笑，如水鸣峡，如种出土，如寡妇之夜哭，羁人之寒起[54]。当其放意[55]，平畴千里；偶尔幽峭，鬼语秋坟[56]。文长眼空千古，独立一时[57]。当时所谓达官贵人、骚士墨客，文长皆叱而奴之[58]，耻不与交[59]，故其名不出于越。悲夫！

一日，饮其乡大夫家[60]。乡大夫指筵上一小物求赋，阴令童仆续纸丈余进[61]，欲以苦之[62]。文长援笔立成，竟满其纸，气韵遒逸，物无遁情[63]，一座大惊。

文长喜作书[64]，笔意奔放如其诗，苍劲中姿媚跃出。余不能书，而谬谓文长书决当在王雅宜、文征仲之上[65]。不论书法，而论书神[66]，先生者，诚八法之散圣[67]，字林之侠客也。间以其余[68]，旁溢为花草竹石[69]，皆超逸有致[70]。

卒以疑杀其继室，下狱论死。张阳和力解[71]，乃得出。既出，倔强如初。晚年，愤益深，佯狂益甚[72]。显者至门[73]，皆拒不纳。当道官至[74]，求一字不可得。时携钱至酒肆，呼下隶与饮[75]。或自持斧击破其头，血流被面[76]，

250

头骨皆折，揉之有声。或以利锥锥其两耳，深入寸余，竟不得死。

石篑言：晚岁，诗文益奇，无刻本，集藏于家。余所见者，《徐文长集》《阙编》二种而已。然文长竟以不得志于时，抱愤而卒。

石公曰[77]：先生数奇不已[78]，遂为狂疾；狂疾不已，遂为囹圄[79]。古今文人，牢骚困苦[80]，未有若先生者也。虽然，胡公间世豪杰[81]，永陵英主[82]，幕中礼数异等[83]，是胡公知有先生矣；表上，人主悦，是人主知有先生矣。独身未贵耳。先生诗文崛起[84]，一扫近代芜秽之习[85]，百世而下[86]，自有定论，胡为不遇哉[87]！

梅客生尝寄余书曰[88]："文长，吾老友，病奇于人，人奇于诗，诗奇于字，字奇于文，文奇于画。"余谓文长，无之而不奇者也。无之而不奇，斯无之而不奇也哉[89]！悲夫！

【注释】

[1]选自《明代散文选注》，上海古籍出版社1981年版。徐文长：徐渭，字文长，明代著名文士。

[2]里肆：街头店铺。

[3]北杂剧：元明时，用北曲演唱的一种戏剧形式。《四声猿》：徐渭创作的一组短剧，包括《狂鼓史》《玉禅师》《雌木兰》和《女状元》。

[4]意气：意趣和气概。豪达：气魄大而无拘无束。

[5]演：写作

[6]天池生：徐渭的别号。

[7]适越：到浙江。适：往，到。

[8]单幅：指单页的一幅一幅的书画。田水月：徐渭的别号。三字合起来即为"渭"。

[9]强心铁骨：形容书画刚劲有力。

[10]磊块：本意为石块，后常用来比喻胸中郁积的愤懑不平之气。

[11]宛宛：宛如，仿佛。

[12]陶编修：陶望龄，字周望，号石篑，会稽（今浙江绍兴）人，曾任翰林院编修。

[13]一帙：一函或一册。帙（zhì），包书的布套。

[14]恶楮（chǔ）毛书：形容纸质低劣，装订粗糙。楮：树名，其皮可作纸，故作纸的代称。

[15]烟煤败墨：形容印书的墨质很差。明代印书，多用烟煤和以面粉，代替墨汁，但烟煤容易脱落。

[16]微有字形：形容书上印的字模糊不清。

[17]嘉、隆：嘉靖、隆庆，明中叶的两个年号。

[18]诗道：作诗的规律、主张和方法。荒秽：荒芜。

[19]魇（yǎn）：恶梦。

[20]作书：写信。

[21]首称：首先赞扬。

[22]名公巨匠：指有名声有成就的文人。

[23]浸浸：渐渐。向慕：向往爱慕。

[24]山阴：今浙江绍兴。

[25]大试：指考取举人的乡试（省试），与考取秀才的"小试"相对而言。

[26]胡梅林：胡宗宪，字汝贞，号梅林，曾任浙江巡按御史，升兵部右侍郎总督军务，剿倭有功。

[27]客某：使我受聘为幕僚。某，文长自指。

[28]非时：不按规定的时间。

[29]葛衣乌巾：穿葛布衣服，戴黑色头巾。这都不是正式的官服。

[30]数边兵：明代边防设有九镇，称为九边，此指胡宗宪统帅几镇的兵马平定倭寇。

[31]介胄：盔甲。此指披甲戴盔。

[32]膝语蛇行：跪着说话，像蛇一样匍匐而行。

[33]信心：任意。

[34]会：适逢。

[35]永陵：指嘉靖皇帝。他的墓叫永陵。

[36]疏记：奏疏等公文。

[37]谈兵多中（zhòng）：所论军事谋略大多切中关键。

[38]汪、徐：汪直、徐海，海盗首领，与倭寇勾结作乱于浙江沿海，被胡宗宪设计诱降后诛杀。

[39]以数字驰公：写短简（差人）急送胡总督。

[40]麾下：将帅部下，此代指军营。

[41]股栗：大腿颤抖，形容十分恐惧的样子。

[42]沙门：僧人。负资而秽：依仗有钱财而行为肮脏。

[43]怜：爱惜。

[44]数困：多次参加乡试受挫。

[45]入帘：担任主考官。明代科举考官也叫帘官。

[46]天下才：第一流的人才。

[47]房：科举考试中，协助主考的官员阅卷时各占一房，故称房官。试卷由房官先阅，加上批语后再推荐给主考官。下文可知，徐渭的试卷正好分发在后至知县的房中，胡宗恰巧忘了嘱托他，于是没有被推荐给主考官。

[48]以他羁：因其他事情被拖住。

253

[49]不偶：不成功。偶，与奇（jī）相对，遇合。

[50]有司：官吏，此指试官。

[51]放浪曲蘖：放纵酗酒。曲蘖（qū niè），酿酒发酵剂，代指酒。

[52]穷览：尽览。朔漠：北方荒漠。

[53]托足无门：无处安身。

[54]羁人之寒起：羁旅之人冒寒早起。这两句形容孤独、凄冷的意绪，含有心声自然流露的意思。

[55]放意：心情放纵。

[56]鬼语秋坟：形容境界深幽清冷。

[57]独立一时：在当时杰出而不合群。

[58]奴之：视为奴仆一般，意即看不起。

[59]耻不与交：以和他们结交为耻辱。

[60]乡大夫：官名。春秋时各国设乡大夫，掌管一乡的政教禁令。这里指当地的县令。

[61]阴令：暗地指使。续纸丈余进：把纸连接成一丈多长后奉上。

[62]苦之：使他感到为难。

[63]物无遁情：物的情状没有一毫遗漏。这里所描写的东西的神态表达得淋漓尽致。

[64]作书：写字。

[65]王雅宜：明代书法家王宠，号雅宜山人。文征仲：文征明，字征仲，明中叶的书法家、文学家。

[66]书神：写字时透露出的神采韵味。

[67]八法：书法理论中有"永字八法"之说，此代指书法艺术。散圣：放纵不羁而自成大家。

[68]间：有时。其余：他的余力。

[69]旁溢为花草竹石：指在书法之外又喜绘画。

[70]超逸有致：高远飘逸，富于情致。

[71]张阳和：张元忭，号阳和，徐渭之友，曾任翰林院编修等职。力解：尽力解救。

[72]佯狂：这里是癫狂、狂放之意。

[73]显者：有名声有地位的人。

[74]当道官：在当地掌权的官员。

[75]下隶：地位低贱的人。

[76]被面：满脸。被（pī）：同"披"。

[77]石公：作者之号。

[78]数奇（jī）：命运不好。

[79]囹圄（líng yǔ）：牢狱。

[80]牢骚：忧愁。

[81]间世：隔世，此指不常见。

[82]英主：杰出的君主。

[83]礼数：礼仪的等级。异等：与众不同。

[84]崛起：突出，突显。

[85]芜秽之习：杂乱卑陋的习气，指明代摹拟剽窃的形式主义和拟古文风。

[86]百世而下：几百年以后。

[87]胡为不遇：怎能说是没有遇合。遇，遇合，指施展抱负的机会。

[88]梅客生：梅国桢，字客生，作者的朋友。

[89]这两句意思是：徐文长没有什么不是奇异的，正因为这样，所以一生也就没有什么顺利的。上一个奇："奇异""不寻常"解，最后一个作"数奇（jī）""不顺利"解。

【作者（作品）简介】

袁宏道（1568—1610），字中郎，号石公，湖北公安人，明代文学家。万历二十年（1592）进士，历任吴县知县、国子博士，官至吏部郎中。袁宏道受李卓吾的影响，反对前、后七子的复古主义和形式主义倾向，提倡"性灵说"，强调诗文要"独抒性灵，不拘格套"，在当时文坛产生了很大影响。与其兄宗道、弟中道并称"三袁"，是明代"公安派"代表作家。袁宏道的散文出自胸臆，清新明畅，特别是其传状、书简、序跋和山水游记，大都清丽俊逸，生动活泼，成就较高，有《袁中郎集》。

【作品评析】

本传记以简明的笔调对徐渭其人其事作了生动的描述。传主徐渭，是明代著名的诗人、戏剧家、画家、书法家。他吞吐河山的英雄气概和机智过人的谋略胆识，多方涉猎、无所不精的艺术创作才能，以及清高傲岸、狂放不羁的个性，皆独立一时；而他潦倒终生、忧愤成疾、癫狂到用斧锥自戕以求速死的悲惨命运，在当时也是绝无仅有。

徐渭"雅不与时调合"的性格，科举的不利，终生只是一个秀才，使徐文长成为一个愤世嫉俗的人。"不得志于有司"，社会黑暗使他无法发挥自己的才能，实现理想抱负。因此，《徐文长传》主要叙述的是这样一个怀才不遇的封建时代具有代表性的知识分子，描写他的狂放与悲愤，以及他不惜以生命与世俗相抗衡的悲剧命运。这才是《徐文长传》的主旨。

本传记也是一篇极具艺术魅力的奇文。徐文长死后，名字渐渐为人们所遗忘。作者发现了他，以一篇简短的传记，重振了他这个渐被世间遗忘的天才式人物的声名，这本身就不是一件小事。在写法上，作者吸取了《史记》

等书"以事传人"的长处,又具有自己的特点。作者所记各事,紧扣"奇"字落笔,围绕徐渭"才能奇异""性情奇怪""遭遇奇特"来写,一方面写徐渭的奇才、奇事,突出他在文学艺术和军事上的才华与成就;另一方面则写徐渭的"数奇",刻画他的狂放不羁的性格和敢于蔑视旧传统、旧礼法的行为。全文语言精练,情感真挚深沉,表露出他对徐渭才气的由衷钦佩,对徐渭遭际的深切同情;风格骨力劲健,神气凝聚,体现了作者一贯倡导的"独抒性灵,不拘格套"的文学主张。

【思考与练习】

1.通过了解作者的文学主张,深入分析本文的写作主旨。

2.徐文长是怎样的一个人,本文从哪些方面来刻画他的"奇"的?

圆圆曲[1]

鼎湖当日弃人间[2]，破敌收京下玉关[3]。恸哭六军俱缟素[4]，冲冠一怒为红颜[5]。红颜流落非吾恋[6]，逆贼天亡自荒宴[7]。电扫黄巾定黑山[8]，哭罢君亲再相见[9]。

相见初经田窦家[10]，侯门歌舞出如花[11]。许将戚里箜篌伎[12]，等取将军油壁车[13]。家本姑苏浣花里[14]，圆圆小字娇罗绮[15]。梦向夫差苑里游[16]，宫娥拥入君王起。前身合是采莲人[17]，门前一片横塘水[18]。横塘双桨去如飞，何处豪家强载归[19]？此际岂知非薄命，此时惟有泪沾衣。熏天意气连宫掖[20]，明眸皓齿无人惜。夺归永巷闭良家[21]，教就新声倾坐客[22]。坐客飞觞红日暮，一曲哀弦向谁诉？白晳通侯最少年[23]，拣取花枝屡回顾[24]。早携娇鸟出樊笼，待得银河几时渡[25]？恨杀军书抵死催，苦留后约将人误。

相约恩深相见难，一朝蚁贼满长安[26]。可怜思妇楼头柳[27]，认作天边粉絮看[28]。遍索绿珠围内第[29]，强呼绛树出雕栏[30]。若非壮士全师胜[31]，争得蛾眉匹马还？蛾眉马上传呼进，云鬟不整惊魂定。蜡炬迎来在战场[32]，啼妆满面残红印[33]。专征箫鼓向秦川[34]，金牛道上车千乘[35]。斜谷云深起画楼[36]，散关月落开妆镜[37]。传来消息满江乡[38]，乌桕红经十度霜[39]。教曲伎师怜尚在，浣纱女伴忆同行。旧巢共是衔泥燕，飞上枝头变凤凰。长向尊前悲老大，有人夫婿擅侯王[40]。当时只受声名累[41]，贵戚名豪竞延致。一斛珠连万斛愁[42]，关山漂泊腰肢细。错怨狂风飏落花，无边春色来天地。

尝闻倾国与倾城[43]，翻使周郎受重名[44]。妻子岂应关大计？英雄无奈是多情。全家白骨成灰土[45]，一代红妆照汗青[46]。君不见，馆娃初起鸳鸯宿[47]，越女如花看不足[48]。香径尘生鸟自啼[49]，屧廊人去苔空绿[50]。换羽移宫万里愁[51]，珠歌翠舞古梁州[52]。为君别唱吴宫曲[53]，汉水东南日夜流[54]！

【注释】

[1]选自《吴伟业诗选注》，上海古籍出版社1986年版。陈圆圆：常州武进（今属江苏）人，本姓邢，名沅，字畹芬，小字圆圆。苏州名妓，善歌舞，"秦淮八艳"之一。初曾入宫，后又被放出，为崇祯帝田贵妃父亲田弘遇家所得，后田弘遇将她赠给吴三桂为妾。李自成军攻克北京，陈圆圆被李自成部下大将刘宗敏掳获。吴三桂遂引清军入关，陈圆圆复为吴三桂所得。晚年在云南为女道士，改名寂静，字玉庵。

[2]鼎湖：相传黄帝铸鼎于荆山（今河南阌乡境内）下，鼎成，有龙垂胡须下迎黄帝，黄帝乘龙而去。后世常以"鼎湖"喻帝王崩逝。这里指崇祯皇帝在李自成军队攻入北京后被迫自缢于煤山（今景山）。

[3]破敌：指吴三桂引清兵击败李自成起义军。吴三桂：字长白，武举出身，明末任辽东总兵，封平西伯，驻防山海关。李自成农民起义军攻克北京，他引清兵入关，击败起义军，攻占北京，封平西王。接着又进攻南明所据守的云贵地区，杀明末永历帝。康熙十二年（1673），举兵叛清，十七年，在衡州（今湖南衡阳）称帝，不久病死。玉关：指山海关。

[4]恸（tòng）哭：放声痛哭。缟（gǎo）素：丧服。这里指明朝军队都为崇祯皇帝服丧。

[5]冲冠：怒发冲冠，典出《史记·廉颇蔺相如列传》。红颜：美女，指陈圆圆。

[6]红颜流落：指陈圆圆被刘宗敏所掳获。作者以吴三桂的口吻自我辩解，说举兵南下是为了报国仇家恨，不是为了陈圆圆。

[7]逆贼：指李自成义军。天亡：天意使他们灭亡。荒宴：荒淫享乐。

[8]电扫：形容吴三桂攻击农民起义军的声势。黄巾、黑山：都是东汉末的农民起义军，这里指李自成起义军。

[9]亲：指吴三桂之父吴襄。吴襄初降于李自成，吴三桂引清兵入关，李自成遂杀其全家二十八口。

[10]田窦：田蚡、窦婴，都是西汉得势的外戚，在这里指崇祯帝国丈田弘遇。

[11]侯门：指田弘遇家。如花：像花朵一样美艳。

[12]许：应许。戚里：皇帝亲戚的住所。箜篌伎：弹箜篌的艺伎，指陈圆圆。

[13]将军：指吴三桂。油壁车：亦称油碧车，以油漆涂饰车壁，多供贵妇人乘坐。

[14]姑苏：今江苏苏州。浣花里：借用唐妓女薛涛居浣花溪事，这里借指陈圆圆在苏州的住处，点出其名妓身分。

[15]娇罗绮（qǐ）：长得比罗绮（漂亮的丝织品）还鲜艳美丽。

[16]夫差苑：春秋时吴王夫差的宫苑，在苏州。圆圆梦入吴王苑里，为后文发迹作铺垫。

[17]前身：前生。采莲人：指西施。

[18]横塘：在苏州西南。

[19]豪家：指田弘遇家（另一说是外戚周奎家）。陈圆圆被某权贵从妓院赎出，后献入宫廷。

[20]熏天意气：指田贵妃受到宠爱，权势很大。宫掖（yè）：皇帝后宫。

[21]永巷：宫中长巷，宫女居住的地方。良家：指田弘遇家。

[22]教就新声：这里指陈圆圆重新学会昆腔，以适应京城皇亲国戚座上客的欣赏趣味。陈圆圆从此成为供人取乐的歌伎内心痛苦无法诉说。

[23]白皙通侯：皮肤颜色白净的通侯，指吴三桂。通侯：汉爵位名，是列侯中最高一等。吴三桂遇陈圆圆时年31岁，崇祯帝赐其蟒袍玉带，尚方宝剑，封平西伯。此处写吴三桂风流得志。

[24]拣取花枝：指吴三桂在田家筵席为圆圆声容所动。

[25]银河几时渡：用牛郎织女银河相会的典故，说吴三桂与陈圆圆匆匆离别，赶赴山海关驻防，难料后会之期。

[26]蚁贼：对李自成义军的蔑称。长安：指明代都城北京。

[27]思妇楼头柳：用王昌龄《闺怨》诗典故，喻指圆圆已为良家妇女。

[28]粉絮：白色柳絮，喻指歌伎。

[29]绿珠：西晋石崇爱妾，"美而且艳"。这里喻指陈圆圆。内第：内宅，妇女所住之处。

[30]绛树：汉末著名舞伎。这里喻指陈圆圆。

[31]壮士：指吴三桂。吴三桂追李自成至山西，尚不知圆圆存亡。部将于都城访得，立即飞骑传送。吴三桂结彩楼，列旌旗，箫鼓三十里，亲往迎接。

[32]蜡炬：即蜡烛。此指吴三桂迎归圆圆时的盛大排场。

[33]残红印：脸上的胭脂被泪水留下乱痕。

[34]专征：指军事上独当一面，自己掌握征伐大权，不必奉行皇帝的命令。指吴三桂以平西王身份追击起义军去陕西。秦川：关中别名，指陕西汉中一带。

[35]金牛道：汉中入川的古栈道。

[36]斜谷：陕西地名，在陕西郿县西褒斜谷东口。画楼：雕饰华丽的楼房。

[37]散关：即大散关，在陕西宝鸡西南大散岭上。妆镜：梳妆的镜子。

[38]江乡：水乡，指长江边的苏州。"传来消息"以下八句写圆圆家乡人的感叹。

261

[39]乌桕：树名，深秋时叶变红。十度霜：十个年头。陈圆圆富贵的消息传到苏州，已是她离开苏州十年之后了。

[40]有人：指陈圆圆。擅侯王：封为侯王的爵位。

[41]声名累：圆圆因受声名之累，不断漂泊，以致腰肢瘦损，岂料得大富贵。"当时"六句：写圆圆自身感受。

[42]一斛珠：形容圆圆当年身价之高。万斛愁：形容愁恨之深。这句的意思是贵门豪家虽然能以一斛明珠来结欢陈圆圆，但并不能使她快乐；而不断的漂泊，更使她痛苦非常，以致腰肢瘦损。

[43]倾国倾城：形容极其美貌的女子。典出《汉书·李夫人传》："北方有佳人，绝世而独立。一顾倾人城，再顾倾人国。"

[44]周郎：三国时的周瑜，青年时就为吴国名将，人称"周郎"，他娶了著名美女小乔为妻。这里用来讥讽吴三桂为圆圆引清兵入关，却由此获得为明复仇的重名。

[45]全家白骨成灰土：指李自成因为兵败而怒杀吴襄全家。

[46]一代红妆：指陈圆圆。照汗青：名留史册。汗青：史册，古代用竹简记事，先火之使汗以便书写，故曰汗青。

[47]馆娃：吴王夫差宠爱西施，为其筑建馆娃宫。这里用夫差宠爱西施的故事，暗示吴三桂和陈圆圆的恩爱富贵也绝不会长久。

[48]越女：指西施，此处喻陈圆圆。

[49]香径：即采香径。

[50]屟（xiè）廊：即响屟廊。传说吴王为西施所筑，吴王让西施穿木屟走过以发出声响来倾听。屟廊长青苔，一片荒凉，暗示吴三桂也不会有好结果。

[51]换羽移宫：以音调变化比喻人事变迁，这里指改朝换代。羽、宫：不同音调。万里愁：指明朝灭亡，举国悲愁。

[52]珠歌翠舞：指吴三桂沉浸于声色之中。古梁州：指南郑，吴三桂在此建藩王府第。

[53]别唱：另唱。吴宫曲：咏叹吴宫盛衰的歌曲，此指《圆圆曲》。

[54]汉水：南郑临着汉水。此句暗喻吴三桂纵情声色，多行不义，功名富贵必不能长久。

【作者（作品）简介】

吴伟业（1609—1671），字骏公，号梅村，江苏太仓人。明崇祯进士，历任翰林编修、官国子监司业等，参加过复社。清顺治十年（1653），被迫赴京出仕，官国子监祭酒，三年后奔母丧南归而，从此弃官归隐故里直至辞世。梅村生当乱世，又数次置身政治漩涡，忧惧感慨，多发于诗，与钱谦益、龚鼎孳并称"江左三大家"。他是娄东诗派的开创者，其诗多写哀时伤事的题材，富于时代感；诗句多激楚苍凉，风骨傲然，长于叙事，立言巧妙，七言歌行尤佳，取法唐诗而不墨守成规，自成一体，世称"梅村体"。其词凄怆慷慨，颇有辛弃疾之风。著有《梅村家藏稿》《梅村诗余》等。

【作品评析】

《圆圆曲》是一首具有"史诗"之誉的七言歌行体诗作。通过明末清初名妓陈圆圆与吴三桂聚散离合的故事，用高度概括的艺术手法，婉转多姿地再现了明清换代之际，一系列重大的波诡云谲的历史事件，委婉曲折地谴责了吴三桂为一己之私、不顾民族大义而引清兵入关的行为。全诗巧妙地将吴三桂、陈圆圆与吴王夫差、西施联系起来,运用不少史书典故入诗,从而使诗作笼罩了一种深沉的历史感。

《圆圆曲》的主旨比较复杂,有对陈圆圆人生沉浮的同情,有对命运难测的慨叹,有对吴三桂挟私自专、失节降清的嘲讽。诗中有关吴三桂的措辞隐约闪烁,似乎婉曲的嘲讽中又带有同情。"恸哭六军俱缟素,冲冠一怒为红颜";"妻子岂应关大计,英雄无奈是多情。全家白骨成灰土,一代红妆照汗青",这些诗句写出了吴三桂的悲剧性处境:他不能忍受所爱之人被人强占的耻辱,作出与李自成为敌的决定,而由此付出的代价,是包括父亲在内的全家的毁灭。在这首诗中,作者指出,人处在历史造成的困境中,往往无法做出两全的选择,不能不承担悲剧的命运。这同时包含了诗人自身的人生体验,寄托了自己在那"天崩地解"的时代对人生、对命运的感慨。也正因此,这首《圆圆曲》写得扑朔迷离,百感交加,极富艺术魅力。

这首七言歌行诗在文学史上的地位主要取决于它的艺术成就,即结构布局巧妙,用典自然贴切,语言富丽工巧。首先,在叙事方面它突破了古代叙事诗单线平铺的格局,采用双线交叉、纵向起伏、横向对照的叙述方法。诗人巧妙地用倒叙起笔,一开始就将主人公的命运与国家民族命运连在一起,全诗以吴三桂降清为主线,以"红颜"陈圆圆坎坷的身世际遇为副线,围绕"冲冠一怒为红颜",通过倒叙、夹叙、追叙等方法,有条不紊地述说了吴、陈相遇、相悦、定情携归、离别的曲折历程,将当时重大的政治、军事事件连接起来,做到了开阖自如,曲折有致。其次,本诗善于用典。从大处而言,夫差、西施之典贯穿全篇,小处而言,薛涛、绿珠、绛树、周郎随处皆是。诗的语言晓畅,艳丽多彩,且富于音乐的节奏。而顶针手法的熟练运用,不仅增强了语言的音乐美,而且使叙事如串珠相连,自然而洒脱。此外对照手法的运用也很有特色。

【思考与练习】

1.简析本诗的复杂主旨，今天我们如何评价吴三桂这一历史人物？

2.本诗在结构和用典方面有何特点，夫差的典故在诗中有何寓意？

阿　宝[1]

粤西孙子楚[2]，名士也。生有枝指[3]。性迂讷[4]，人诳之，辄信为真。或值座有歌妓，则必遥望却走。或知其然，诱之来，使妓狎逼之，则赪颜彻颈[5]，汗珠珠下滴。因共为笑。遂貌其呆状[6]，相邮传作丑语[7]，而名之"孙痴"。

邑大贾某翁[8]，与王侯埒富[9]。姻戚皆贵胄。有女阿宝，绝色也。日择良匹，大家儿争委禽妆[10]，皆不当翁意。生时失俪[11]，有戏之者，劝其通媒。生殊不自揣，果从其教。翁素耳其名，而贫之。媒媪将出，适遇宝，问之，以告。女戏曰："渠去其枝指[12]，余当归之[13]。"媪告生。生曰："不难。"媒去，生以斧自断其指，大痛彻心，血益倾注，滨死。过数日，始能起，往见媒而示之。媪惊。奔告女。女亦奇之，戏请再去其痴。生闻而哗辨，自谓不痴；然无由见而自剖。转念阿宝未必美如天人，何遂高自位置如此[14]？由是曩念顿冷。

会值清明，俗于是日，妇女出游，轻薄少年，亦结队随行，恣其月旦[15]。有同社数人，强邀生去。或嘲之曰："莫欲一观可人否[16]？"生亦知其戏己；然以受女揶揄故[17]，亦思一见其人，忻然随众物色之[18]。遥见有女子憩树下，恶少年环如墙堵。众曰："此必阿宝也。"趋之，果宝也。审谛之，娟丽无双。少顷，人益稠。女起，遽去。众情颠倒，品头题足，纷纷若狂。生独默然。及众他适，回视，生犹痴立故所，呼之不应。群曳之曰："魂随阿宝去耶？"亦不答。众以其素讷，故不为怪，或推之、或挽之以归。至家，直上床卧，终日不起，冥如醉，唤之不醒。家人疑其失魂，招于旷野[19]，莫能效。强拍问之，则蒙眬应云："我在阿宝家。"及细诘之，又默不语。家人惶惑莫解。初，生见女去，意不忍舍，觉身已从之行，渐傍其衿带间，人无呵者。遂从女归，坐卧依之，夜辄与狎[20]，甚相得[21]；然觉腹中奇馁[22]，思欲一返家门，而迷不知路。女每梦与人交[23]，问其名，曰："我孙子楚也。"心异之，而不可以告人。生卧三日，气休休若将渐灭[24]。家人大恐，托人婉告翁，欲一招魂其家。翁笑曰："平昔不相往还，何由遗魂吾家？"家人固哀之，翁始允。巫执故服、草荐以往[25]。女诘得其故，骇极，不听他往，直导入室，任招呼而去。巫归至门，生榻上已呻。既醒，女室之香奁什具，何色何名，历言不爽[26]。女闻之，益骇，阴感其情之深。

生既离床寝，坐立凝思，忽忽若忘。每伺察阿宝，希幸一再遘之。浴佛节[27]，闻将降香水月寺，遂早旦往候道左，目眩睛劳。日涉午，女始至，自车中窥见生，以搀手搴帘[28]，凝睇不转。生益动，尾从之。女忽命青衣来诘姓字[29]。生殷勤自展，魂益摇。车去，始归。归复病，冥然绝食，梦中辄呼宝名。每自恨魂不复灵。家旧养一鹦鹉，忽毙，小儿持弄于床。生自念：倘得身为鹦鹉，振翼可达女室。心方注想，身已翩然鹦鹉，遽飞而去，直达宝所。女喜而扑之，锁其肘，饲以麻子。大呼曰："姐姐勿锁！我孙子楚也！"女大骇，解其缚，亦不去。女祝曰："深情已篆中心[30]。今已人禽异类，姻好何可复圆？"鸟云："得近芳泽，于愿已足。"他人饲之，不食；女自饲之，则食。女坐，则集其膝；卧，则依其床。如是三日。女甚怜之，阴使人瞷生[31]，生则僵卧，气绝已三日，但心头未冰耳。女又祝曰："君能复为人，当誓死相从。"鸟云："诳我！"女乃自矢。鸟侧目若有所思。少间，女束双弯[32]，解履床下，鹦鹉骤下，衔履飞去。女急呼之，飞已远矣。女使妪往探，则生已寤。家人见鹦鹉衔绣履来，堕地死，方共异之。生既苏，即索履。众莫知故。适妪至，入视生，问履所在。生曰："是阿宝信誓物。借口相覆：

小生不忘金诺也[33]。"妪反命。女益奇之，故使婢泄其情于母。母审之确，乃曰："此子才名亦不恶，但有相如之贫[34]。择数年得婿若此，恐将为显者笑[35]。"女以履故，矢不他[36]。翁媪从之。驰报生。生喜，疾顿瘳[37]。翁议赘诸家。女曰："婿不可久处岳家。况郎又贫，久益为人贱。儿既诺之，处蓬茅而甘藜藿[38]，不怨也。"生乃亲迎成礼[39]，相逢如隔世欢。

自是家得奁妆，小阜[40]，颇增物产。而生痴于书，不知理家人生业；女善居积，亦不以他事累生。居三年，家益富。生忽病消渴[41]，卒。女哭之痛，泪眼不晴，至绝眠食。劝之不纳，乘夜自经[42]。婢觉之，急救而醒，终亦不食。三日，集亲党，将以殓生。闻棺中呻以息，启之，已复活。自言："见冥王，以生平朴诚，命作部曹[43]。忽有人白：'孙部曹之妻将至。'王稽鬼录，言：'此未应便死。'又白：'不食三日矣。'王顾谓：'感汝妻节义，姑赐再生。'因使驭卒控马送余还。"由此体渐平[44]。值岁大比[45]，入闱之前[46]，诸少年玩弄之，共拟隐僻之题七，引生僻处与语，言："此某家关节[47]，敬秘相授。"生信之，昼夜揣摩，制成七艺[48]。众隐笑之。时典试者虑熟题有蹈袭弊[49]，力反常经[50]。题纸下，七艺皆符。生以是抡魁[51]。明年，举进士，授词林[52]。上闻异，召问之。生具启奏。上大嘉悦。后召见阿宝；赏赉有加焉[53]。

异史氏曰："性痴则其志凝[54]，故书痴者文必工[55]，艺痴者技必良[56]；世之落拓而无成者[57]，皆自谓不痴者也。且如粉花荡产[58]，卢雉倾家[59]，顾痴人事哉[60]，以是知慧黠而过[61]，乃是真痴[62]，彼孙子何痴乎[63]！"

【注释】

[1]选自《聊斋志异选讲》，河南人民出版社1981年版。

[2]粤西：今广西一带。粤，古百粤之地，辖今广东、广西地区。

[3]枝（qí）指：歧指，骈指。俗称"六指"。

[4]迂讷（nè）：迂阔，不善于说话。

[5]赪（chēng）颜：脸红。赪，红色。

[6]貌：形容，描述。呆状：呆傻的样子。

[7]相邮传作丑语：互相传扬，当作丑话。邮传，古时传递文书的驿站，此指传播。

[8]邑：旧指县。大贾（gǔ）：大商人。

[9]埒（liè）富：同样富有。埒，相等。

[10]委禽妆：送聘礼，这里是求婚的意思。委，送。禽，指雁。古时订婚的彩礼用雁，故以"禽妆"代指彩礼。

[11]失俪（lì）：丧妻。

[12]渠：他。去：去掉。

[13]归之：嫁给他。古时女子出嫁曰归。

[14]高自位置：存心抬高自己的身份、地位。

[15]恣其月旦：肆意评论。东汉许劭与其堂兄许靖，喜欢在一起评论本地人物，每月换一次，称为月旦评。后来就用作品评人物的通称。

[16]可人：意中人。

[17]揶揄（yé yú）：嘲笑、戏弄。

[18]忻（xīn）然：高兴的样子。

[19]招：招魂。

[20]狎（xiá）：亲近。

[21]相得：互相投合，比喻相处得很好。

[22]奇馁（něi）：非常饿。

[23]梦与人交：性梦。一种无意识或潜意识的性心理活动。

[24]休休（xū xū 嘘嘘）：同"咻咻"，喘气声，将要断气的样子。澌灭：停止；尽。

[25]故服、草荐：平日穿的衣服和卧席，均是招魂的迷信用具。

[26]历言不爽：一一说来，毫无差错。

[27]浴佛节：即释迦牟尼诞辰纪念日，在农历四月初八日。佛寺届时举行诵经法会，并根据佛降生时龙喷香雨的传说，以各种名香浸水浴洗佛像，并供养香花灯烛茶果珍馐。

[28]掺（xiān）手：指女子纤美的手。语出《诗·魏风·葛屦》："掺掺女手，可以缝裳。"掺：纤细。搴（qiān）：通"褰"，撩起，掀开。

[29]青衣：这里指丫鬟。自汉以后以青衣为卑贱者之服，故称婢为"青衣"。

[30]已篆中心：深记于内心。篆，铭刻。

[31]瞷（jiàn）：看视。

[32]束双弯：指缠足。

[33]金诺：对别人诺言的敬称。金，表示珍贵。

[34]相如之贫：喻贫穷而有才华。汉代司马相如有才名，得富家之女卓文君为妻，因贫寒夫妇卖酒为生，卓父嫌憎相如贫穷。事见《史记·司马相如列传》。

[35]显者：显贵的人家。

[36]矢：立誓、发誓。

[37]瘳（chōu）：病愈。

[38]处蓬茅而甘藜藿：住茅舍，吃野菜，都甘心情愿。蓬茅，茅屋。甘，乐意。藜藿，野菜，指粗茶淡饭。

[39]亲迎：古婚礼之一，新婿亲至女家迎娶，见《仪礼·士昏礼》。《清通礼》："迎亲日，婿公服率仪从、妇舆等至女家。奠雁毕，乘马先竣于门。妇至，降舆，婿引导入室，行交拜合卺礼。"

[40]小阜（fù）：小康，稍稍富裕。阜，多，盛。

[41]病消渴：患糖尿病。

[42]自经：上吊自杀。

[43]部曹：此指冥府某部属官。

[44]平：平复，指糖尿病痊愈。

[45]大比：明清两代每三年举行一次乡试，称"大比"。

[46]入闱：这里指参加科举考试。

[47]关节：应试者行贿主考谋求考中，称"关节"。这里指贿买得到的试题。

[48]七艺：此指七篇应试文章。乡试初场考试有七道试题，包括"四书"义三道，"五经"义四道。

[49]典试者：主考官员。典，掌管。

[50]力反常经：极力打破常规。经，常道。

[51]抡魁：选为第一。抡，选拔。魁，首，指榜首。

[52]授词林：授官翰林。词林，即翰林。明初建翰林院，额曰"词林"，故以之为翰林院的别称。

[53]赏赉（lài）：赏赐。

[54]性痴：这里指秉性专一、执着。志凝：志向坚定不移。

[55]书痴者文必工：痴迷于读书的人，文章一定很出色。痴，痴迷，极度迷恋。工，善于，出色。

[56]艺痴者技必良：痴迷于技艺的人，技术一定很娴熟。良，好。这里指娴熟。

[57]落拓：落魄、失意。

[58]粉花荡产：因好女色荡尽产业。粉花，脂粉烟花，指女色。

[59]卢雉倾家：因好赌博用尽家产。卢雉，赌具。骰（tóu）：一般叫色子，全黑的为卢，白色的为雉，卢和雉都是古代博戏中的胜彩。

271

[60]顾痴人事哉：难道是痴呆的人干的事情？顾，反诘词，难道是。事，干，做。

[61]慧黠（huì xiá）：指聪慧而狡猾。过：过头。

[62]真痴：真正的痴呆。

[63]孙子：孙子楚。何痴：哪里痴呆。

【作者（作品）简介】

蒲松龄（1640—1715），字留仙，号剑臣，别号柳泉居士，自称异史氏，世称聊斋先生，山东淄川（今淄博）人。生于一个逐渐败落的中小地主兼商人家庭。19岁应童子试，接连考取县、府、道三个第一，名震一时，补博士弟子员。以后屡试不第，直至71岁时才成岁贡生。为生活所迫，只得作幕宾、塾师为生。他生当明清易代的乱世，贫困和黑暗的社会现实造就了他"孤愤""狂痴"的人生态度，表现在他创作的短篇小说集《聊斋志异》中。其诗、文、俗曲等作品今汇编为《蒲松龄集》。

《聊斋志异》近五百篇作品，以二十余年的时间写成，综合了六朝志怪与唐传奇之长，通过谈狐说鬼方式，曲折地批判社会，表达理想，是中国古代短篇文言小说的顶峰之作。《聊斋志异》书成后，蒲松龄因家贫无力印行，同乡好友王士禛十分推重蒲松龄，以为奇才，并为《聊斋志异》题诗："姑妄言之姑听之，豆棚瓜架雨如丝。料应厌作人间语，爱听秋坟鬼唱诗。"至清乾隆三十一年（1766）方刊刻行世。郭沫若曾这样评价："写鬼写妖高人一等，刺贪刺虐入骨三分。"

【作品评析】

《聊斋志异》在暴露社会黑暗，鞭挞贪官污吏，抨击科举制度的同时，也表达了对善良人民的同情，反映了青年男女追求真挚的爱情、冲破封建婚姻制度樊笼的果敢无畏。本篇对孙子楚有悖于世俗的"痴"的赞美，实际上也是作者不满于黑暗现实的那种"孤愤""狂痴"的人生态度的反映。

本篇主要写粤西名士孙子楚由于情痴和书痴，终于婚姻和功名上，圆满地实现了自己的愿望。本篇最动人心魄的是贯注全篇的那种炽烈的情感和跌宕起伏的情节：小说的前半部极写书生孙子楚的"痴情"，如断指明志——魂随阿宝——身变鹦鹉，历尽曲折，精诚所至，终结良缘。后半部则主要写阿宝重情，她虽出身富家，却不嫌贫爱富，为子楚真情所感动，以痴报痴，而且在子楚病故后，痛不欲生，终于使感动冥王让丈夫复活。他们纯洁真挚的爱情值得歌颂，他们冲破世俗罗网、追求幸福生活的执着精神令人钦敬。

本篇具有深刻的思想内涵，主要体现在两方面：其一，作品中提出了崭新的爱情观：鼓吹"真心""至情"，宣扬"知己之爱"，生死相依。笔笔写"痴"，字字关"情"。文中具有的民主思想性，至今仍有教育意义。其二，哲理深刻。由于作品不无夸张地描写孙子楚之"痴"，且与其命运、遭际联系起来，于是便隐含有对"痴""拙"与"慧""巧"两种不同人生态度的反思。结尾处"异史氏曰"提出"性痴则其志凝，故书痴者文必工，艺痴者技必良。"哲理意味相当明显。

【思考与练习】

1. 孙子楚的"痴"对其爱情及命运产生了哪些影响？作者是怎样描写的？
2. 阿宝的感情变化过程合理否，作者在她的身上表达了怎样的婚恋观？
3. 请谈谈你对"异史氏曰"这段话的理解。

第七章 现当代文学

断魂枪[1]

"生命是闹着玩,事事显出如此;从前我这么想过,现在我懂得了。"

沙子龙的镖局[2]已改成客栈。

东方的大梦没法子不醒了。炮声压下去马来与印度野林中的虎啸。半醒的人们,揉着眼,祷告着祖先与神灵;不大会儿,失去了国土、自由与主权。门外立着不同面色的人,枪口还热着。他们的长矛毒弩,花蛇斑彩的厚盾,都有什么用呢;连祖先与祖先所信的神明全不灵了啊!龙旗的中国也不再神秘,有了火车呀,穿坟过墓的破坏着风水。枣红色多穗的镖旗,绿鲨皮鞘的钢刀,响着串铃的口马[3],江湖上的智慧与黑话,义气与声名,连沙子龙,他的武艺、事业,都梦似的变成昨夜的。今天是火车、快枪,通商与恐怖。听说,有人还要杀下皇帝的头呢!

这是走镖[4]已没有饭吃,而国术[5]还没被革命党与教育家提倡起来的时候。

谁不晓得沙子龙是短瘦、利落、硬棒,两眼明得像霜夜的大星?可是,现在他身上放了肉。镖局改了客栈,他自己在后小院占着三间北房,大枪立在墙角，院子里有几只楼鸽。只是在夜间，他把小院的门关好，熟习熟习他的"五虎断魂枪"。这条枪与这套枪，二十年的工夫，在西北一带，给他创出来"神枪沙子龙"五个字，没遇见过敌手。现在，这条枪与这套枪不会再替他增光显胜了；只是摸摸这凉、滑、硬而发颤的杆子，使他心中少难过一些而已。只有在夜间独自拿起枪来，才能相信自己还是"神枪沙"。在白天，他不大谈武艺与往事；他的世界已被狂风吹了走。

在他手下创练起来的少年们还时常来找他。他们大多数是没落子弟，都有点武艺，可是没地方去用。有的在庙会上去卖艺：踢两趟腿，练套家伙，翻几个跟头，附带着卖点大力丸，混个三吊两吊的。有的实在闲不起了，去弄筐果子，或挑些毛豆角，赶早儿在街上论斤吆喝出去。那时候，米贱肉贱，肯卖膀子力气本来可以混个肚儿圆；他们可是不成：肚量既大，而且得吃口管事儿的；干饽饽、辣饼子咽不下去。况且他们还时常去走会：五虎棍，开路，太狮少狮……虽然算不了什么——比起走镖来——可是到底有个机会活动活动，露露脸。是的，走会捧场是买脸的事，他们打扮得像个样儿，至少得有条青洋绉裤子，新漂白细市布的小褂，和一双鱼鳞靸鞋——顶好是青缎子抓地虎靴子。他们是神枪沙子龙的徒弟——虽然沙子龙并不承认——得到处露脸，走会得赔上俩钱，说不定还得打场架。没钱，上沙老师那里去求。沙老师不含糊，多少不拘，不让他们空着手儿走。可是，为打架或献技去讨教一个招数，或是请给说个"对子"——什么空手夺刀，或虎头钩进枪——沙老师有时说句笑话，马虎过去："教什么？拿开水浇吧！"有时直接把他们赶出去。他们不大明白沙老师是怎么了，心中也有点不乐意。

可是，他们到处为沙老师吹腾，一来是愿意使人知道他们的武艺有真传授，受过高人的指教；二来是为激动沙老师：万一有人不服气而找上老师来，老师难道还不露一两手真的么？所以，沙老师一拳就砸倒了个牛！沙老师一脚把人踢到房上去，并没使多大的劲！他们谁也没见过这种事，但是说着说着，他们相信这是真的了，有年月，有地方，千真万确，敢起誓！

王三胜——沙子龙的大伙计——在土地庙拉开了场子，摆好了家伙。抹了一鼻子茶叶末色的鼻烟，他抢了几下竹节钢鞭，把场子打大一些。放下鞭，没向四围作揖，叉着腰念了两句："脚踢天下好汉，拳打五路英雄！"向四围扫了一眼："乡亲们，王三胜不是卖艺的；玩艺儿会几套，西北路上走过镖，会过绿林中的朋友。现在闲着没事，拉个场子陪诸位玩玩。有爱练的尽管下来，王三胜以武会友，有赏脸的，我陪着。神枪沙子龙是我的师傅；玩艺地道！诸位，有愿下来的没有？"他看着，准知道没人敢下来，他的话硬，可是那条钢鞭更硬，十八斤重。

王三胜，大个子，一脸横肉，努着对大黑眼珠，看着四围。大家不出声。他脱了小褂，紧了紧深月白色的"腰里硬"，把肚子杀进去，给手心一口唾沫，抄起大刀来：

"诸位，王三胜先练趟瞧瞧。不白练，练完了，带着的扔几个；没钱，给喊个好，助助威。这儿没生意口。好，上眼[6]！"

大刀靠了身，眼珠努出多高，脸上绷紧，胸脯子鼓出，像两块老桦木根子。一跺脚，刀横起，大红缨子在肩前摆动。削砍劈拨，蹲越闪转，手起风生，忽忽直响。忽然刀在右手心上旋转，身弯下去，四围鸦雀无声，只有缨铃轻叫。刀顺过来，猛的一个"踩泥"，身子直挺，比众人高着一头，黑塔似的。收了势："诸位！"一手持刀，一手叉腰，看着四围。稀稀的扔下几个铜钱，他点点头。"诸位！" 他等着，等着，地上依旧是那几个亮而削薄的铜钱，外层的人偷偷散去。他咽了口气："没人懂！"他低声的说，可是大家全听见了。

"有功夫！"西北角上一个黄胡子老头儿答了话。

"啊？"王三胜好似没听明白。

"我说：你——有——功——夫！"老头子的语气很不得人心。

放下大刀，王三胜随着大家的头往西北看。谁也没看重这个老人：小干巴个儿，披着件粗蓝布大衫，脸上窝窝瘪瘪，眼陷进去很深，嘴上几根细黄胡，肩上扛着条小黄草辫子，有筷子那么细，而绝对不像筷子那么直顺。王三胜可是看出这老家伙有功夫，脑门亮，眼睛亮——眼眶虽深，眼珠可黑得像两口小井，深深的闪着黑光。王三胜不怕：他看得出别人有功夫没有，可更相信自己的本事，他是沙子龙手下的大将。

"下来玩玩，大叔！"王三胜说得很得体。

点点头，老头儿往里走。这一走，四外全笑了。他的胳臂不大动；左脚往前迈，右脚随着拉上来，一步步的往前拉扯，身子整着，像是患过瘫痪病。蹭到场中，把大衫扔在地上，一点没理会四围怎样笑他。

"神枪沙子龙的徒弟，你说？好，让你使枪吧；我呢？"老头子非常的干脆，很像久想动手。

人们全回来了，邻场耍狗熊的无论怎么敲锣也不中用了。

"三截棍进枪吧？"王三胜要看老头子一手，三截棍不是随便就拿得起来的家伙。

老头子又点点头，拾起家伙来。

王三胜努着眼，抖着枪，脸上十分难看。

老头子的黑眼珠更深更小了，像两个香火头，随着面前的枪尖儿转，王三胜忽然觉得不舒服，那俩黑眼珠似乎要把枪尖吸进去！四外已围得风雨不

277

透，大家都觉出老头子确是有威。为躲那对眼睛，王三胜耍了个枪花。老头子的黄胡子一动："请！"王三胜一扣枪，向前躬步，枪尖奔了老头子的喉头去，枪缨打了一个红旋。老人的身子忽然活展了，将身微偏，让过枪尖，前把一挂，后把撩王三胜的手。拍，拍，两响，王三胜的枪撒了手。场外叫了好。王三胜连脸带胸口全紫了，抄起枪来；一个花子，连枪带人滚了过来，枪尖奔了老人的中部。老头子的眼亮得发着黑光；腿轻轻一屈，下把掩裆，上把打着刚要抽回的枪杆；拍，枪又落在地上。

场外又是一片彩声。王三胜流了汗，不再去拾枪，努着眼，木在那里。老头子扔下家伙，拾起大衫，还是拉拉着腿，可是走得很快了。大衫搭在臂上，他过来拍了王三胜一下："还得练哪，伙计！"

"别走！"王三胜擦着汗："你不离，姓王的服了！可有一样，你敢会会沙老师？"

"就是为会他才来的！"老头子的干巴脸上皱起点来，似乎是笑呢。"走；收了吧；晚饭我请！"

王三胜把兵器拢在一处，寄放在变戏法二麻子那里，陪着老头子往庙外走。后面跟着不少人，他把他们骂散了。

"你老贵姓？"他问。

"姓孙哪，"老头子的话与人一样，都那么干巴。"爱练；久想会会沙子龙。"

沙子龙不把你打扁了！王三胜心里说。他脚底下加了劲，可是没把孙老头落下。他看出来，老头子的腿是老走着查拳[7]门中的连跳步；交起手来，必定很快。但是，无论他怎么快，沙子龙是没对手的。准知道孙老头要吃亏，他心中痛快了些，放慢了些脚步。

"孙大叔贵处？"

"河间的，小地方。"孙老者也和气了些："月棍年刀一辈子枪，不容易见功夫！说真的，你那两手就不坏！"

王三胜头上的汗又回来了，没言语。

到了客栈，他心中直跳，唯恐沙老师不在家，他急于报仇。他知道老师不爱管这种事，师弟们已碰过不少回钉子，可是他相信这回必定行，他是大伙计，不比那些毛孩子；再说，人家在庙会上点名叫阵，沙老师还能丢这个脸么？

"三胜，"沙子龙正在床上看着本《封神榜》，"有事吗？"

三胜的脸又紫了，嘴唇动着，说不出话来。

沙子龙坐起来，"怎么了，三胜？"

"栽了跟头！"

只打了个不甚长的哈欠，沙老师没别的表示。

王三胜心中不平，但是不敢发作；他得激动老师："姓孙的一个老头儿，门外等着老师呢；把我的枪，枪，打掉了两次！"他知道"枪"字在老师心中有多大分量。没等吩咐，他慌忙跑出去。

客人进来，沙子龙在外间屋等着呢。彼此拱手坐下，他叫三胜去泡茶。三胜希望两个老人立刻交了手，可是不能不沏茶去。孙老者没话讲，用深藏着的眼睛打量沙子龙。沙很客气：

"要是三胜得罪了你，不用理他，年纪还轻。"

孙老者有些失望，可也看出沙子龙的精明。他不知怎样好了，不能拿一个人的精明断定他的武艺。"我来领教领教枪法！"他不由地说出来。

沙子龙没接碴儿。王三胜提着茶壶走进来——急于看二人动手，他没管水开了没有，就沏在壶中。

"三胜，"沙子龙拿起个茶碗来，"去找小顺们去，天汇见，陪孙老者吃饭。"

"什么！"王三胜的眼珠几乎掉出来。看了看沙老师的脸，他敢怒而不敢言地说了声"是啦！"走出去，撅着大嘴。

"教徒弟不易！"孙老者说。

"我没收过徒弟。走吧，这个水不开！茶馆去喝，喝饿了就吃。"沙子龙从桌子上拿起缎子褡裢，一头装着鼻烟壶，一头装着点钱，挂在腰带上。

"不，我还不饿！"孙老者很坚决，两个"不"字把小辫从肩上抡到后边去。

"说会子话儿。"

"我来为领教领教枪法。"

"功夫早搁下了，"沙子龙指着身上，"已经放了肉！"

"这么办也行，"孙老者深深的看了沙老师一眼："不比武，教给我那趟五虎断魂枪。"

"五虎断魂枪？"沙子龙笑了："早忘干净了！早忘干净了！告诉你，在我这儿住几天，咱们各处逛逛，临走，多少送点盘缠。"

"我不逛，也用不着钱，我来学艺！"孙老者立起来，"我练趟给你看看，看够得上学艺不够！"一屈腰已到了院中，把楼鸽都吓飞起去。拉开架子，他打了趟查拳：腿快，手飘洒，一个飞脚起去，小辫儿飘在空中，像从天上落下来一个风筝；快之中，每个架子都摆得稳、准、利落；来回六趟，把院子满都打到，走得圆，接得紧，身子在一处，而精神贯串到四面八方。抱拳收势，身儿缩紧，好似满院乱飞的燕子忽然归了巢。

"好！好！"沙子龙在台阶上点着头喊。

"教给我那趟枪！"孙老者抱了抱拳。

沙子龙下了台阶，也抱着拳："孙老者，说真的吧；那条枪和那套枪都跟我入棺材，一齐入棺材！"

"不传？"

"不传！"

孙老者的胡子嘴动了半天，没说出什么来。到屋里抄起蓝布大衫，拉拉着腿："打搅了，再会！"

"吃过饭走！"沙子龙说。

孙老者没言语。

沙子龙把客人送到小门，然后回到屋中，对着墙角立着的大枪点了点头。

他独自上了天汇，怕是王三胜们在那里等着。他们都没有去。

王三胜和小顺们都不敢再到土地庙去卖艺，大家谁也不再为沙子龙吹腾；反之，他们说沙子龙栽了跟头，不敢和个老头儿动手；那个老头子一脚能踢死个牛。不要说王三胜输给他，沙子龙也不是他"个儿"。不过呢，王三胜到底和老头子见了个高低，而沙子龙连句硬话也没敢说。"神枪沙子龙"慢慢似乎被人们忘了。

夜静人稀，沙子龙关好了小门，一气把六十四枪刺下来；而后，挂着枪，望着天上的群星，想起当年在野店荒林的威风。叹一口气，用手指慢慢摸着凉滑的枪身，又微微一笑，"不传！不传！"

【注释】

[1]选自《老舍文集》第八卷，人民文学出版社1985年版。

[2]镖局：同"镖局"。

[3]口马：张家口出产的马。

[4]走镖：旧谓保镖者护送人或货物。

[5]国术：指中国的武术。

[6]上眼：请观众注意看。

[7]查（zhā）拳：武术拳种之一，据传始创于明代回族人查尚义。

【作者（作品）简介】

老舍（1899—1966），原名舒庆春，字舍予，笔名老舍。满族，北京人。现代著名的小说家、戏剧家。1918年毕业于北京师范学校，曾任小学校长。1924年赴英国伦敦大学东方学院任汉语教师，开始从事文学创作。1930年回国后曾在齐鲁大学、山东大学任教授。抗战期间，在重庆中华全国文艺界抗敌协会任理事兼总务部主任。1946年赴美讲学，1949年回国。曾任全国文联副主席，全国作协副主席，北京市文联主席等职。老舍的作品充满着地域文化色彩，被称为"京味"十足的"市井文学"。城市平民生活的题材，加上富有悲喜剧色彩的情节和幽默的语言，使得他的小说和戏剧深得读者的欢迎。长篇小说代表作有《骆驼样子》《四世同堂》，中篇小说代表作有《月牙儿》，短篇小说代表作有《断魂枪》，话剧代表作有《茶馆》等。

【作品评析】

《断魂枪》发表于1935年，是老舍短篇小说的扛鼎之作。《断魂枪》的时代背景是晚清时期剧烈变迁的中国现代社会。随着西方文明的发达，帝国主义列强以坚船利炮打开了中国的大门，中国迅速沦为半封建半殖民地社会。资本主义的物质文明与思想文化,一方面猛烈冲击着古老中国的传统文明并逐渐被西方文明所取代,"龙旗的中国也不再神秘"。另一方面,一部分中国人,却还做"东方的大梦"闭目塞听。小说通过沙子龙这一人物形象,揭示了中国社会从传统向现代文明转型过程中作者的矛盾心理,表现了在新旧交替的社会大转型时期,人们在对待传统文化时的那种既感觉无用武之地又难以割舍的尴尬处境。

小说讲述了一个江湖拳师沙子龙的故事,他开设镖局,经常行走于荒林野店之中,曾是威震西北的武林高手,他的"五虎断魂枪"从未遇到过敌手,在江湖上被誉为"神枪沙子龙"。"五虎断魂枪"给他带来了无限的风光和荣耀。然而,时过境迁,"火车、快枪、通商与恐怖"时代的到来,现代战争中的新式武器早已淘汰了长矛毒弩,取决胜负的不再是人的绝技,他无可奈何地意识到"五虎断魂枪"已不会再替他增光显胜,过去的风光已经被时代的狂风吹走了。镖局没有了生意,"走镖已经没有饭吃",只得将镖局改为客栈。

沙子龙白天不与别人谈论武艺和往事,甚至旧日镖局里的徒弟来求教,他也不肯指点传授。但到了夜里,他独自一人拿起枪来,重温那"神枪沙子龙"的旧梦,缅怀那当年"在荒林野店"的威风,从中寻找一点过去的风光与快乐,表现出他对过去拳师生活的眷恋,对往昔名声、武艺的看重。他的内心深处仍然十分珍视自己的枪法和对武艺的执着追求。沙子龙主要的性格特征:一方面,他既有武林豪杰的骨气和操守,也有审时度势的精明与远见;另一方面,他又对自己所处的现实社会和时代失望和无奈,采取了消极遁世、自甘封闭的应世态度,深沉保守与孤傲执着是相互统一的。然而,更可悲的却是王三胜、小顺子们,以及那位颇具神秘感的人物孙老者,根本就认识不到这可悲的民族文化境遇，还抱着祖宗的绝技不放，这无疑是作者对民族传统文化中的国民劣根性痼疾的嘲讽。

小说在塑造人物形象时，一方面通过对人物肖像、语言、动作的描写来表现人物性格，另一方面运用烘托对比手法表现人物的性格和心态。作者善于把个人命运和时代结合起来，通过个人命运的变化反映出时代的变迁。

小说紧扣沙子龙及"断魂枪"这一中心线索来叙写故事，结构严谨，构思巧妙，语言形象、生动、简洁，显示出老舍先生的艺术功力。

"生命是闹着玩，事事显出如此；从前我这么想过，现在我懂得了。"老舍模拟沙子龙的口吻来写，沙子龙究竟懂得了什么，我们如何理解？

生命若是闹着玩，就成为了国民的劣根性。生命本非儿戏，不是闹着玩的，可是有人却不能"抛开旧势力的重负"，浑浑噩噩地流连于历史迷梦之中，他们无视时代进步，徘徊在旧的轨道上，使生命变成了儿戏。老舍敏锐地从那些生命变成"闹着玩"的喜剧背后，看出了整个社会的悲剧，本着"忠诚于生命"的宗旨，分析"生命"的内容，其目的在于唤醒那"东方的大梦"，让人们同旧观念决裂，跟上时代的脚步。

【思考与练习】

1. 小说刻画沙子龙这个人物形象对表现作品的主题有何意义？他为何不传断魂枪？

2. 小说还塑造了王三胜、孙老者的形象，设置他们有何寓意？

3. 小说通过对人物肖像、语言、动作的描写来刻画人物形象，联系有关内容简要说明。

爱尔克的灯光[1]

傍晚，我靠着逐渐暗淡的最后的阳光的指引，走过十八年前的故居。这条街、这个建筑物开始在我的眼前隐藏起来，像在躲避一个久别的旧友。但是它们的改变了的面貌于我还是十分亲切。我认识它们，就像认识我自己。还是那样宽的街，宽的房屋。巍峨的门墙代替了太平缸和石狮子，那一对常常做我们坐骑的背脊光滑的雄狮也不知逃进了哪座荒山。然而大门开着，照壁上"长宜子孙"四个字却是原样地嵌在那里，似乎连颜色也不曾被风雨剥蚀。我望着那同样的照壁，我被一种奇异的感情抓住了，我仿佛要在这里看出过去的十九个年头，不，我仿佛要在这里寻找十八年以前的遥远的旧梦。

守门的卫兵用怀疑的眼光看我。他不了解我的心情。他不会认识十八年前的年轻人。他却用眼光驱逐一个人的许多亲密的回忆。

黑暗来了。我的眼睛失掉了一切。于是大门内亮起了灯光。灯光并不曾照亮什么，反而增加了我心上的黑暗。我只得失望地走了。我向着来时的路回去。已经走了四五步，我忽然掉转头，再看那个建筑物。依旧是阴暗中的一线微光。我好像看见一个盛满希望的水碗一下子就落在地上打碎了一般，我痛苦地在心里叫起来。在这条被夜幕覆盖着的近代城市的静寂的街中，我仿佛看见了哈立希岛上的灯光。那应该是姐姐爱尔克点的灯吧。她用这灯光来给她航海的兄弟照路，每夜灯光亮在她的窗前，她一直到死都在等待那个出远门的兄弟回来。最后她带着失望进入坟墓。

街道仍然是清静的。忽然一个熟悉的声音在我耳边轻轻地唱起了这个欧洲的古传说。在这里不会有人歌咏这样的故事。应该是书本在我心上留下的影响。但是这个时候我想起了自己的事情。

十八年前在一个春天的早晨,我离开这个城市、这条街的时候,我也曾有一个姐姐,也曾答应过有一天回来看她,跟她谈一些外面的事情。我相信自己的诺言。那时我的姐姐还是一个出阁才只一个多月的新嫁娘,都说她有一个性情温良的丈夫,因此也会有长久的幸福的岁月。

然而人的安排终于被"偶然"破坏了。这应该是一个"意外"。但是这"意外"却毫无怜悯地打击了年轻的心。我离家不过一年半光景,就接到了姐姐的死讯。我的哥哥用了颤抖的哭诉的笔叙说一个善良女性的悲惨的结局,还说起她死后受到的冷落的待遇。从此那个做过她丈夫的所谓温良的人改变了,他往一条丧失人性的路走去。他想往上爬,结果却不停地向下面落,终于到了用鸦片烟延续生命的地步。对于姐姐,她生前我没有好好地爱过她,死后也不曾做过一样纪念她的事。她寂寞地活着,寂寞地死去。死带走了她的一切,这就是在我们那个地方的旧式女子的命运。

我在外面一直跑了十八年。我从没有向人谈过我的姐姐。只有偶尔在梦里我看见了爱尔克的灯光。一年前在上海我常常睁起眼睛做梦。我望着远远的在窗前发亮的灯,我面前横着一片大海,灯光在呼唤我,我恨不得腋下生出翅膀,即刻飞到那边去。沉重的梦压住我的心灵,我好像在跟许多无形的魔鬼手挣扎。我望着那灯光,路是那么远,我又没有翅膀。我只有一个渴望:飞!飞!那些熬煎着心的日子!那些可怕的梦魇!

但是我终于出来了。我越过那堆积着像山一样的十八年的长岁月,回到了生我养我而且让我刻印了无数儿时回忆的地方。我走了很多的路。

十九年,似乎一切全变了,又似乎都没有改变。死了许多人,毁了许多家。许多可爱的生命葬入黄土。接着又有许多新的人继续扮演不必要的悲剧。浪费,浪费,还是那许多不必要的浪费——生命,精力,感情,财富,甚至欢笑和眼泪。我去的时候是这样，回来时看见的还是一样的情形。关在这个小圈子里，我禁不住几次问我自己：难道这十八年全是白费？难道在这许多年中间所改变的就只是装束和名词？我痛苦地搓自己的手，不敢给一个回答。

在这个我永不能忘记的城市里，我度过了无数个傍晚。我花费了自己不少的眼泪和欢笑，也消耗了别人不少的眼泪和欢笑。我匆匆地来，也将匆匆地去。用留恋的眼光看我出生的房屋，这应该是最后的一次了。我的心似乎想在那里寻觅什么。但是我所要的东西绝不会在那里找到。我不会像我的一个姑母或者嫂嫂，设法进到那所已经易了几个主人的公馆，对着园中的花树垂泪，慨叹着一个家族的盛衰。摘吃自己栽种的树上的苦果，这是一个人的本分。我没有跟着那些人走一条路，我当然在这里找不到自己的脚印。几次走过这个地方，我所看见的还只是那四个字："长宜子孙"。

"长宜子孙"这四个字的年龄比我的不知大了多少。这也该是我祖父留下的东西吧。最近在家里我还读到他的遗嘱。他用空空两手造就了一份家业。到临死还周到地为儿孙安排了舒适的生活。他叮嘱后人保留着他修建的房屋和他辛苦地搜集起来的书画。但是儿孙们回答他的还是同样的字：分和卖。我很奇怪，为什么这样聪明的老人还不明白一个浅显的道理：财富并不"长宜子孙"，倘使不给他们一个生活技能，不向他们指示一条生活道路；"家"这个小圈子只能摧毁年轻心灵的发育成长，倘使不同时让他们睁起眼睛去看广大世界；财富只能毁灭崇高的理想和善良的气质，要是它只消耗在个人的利益上面。

"长宜子孙"，我恨不能削去这四个字[2]！许多可爱的年轻生命被摧残了，许多有为的年轻心灵被囚禁了。许多人在这个小圈子里面憔悴地挨着日子。这就是"家"！"甜蜜的家"！这不是我应该来的地方。爱尔克的灯光不会把我引到这里来的。

于是在一个春天的早晨，依旧是十八年前的那些人把我送到门口，这里面少了几个，也多了几个。还是和那次一样，看不见我姐姐的影子，那次是我没有等待她，这次是我找不到她的坟墓。一个叔父和一个堂兄弟到车站送我，十八年前他们也送过我一段路程。

我高兴地来，痛苦地去。汽车离站时我心里的确充满了留恋。但是清晨的微风，路上的尘土，马达的叫吼，车轮的滚动，和广大田野里一片盛开的菜子花，这一切驱散了我的离愁。我不顾同行者的劝告，把头伸到车窗外面，去呼吸广大天幕下的新鲜空气。我很高兴，自己又一次离开了狭小的家，走向广大的世界中去！

忽然在前面田野里一片绿的蚕豆和黄的菜花中间，我仿佛又看见了一线光，一个亮，这还是我常常看见的灯光。这不会是爱尔克的灯里照出来的，我那个可怜的姐姐已经死去了。这一定是我的心灵的灯，它永远给我指示我应该走的路。

1941年3月在重庆

【注释】

[1]选自《巴金散文》，人民文学出版社2013年版。

[2]作者1959年注：1956年12月我终于走进了这个"公馆""长宜子孙"四个字果然跟着"照壁"一起消灭了。

【作者（作品）简介】

巴金（1904—2005），原名李尧棠，字芾甘，四川成都人，出身于一个官僚地主家庭，现代著名作家，2005年10月17日因病逝世于上海。1923年到上海和南京求学。1927至1928年到巴黎求学，并开始文学创作。"巴金"这一笔名源自他在法国求学时认识的一位同学巴恩波，这位同学自杀身亡时巴金正在翻译克鲁泡特金的著作。他把这二人的名字各取一字，成为了他的笔名。1928年回国后出版了"爱情三部曲"（《雾》《雨》《电》）、"激流三部曲"（《家》《春》《秋》）以及《寒夜》《憩园》等作品。其代表作《家》，通过对一个大官僚地主家庭生活内幕的描绘，揭露封建末世的黑暗与腐朽，控诉旧礼教、旧势力的罪恶，歌颂了"五四"初期知识青年的觉醒。抗日战争爆发后，巴金致力于抗日救亡文化活动，编辑《救亡日报》等报刊；新中国成立以后，巴金曾任全国文联副主席、中国作家协会主席等职，并主编《收获》杂志。巴金有《生之忏悔》《旅途随笔》《静夜的悲剧》等十多个散文集。他的散文多描写自然风光和人生世态，洋溢着渴望自由、追求光明的热情。20世纪70年代末，出版了五卷本的《随想录》，成为新时期文学的一部重要著作。由他倡议，1985年建立了中国现代文学馆。

【作品评析】

1941年1月，作者离开家乡18年后第一次回到故乡成都，但令作者悲哀的是，他日夜思念故乡依然笼罩在旧制度的阴影下，没有丝毫进步；那些生活在旧家庭的青年，依然受封建思想和礼教的禁锢，看不到外面广大的世界。他感到非常痛苦，毅然决定再次离开故乡，并饱含深情地写下了这篇散文，抒写自己见到故居时的复杂心情和联翩思绪。

爱尔克的灯光本是欧洲一个古老的传说：在哈立希岛上，姐姐爱尔克每晚在窗前点一盏灯，等候出海的弟弟归来，最后带着失望进入了坟墓。爱尔克虽然没有等到弟弟，但那盏灯却帮助了许多航海的人。巴金与姐姐感情很深，但姐姐没有等到他回来就死去了，这种姐弟之情与那个欧洲传说相似。本文围绕这死去的姐姐展开回忆和联想，以姐姐悲剧的事实说明，封建家庭和封建礼教扼杀青年的罪恶；姐姐寂寞地活着，寂寞地死去，没有爱情，没有欢乐，她也有像爱尔克盼望弟弟归来一样的希望，但她出嫁一年半便悲惨地死去，姐姐走的路，正是旧式女子走的一条窒息青春和生命的死路！姐姐的死说明：青年们只有彻底挣脱封建家庭和封建礼教的束缚，奔向广阔的世界，才有希望和出路。

灯光在本文中具有重要作用：一是在结构上以灯光为线索，贯穿全文；二是在表情达意上有深厚的象征意义。

第一种灯光，即大门内亮起的昏暗的故居灯光，象征封建制度和封建家庭的必然灭亡。

第二种灯光，是哈立希岛上爱尔克的灯光，既表现了作者与姐姐的深情，象征着纯洁无私的爱和人们之间持久亲切的关怀，又象征着封建旧家庭里青年渴求幸福的希望破灭。

第三种灯光，是文章最后一段出现的"我心灵的灯"，象征着作者心中的追求、希望和理想。

作品展示了两条不同的生活道路：一条道路是祖辈们给青年人苦心安排坐享其成的人生道路，即"长宜子孙"之路。作者祖父自己靠白手起家，后创造了一份殷实的家业。但他有浓厚的"福荫后代、长宜子孙"的封建意识。作为封建大家庭的一家之长，一方面希望他死后所留下的家产能为后代子孙安排一条舒适的生活道路，让儿孙们在祖先的福荫庇护下从此衣食不愁；另一方面更期望子孙们在他死后能子承父业，遵循封建家族的礼教和孝道，不辜负其殷切的期望，好好经营这份家业，来维系家族兴旺发达。但作者对"长宜子孙"这种落后的封建意识则持否定和批判态度。在他看来，财富并不能"长宜子孙"，一个富裕的封建家庭，即使有万贯家产，也不能拯救其中一代又一代青年没落的命运。因为生活在富家的子孙没有生活技能，找不到正确的生活道路。财富和享乐毁坏了许多美好的心灵，倘若不能使他们睁开眼睛去看广大的世界，财富只能毁灭崇高的理想和善良的气质。另一条道路是作者自己正在走着的路：即与封建旧家庭作彻底的决裂，冲出狭小的"家"的牢笼，冲破旧家庭、旧观念的束缚，走向广大的世界中去，怀着崇高的理想，通过自己的劳动和奋斗，去创造新的生活和新的世界。

【思考与练习】

1.本文表达了作者怎样的思想感情？有何现实意义？
2.试分析"灯光"在本文中的作用。
3.作者如何看待和分析"长宜子孙"的含义？

都江堰[1]

一

　　我以为，中国历史上最激动人心的工程不是长城，而是都江堰。

　　长城当然也非常伟大，不管孟姜女们如何痛哭流涕，站远了看，这个苦难的民族竟用人力在野山荒漠间修了一条万里屏障，为我们生存的星球留下了一种人类意志力的骄傲。长城到了八达岭一带已经没有什么味道，而在甘肃、陕西、山西、内蒙古一带，劲厉的寒风在时断时续的颓壁残垣间呼啸，淡淡的夕照、荒凉的旷野融成一气，让人全身心地投入对历史、对岁月、对民族的巨大惊悸，感觉就深厚得多了。

　　但是，就在秦始皇下令修长城的数十年前，四川平原上已经完成了一个了不起的工程。它的规模从表面上看远不如长城宏大，却注定要稳稳当当地造福千年。如果说，长城占据了辽阔的空间，那么，它却实实在在地占据了邈远的时间。长城的社会功用早已废弛，而它至今还在为无数民众输送汩汩清流。有了它，旱涝无常的四川平原成了天府之国[2]，每当我们民族有了重大灾难，天府之国总是沉着地提供庇护和濡养[3]。因此，可以毫不夸张地说，它永久性地灌溉了中华民族。

　　有了它，才有刘备、诸葛亮的雄才大略，才有李白、杜甫、陆游的川行华章。说得近一点，有了它，抗日战争中的中国才有一个比较安定的后方。

　　它的水流不像万里长城那样突兀在外，而是细细浸润、节节延伸，延伸的距离并不比长城短。长城的文明是一种僵硬的雕塑，它的文明是一种灵动的生活。长城摆出一副老资格等待人们的修缮，它却卑处一隅，像一位绝不炫耀、毫无所求的乡间母亲，只知贡献。一查履历，长城还只是它的后辈。

它，就是都江堰。

二

我去都江堰之前，以为它只是一个水利工程罢了，不会有太大的游观价值。连葛洲坝都看过了，它还能怎么样？只是要去青城山[4]玩，得路过灌县[5]县城，它就在近旁，就乘便看一眼吧。因此，在灌县下车，心绪懒懒的，脚步散散的，在街上胡逛，一心只想看青城山。

七转八弯，从简朴的街市走进了一个草木茂盛的所在。脸面渐觉滋润，眼前愈显清朗，也没有谁指路，只向更滋润、更清朗的去处走。忽然，天地间开始有些异常，一种隐隐然的骚动，一种还不太响却一定是非常响的声音，充斥周际。如地震前兆，如海啸将临，如山崩即至，浑身起一种莫名的紧张，又紧张得急于趋附。不知是自己走去的还是被它吸去的，终于陡然一惊，我已站在伏龙观[6]前，眼前，急流浩荡，大地震颤。

即便是站在海边礁石上，也没有像这里这样强烈地领受到水的魅力。海水是雍容大度的聚会，聚会得太多太深，茫茫一片，让人忘记它是切切实实的水，可掬可捧的水。这里的水却不同，要说多也不算太多，但股股叠叠都精神焕发，合在一起比赛着飞奔的力量，踊跃着喧嚣的生命。这种比赛又极有规矩，奔着奔着，遇到江心的分水堤，刷地一下裁割为二，直窜出去，两股水分别撞到了一道坚坝，立即乖乖地转身改向，再在另一道坚坝上撞一下，于是又根据筑坝者的指令来一番调整……也许水流对自己的驯顺有点恼怒了，突然撒起野来，猛地翻卷咆哮，但越是这样越是显现出一种更壮丽的驯顺。已经咆哮到让人心魄俱夺，也没与一滴水溅错了方位。阴气森森间，延续着一场千年的收伏战。水在这里，吃够了苦头也出足了风头，就像一大拨翻越各种障碍的马拉松健儿，把最强悍的生命付之于规整，付之于企盼，付之于众目睽睽。看云看雾看日出各有胜地，要看水，万不可忘了都江堰。

三

这一切，首先要归功于遥远得看不出面影的李冰。

四川有幸，中国有幸，公元前251年出现过一项毫不惹人注目的任命：李冰任蜀郡守。

此后中国千年官场的惯例，是把一批批有所执持的学者遴选为无所专攻的官僚，而李冰，却因官位而成了一名实践科学家。这里明显地出现了两种断然不同的政治走向。在李冰看来，政治的含义是浚理，是消灾，是滋润，是濡养，它要实施的事儿，既具体又质朴。他领受了一个连孩童都能领悟的简单道理：既然四川最大的困扰是旱涝，那么四川的统治者必须成为水利学家。

前不久我曾接到一位极有作为的市长的名片，上面的头衔只印了"土木工程师"，我立即追想到了李冰。

没有证据可以说明李冰的政治才能，但因有过他，中国也就有过了一种冰清玉洁的政治纲领。

他是郡守，手握一把长锸[7]，站在滔滔的江边，完成了一个"守"字的原始造型：那把长锸，千年来始终与金杖玉玺、铁戟钢锤反复辩论。他失败了，终究又胜利了。

他开始叫人绘制水系图谱。这图谱，可与今天的裁军数据、登月线路遥相呼应。

他当然没有在哪里学过水利。但是，以使命为学校，死钻几载，他总结出治水三字经（"深淘滩，低作堰"）、八字真言（"遇湾截角，逢正抽心"），直到20世纪仍是水利工程的圭臬[8]。他的这点学问，永远水气淋漓，而后于他不知多少年的厚厚典籍，却早已风干，松脆得无法翻阅。

他没有料到，他治水的韬略很快被替代成治人的计谋；他没有料到，他想灌溉的沃土将会时时成为战场，沃土上的稻谷将有大半充作军粮。他只知道，这个人种要想不灭绝，就必须要有清泉和米粮。

他大愚，又大智。他大拙，又大巧。他以田间老农的思维，进入了最澄澈的人类学的思考。

他未曾留下什么生平资料，只留下硬扎扎的水坝一座，让人们去猜详。人们到这儿一次次纳闷：这是谁呢？死于两千年前，却明明还在指挥水流。站在江心的岗亭前，"你走这边，他走那边"的吆喝声、劝诫声、慰抚声，声声入耳。没有一个人能活得这样长寿。

秦始皇筑长城的指令，雄壮、蛮吓、残忍；他筑堰的指令，智慧、仁慈、透明。

有什么样的起点就会有什么样的延续。长城半是壮胆半是排场，世世代代，大体是这样。直到今天，长城还常常成为排场。都江堰一开始就清朗可鉴，结果，它的历史也总显出超乎寻常的格调。李冰在世时已考虑事业的承续，命令自己的儿子作3个石人，镇于江间，测量水位。李冰逝世400年后，也许3个石人已经损缺，汉代水官重造高及3米的"三神石人"测量水位。这"三神石人"其中一尊即是李冰雕像。这位汉代水官一定是承接了李冰的伟大精魂，竟敢于把自己尊敬的祖师，放在江中镇水测量。他懂得李冰的心意，唯有那里才是他最合适的岗位。这个设计竟然没有遭到反对而顺利实施，只能说都江堰为自己流泻出了一个独特的精神世界。

石像终于被岁月的淤泥掩埋，本世纪70年代出土时，有一尊石像头部已经残缺，手上还紧握着长锸。有人说，这是李冰的儿子。即使不是，我仍然把他看成是李冰的儿子。一位现代作家见到这尊塑像怦然心动,"没淤泥而蔼然含笑,断颈项而长锸在握",作家由此而向现代官场衮衮诸公[9]诘问:活着或死了应该站在哪里?

出土的石像现正在伏龙观里展览。人们在轰鸣如雷的水声中向他们默默祭奠。在这里,我突然产生了对中国历史的某种乐观。只要都江堰不坍,李冰的精魂就不会消散,李冰的儿子会代代繁衍。轰鸣的江水便是至圣至善的遗言。

四

继续往前走,看到了一条横江索桥。桥很高,桥索由麻绳、竹篾编成。跨上去,桥身就猛烈摆动,越犹豫进退,摆动就越大。在这样高的地方偷看桥下会神志慌乱,但这是索桥,到处漏空,由不得你不看。一看之下,先是惊叹。脚下的江流,从那么遥远的地方奔来,一派义无反顾的决绝势头,挟着寒风,吐着白沫,凌厉锐进。我站得这么高还感觉到了它的砭肤冷气,估计它是从雪山赶来的罢。但是,再看桥的另一边,它硬是化作许多亮闪闪的河渠,改恶从善。人对自然力的驯服,干得多么爽利。如果人类干什么事都这么爽利,地球早已是另一副模样。

但是,人类总是缺乏自信,进进退退,走走停停,不断自我耗损,又不断地为耗损而再耗损。结果,仅仅多了一点自信的李冰,倒成了人们心中的神。离索桥东端不远的玉垒山麓,建有一座二王庙,祭祀李冰父子。人们在虔诚膜拜,膜拜自己同类中更像一点人的人。钟鼓钹磬,朝朝暮暮,重一声,轻一声,伴和着江涛轰鸣。

李冰这样的人,是应该找个安静的地方好好纪念一下的,造个二王庙,也合民众心意。

实实在在为民造福的人升格为神，神的世界也就会变得通情达理、平适可亲。中国宗教颇多世俗气息，因此，世俗人情也会染上宗教式的光斑。一来二去，都江堰倒成了连接两界的桥墩。

我到边远地区看傩戏[10]，对许多内容不感兴趣，特别使我愉快的是，傩戏中的水神河伯，换成了灌县李冰。傩戏中的水神李冰比二王庙中的李冰活跃得多，民众围着他狂舞呐喊，祈求有无数个都江堰带来全国的风调雨顺，水土滋润。傩戏本来都以神话开头的，有了一个李冰，神话走向实际，幽深的精神天国一下子贴近了大地，贴近了苍生。

【注释】

[1]选自余秋雨散文集《文化苦旅》，长江文艺出版社2014年版。

[2]天府之国：指土地肥沃、物产丰富的地区。我国一般把四川省成为"天府之国"。

[3]濡（rú）养：滋润哺育。

[4]青城山：位于成都市都江堰西南15公里处，为道教名山。山上重峦叠嶂、古木参天，有"青城天下幽"的美誉。

[5]灌县：现改成为都江堰市。

[6]伏龙观：纪念李冰的庙宇。在四川省都江堰市都江堰离堆北端。创建年代不详。传说李冰父子治水时曾制服岷江孽龙，将其锁于离堆下伏龙潭中，后人立祠祭祀；北宋初改名伏龙观，以道士掌管香火。

[7]长锸（chā）：一种掘土工具。

[8]圭臬：喻指标准、法度。

[9]衮衮诸公：指称身居高位而无所作为的官僚。

[10]傩戏：驱鬼远疫，表现鬼神生活的民间戏剧。

【作者（作品）简介】

余秋雨（1946—），浙江余姚人。当代艺术理论家、散文家。毕业于上海戏剧学院，曾任该院院长。其作品有散文集《文化苦旅》《山居笔记》《文明的碎片》等，论著《中国戏剧文化史述》《艺术创造工程》《戏剧审美心理学》等。其中《文化苦旅》以独特的风格和成就在散文领域产生了很大反响，先后获上海市文学艺术优秀成果奖、台湾联合报读书最佳书奖、上海市出版一等奖。余秋雨的散文站在新的时代高度，将对历史文化的深入凝重的理性思考与具有诗性激情的想象有机结合起来，具有历史的纵深感、文化的厚重感、思辨的哲理性，联想丰富，议论精辟，语言精练，是近年兴起的"文化散文"的杰出代表。

【作品评析】

本文通过对都江堰这一中国历史上著名水利工程壮观景象的描绘，反思其历史命运所蕴含的文化内涵，赞扬李冰这位古代伟大水利工程师的兴修水利、为民造福的精神和气魄。文章用现代眼光观照历史人物和事件，突出了都江堰"造福后代、功在千秋的"伟大。叙议结合，虚实相生，描写手法多样，议论深刻而富形象性。

本文在写作方面有着突出特色：

景物描写具体、生动。如文中对都江堰水流的描写，运笔由远到近，且主客观交融一体，将都江堰壮观的景象生动地展现在读者眼前。作者先写声音："忽然，天地间开始有些异常，一种隐隐然的骚动，一种还不太响却一定是非常响的声音，充斥周际。如地震前兆，如海啸将临，如山崩即至，浑身起一种莫名的紧张，又紧张得急于趋附。"再写作者感觉："不知是自己走去的还是被它吸去的,终于陡然一惊,我已站在伏龙观前。眼前,急流浩荡,大地震颤。"然后再写水流翻卷咆哮的景观:股股叠叠的水流"奔着奔着,遇到江心的分水堤,刷地一下裁割为二,直窜出去……再在另一道坚坝上撞一下……"读着这些具体、形象的描写,使读者仿佛置身于急流浩荡的水流面前。

景物描写与评说相结合,具有较强的思辨色彩。

与一般游记不同,本文作者不是单纯地描写自然景物,而是在写景的同时,立足现在,对历史上的人物与事件进行审视,并作出评说。如第一部分结尾对长城与都江堰的比较评说,其褒贬分明;又如对二王庙评说的升华:"实实在在为民造福的人升格为神,神的世界也就会变得通情达理、平适可亲。中国宗教颇多世俗气息,因此,世俗人情也会染上宗教式的光斑。一来二去,都江堰倒成了连接两界的桥墩。"这些议论,表现强烈的思辨色彩,在人文方面能给读者更多的启迪。

对比手法的运用。

本文多处用对比手法。如作者在评价都江堰的时候,一开始就以长城作对比,从而得出了长城固然伟大,但"永久性地灌溉了中华民族"的都江堰却更伟大的结论。又如在第三部分中,作者又将秦始皇筑长城的指令与李冰筑堰的指令相比,从而显示出两者的不同,颂扬了李冰的"智慧、仁慈、透明"。通过李冰与秦始皇、李冰与现代官场的衮衮诸公进行对比,从人格精神上对李冰高度赞美。全文的主调是凭借山水风物以寻求文化灵魂和人生真谛,探究中国文化的历史命运和人格构成。因此《都江堰》这篇文章与其说是在写都江堰,不如说是在写李冰,与其说写李冰,不如说通过李冰来体悟文化的精义,正是"以小见大"的手法。

【思考与练习】

1.本文与一般游记相比有哪些不同？

2.本文第一句话所提出的观点，你赞同否？为什么？

3.本文是从哪些方面将都江堰与长城对比的？意义是什么？

4.作者在文中说李冰"大愚，又大智；他大拙，又大巧"，你怎样理解？

素面朝天[1]

素面朝天。

我在白纸上郑重写下这个题目。夫走过来说,你是要将一碗白皮面,对着天空吗?

我说有一位虢国夫人,就是杨贵妃的姐姐,她自恃美丽,见了唐明皇也不化妆,所以叫……

夫笑了,说,我知道。可是你并不美丽。

是的,我不美丽。但素面朝天并不是美丽女人的专利,而是所有女人都可以选择的一种生存方式。

看看我们周围。每一棵树、每一叶草、每一朵花,都不化妆,面对骄阳、面对暴雨、面对风雪,它们都本色而自然。它们会衰老和凋零,但衰老和凋零也是一种真实。作为万物灵长的人类,为何要将自己隐藏在脂粉和油彩的后面?

见一位化过妆的女友洗面,红的水黑的水蜿蜒而下,仿佛洪水冲刷过水土流失的山峦。那个真实的她,像在蛋壳里窒息得过久的鸡雏,渐渐苏醒过来。我觉得这个眉目清晰的女人,才是我真正的朋友。片刻前被颜色包裹的那个形象,是一个虚伪的陌生人。

脸,是我们与生俱来的证件。我的父母,凭着它辨认出一脉血缘的延续;我的丈夫,凭着它在茫茫人海中将我找寻;我的儿子,凭着它第一次铭记住了自己的母亲……每张脸,都是一本生命的图谱。连脸都不愿公开的人,便像捏着一份涂改过的证件,有了太多的秘密。所有的秘密都是有重量的。背着化过妆的脸走路的女人,便多了劳累,多了忧虑。

化妆可以使人年轻，无数广告喋喋不休地告诫我们。我认识的一位女郎，盛妆出行[2]，艳丽得如同一组霓虹灯。一次半夜里我为她传一个电话，门开的一瞬间，我惊愕不止。惨亮的灯光下，她枯黄憔悴如同一册古老的线装书。"我不能不化妆。"她后来告诉我。"化妆如同吸烟，是有瘾的，我已经没有勇气面对不化妆的我。化妆最先是为了欺人，之后就成了自欺。我真羡慕你啊！"从此我对她充满同情。

我们都会衰老。我镇定地注视着我的年纪，犹如眺望远方一幅渐渐逼近的白帆。为什么要掩饰这个现实呢？掩饰不单是徒劳，首先是一种软弱。自信并不与年龄成反比，就像自信并不与美丽成正比，勇气不是储存在脸庞里，而是掌握在自己手中。化妆品不过是一些高分子的化合物、一些水果的汁液和一些动物的油脂，它们同人类的自信与果敢实在是不相干的东西。犹如大厦需要钢筋铁骨来支撑，而决非几根华而不实的竹竿。

常常觉得化了妆的女人犯了买椟还珠的错误[3]。请看我的眼睛！浓墨勾勒的眼线在说。但栅栏似的假睫毛圈住的眼波，却暗淡犹疑。请注意我的口唇！樱桃红的唇膏在呼吁。但轮廓鲜明的唇内吐出的话语，却肤浅苍白……化妆以醒目色彩强调以至强迫人们注意的部位，却往往是最软弱的所在。

磨砺内心比油饰外表要难得多，犹如水晶与玻璃的区别。

不拥有美丽的女人，并非也不拥有自信。美丽是一种天赋，自信却像树苗一样，可以播种可以培植可以蔚然成林可以直到地老天荒[4]。

我相信不化妆的微笑更纯洁而美好，我相信不化妆的目光更坦率而真诚，我相信不化妆的女人更有勇气直面人生。

假若不是为了工作，假若不是出于礼仪，我这一生，将永不化妆。

【注释】

[1]选自毕淑敏散文集《素面朝天》，海南出版社1996年版。

[2]盛妆：华丽的装束。

[3]买椟还珠：原意是买来装珍珠的木匣退还了珍珠。比喻没有眼力，取舍不当。

[4]地老天荒：形容经历的时间长久。

【作者（作品）简介】

毕淑敏（1952—），著名女作家、心理医生，祖籍山东文登。曾在西藏阿里高原部队当兵11年，历任卫生员、军医等，1987年发表处女作《昆仑殇》。她创作了大量军旅题材的小说和探寻生命意义、死亡体验的作品。毕淑敏作品以其沉重的主题、磅礴的气势和对人生、社会的冷静思考赢得了广大读者。曾获小说月报百花奖、解放军文艺奖等多种奖项。代表作有长篇小说《红处方》《血玲珑》，散文集《素面朝天》等。

【作品评析】

本文阐释了一种以自信和勇气直面生活的人生态度。"素面朝天"，原出自唐代虢国夫人不施脂粉去见天子的故事。北宋乐史所撰《杨太真外传》中道："（韩、虢、秦三国夫人）皆月给钱十万为脂粉之资。然虢国不施妆粉……常素面朝天。"今指女人既美貌又自信，不需要化妆就敢出头露面。作者通过独特新颖的视角，生动可感的形象指出：不加修饰，真实，本色而自然，素面朝天是所有女人都可以选择的一种生存方式。

本文有三大特点：

生动的比喻。"仿佛洪水冲刷过的水土流失的山峦"写出脂粉、油彩之多,化妆之浓;"那个真实的她,像在蛋壳里窒息得过久的鸡雏",形象写出"女友"展露出真实面目时的情态;"艳丽得如同一组霓虹灯",写出她们得到的是伪装的外表的美丽,却失去了实质上的最为宝贵、纯真和自然的本性。"她枯黄憔悴如同一册古老的线装书",形象写出没有化妆的女友枯黄憔悴的真实面貌,强化了对比效果。

深刻的哲理。作者以锐利的眼光,借生活细节,揭示深刻道理。刻意的修饰、装扮是对自我缺陷的掩饰,且不论其是否是徒劳,至少此举是一种软弱、不自信的表现。更大点,是对自我正确认识的缺乏,是对审美标准的曲解。文章告诉我们:人的命运掌握在自己手中,并非拥有美丽,就拥有了一切。凡事贵在一个心境,拥有了平淡的心境,就可以从我们平凡的生活中发现美。一个生命最美丽的时候,不是赢得目光聚焦的时候,不是享受成功的时候,而是其默默地奋斗和经受命运考验的时候。生命的美丽永远是展现在进取之中的。

朴实的文风。作者以日常生活中极为平常的化妆细节作为审美客体,把似乎人人都有所经历的小事写得妙趣横生,充分展示了其朴实无华的文风。尽管是"郑重写下这个题目",但接下来丈夫的话还是富有幽默感和生活气息。中间所用事例小却贴近生活,贴切而富有情理。最后作者以"假若不是为了工作,假若不是出于礼仪,我这一生,将永不化妆"的自我表白,给人以深刻的启示意义。文章很有宋人所推崇的"平淡而山高水深"的境界。

【思考与练习】

1.学习本文后,谈谈你对"素面朝天"的理解与认识。

2.作者说"常常觉得化了妆的女人犯了买椟还珠的错误"。这种错误具体指什么？

3.作者认为素而朝天是"所有女人都可以选择的一种生存方式"。这种"生存方式"具有怎样的特点？

舒婷诗二首

致橡树[1]

我如果爱你——

绝不像攀援的凌霄花,

借你的高枝炫耀自己;

我如果爱你——

绝不学痴情的鸟儿,

为绿荫重复单调的歌曲;

也不止像泉源,

常年送来清凉的慰藉;

也不止像险峰,

增加你的高度,衬托你的威仪。

甚至日光,

甚至春雨。

不,这些都还不够!

我必须是你近旁的一株木棉[2],

作为树的形象和你站在一起。

根,紧握在地下,

叶,相触在云里。

每一阵风过,

我们都互相致意,

但没有人

听得懂我们的语言。

你有你的铜枝铁干，

像刀，像剑，也像戟；

我有我的红硕花朵，

像沉重的叹息[3]，

又像英勇的火炬。

我们分担寒潮、风雷、霹雳，

我们共享雾霭、流岚[4]、虹霓[5]。

仿佛永远分离，

却又终生相依。

这才是伟大的爱情，

坚贞就在这里：

爱——

不仅爱你伟岸的身躯，

也爱你坚持的位置，脚下的土地！

【注释】

[1]选自《舒婷的诗》，人民文学出版社 2003 年版。橡树：一种木质紧实而高大的用材树。

[2]木棉：又名"英雄树"，形象亦高大挺拔，是花树中最高大的一种。此诗中，橡树代表男性的阳刚之美，而木棉则代表女性的美丽自信以及与男性的平等要求。

[3]沉重的叹息：木棉花单瓣肉质，花瓣不是先枯后落，落地时依然红硕异常，落地之声沉厚闷重。

[4]流岚：这里指云雾。

[5]虹霓：同"虹蜺"指彩虹。

【作者（作品）简介】

舒婷（1952—）原名龚佩瑜，福建泉州人。当代著名女诗人，朦胧诗派的代表作家之一，与北岛、顾城齐名。1979年开始发表诗作，著有诗集《双桅船》《会唱歌的鸢尾花》《舒婷的诗》等。舒婷通过假设、让步等特殊句式表现出女性敏感细腻的情感，多采用隐喻、象征手法；舒婷又能在一些常常被人们漠视的现象中发现深刻的诗化哲理（《神女峰》《惠安女子》），并把这种发现写得既富有思辨力量，又真挚感人。舒婷的诗，有明丽隽美的意象，缜密流畅的思维逻辑，从这方面说，她的诗并不"朦胧"。

【作品评析】

《致橡树》是舒婷的成名作，也是她爱情诗的代表作，在新时期文学史上的地位是不言自明的。诗人通过木棉树对橡树的"告白"，来否定世俗的，不平等的爱情观。通过木棉树热情而坦诚地歌唱自己的人格理想以及要求男女自由平等，心心相印、风雨同舟而又深情相视的爱情观，表达对热烈、坚贞、理想的爱情憧憬与向往，发出了新时代女性的独立宣言。诗人以橡树和木棉树同样高大挺拔的整体形象对应象征爱情双方的独立人格和真挚爱情，以它们邻近生长、并肩站立的关系来象征男女之间的恋情关系和人际观。作者想要表达爱情的坚贞不仅表现在使自己忠实于对方的"伟岸的身躯"，不仅达到外貌的倾慕和形体的结合，而要更进一步，把对方的工作岗位，信念和理想乃至于热爱自己的祖国、家园也纳入自己的爱情范畴，有着相同的生活信念。伟大爱情，有着共同的伟岸和高尚，有共鸣的思想和灵魂，扎根于同一块根基上，同甘共苦、冷暖相依。

诗歌采用了内心独白的抒情方式，直抒诗人的心灵世界，传达出丰富细腻的感情，章法和句法的精心安排，使抒情与议论自然融合，体现着理性的深度。诗中比喻和奇特的意象组合都代表了当时的诗歌新形式，具有开创性意义。林之亭先生说："《致橡树》立意新颖，形象鲜明，在青年中广为传诵，脍炙人口，显然是有旺盛的生命力。"

【思考与练习】

1.简析《致橡树》的思想内涵，你认为什么是理想的爱情？

2.如何理解"不仅爱你伟岸的身躯，也爱你坚持的位置，脚下的土地"这句话？

祖国呵，我亲爱的祖国[1]

我是你河边上破旧的老水车，

数百年来纺着疲惫的歌；

我是你额上熏黑的矿灯，

照你在历史的隧洞里蜗行摸索；

我是干瘪的稻穗；是失修的路基；

是淤滩上的驳船。

把纤绳深深

勒进你的肩膊；

——祖国呵！

我是贫穷，

我是悲哀。

我是你祖祖辈辈

痛苦的希望呵，

是"飞天"袖间[2]

千百年来未落到地面的花朵；

——祖国呵！

我是你簇新的理想，

刚从神话的蛛网里挣脱；

我是你雪被下古莲的胚芽；

我是你挂着眼泪的笑涡；

我是新刷出的雪白的起跑线；

是绯红的黎明

正在喷薄；

——祖国呵！

我是你十亿分之一，

是你九百六十万平方的总和；

你以伤痕累累的乳房

喂养了

迷惘的我、深思的我、沸腾的我；

那就从我的血肉之躯上

去取得

你的富饶、你的荣光、你的自由；

——祖国呵，

我亲爱的祖国！

【注释】

[1]选自《舒婷的诗》，人民文学出版社2003年版。

[2]飞天：指佛教壁画，或石刻中飞舞在空中的女神，梵语提婆，意译为天，故称飞天。

【作品评析】

《祖国呵，我亲爱的祖国》系舒婷1979年在《诗刊》上发表的处女作，获1980年全国中青年优秀诗歌作品奖。与以往同类的诗作相比，它具有鲜明的时代特征与个性特色——既有青年一代那迷惘的痛苦与欢欣的希望，又有女儿对祖国母亲落后的忧虑与献身的真情，表达了他们渴望祖国富强起来的殷切心意。

本诗以柔婉细腻的笔法，通过多组意象的组合，采用了由低沉缓慢走向高亢迅疾的节奏。

全诗共分四节，每一节都是一个相对完整与独立的、包含着特定的思想情感的意象群。第一节用一组象征意象，展现了贫困落后的祖国在"历史的隧道"中"蜗行摸索"、艰难行进的形象。第二节写祖国过去"痛苦的希望"，作者选择组合了"飞天袖间／千百年来未落到地面的花朵"这个象征意象群，表示它虽美好，却只是难以实现的梦想，因此感到遗憾。第三节用一组象征着祖国新生的意象群，抒发了"我"对祖国"从神话的蛛网里挣脱"、从苦难的历史之中奋起与复苏的欣喜。第四节诗人将抒情与议论、理性的沉思与汹涌的激情相结合，表达一代青年要献身于祖国的赤子之情。由于诗中使用了一系列新颖、传神、妥帖的意象，并将它们组合成有机的意象群，塑造出了一个具体的"祖国"形象，使读者产生丰富的联想。

全诗运用了主体与客体交错换用、相互交融的手法。主体是诗人"我"，客体是"祖国"，而在全诗的进展中，让其合二而一——"我"即是"祖国""祖国"也就是"我"。祖国是我的痛苦，我是祖国的悲哀；祖国是我的迷惘，我是祖国的希望；我是祖国的眼泪和笑涡，而祖国正在我的血肉之躯与心灵上起飞和奔跑。从诗的字面上来看，似乎都在写"我"，但实际上是处处在抒写祖国，写了祖国的过去、现在和未来。全诗四个章节，情感逻辑层次清晰，从为祖国的苦难过去而悲伤，为祖国的希望未能实现而遗憾，到为祖国的新生和美好的未来而欢呼，决心为祖国的富饶、荣光、自由而献身，它们之间大致构成了一种逐层演进的关系，抒情主人公"我"的情感也随之由冷到热，由抑到扬，最后达到了高潮。

【思考与练习】

1. 在本诗的四个章节中，诗人抒发的情感是怎样逐层递进的？

2. 本诗是怎样用新颖、传神、妥帖的象征意象，来塑造祖国形象的？

3. 《致橡树》是舒婷朦胧诗的代表作，比较顾城和艾青的诗作，归纳朦胧诗的特点。

《远和近》	《礁石》
（顾城）	（艾青）
你，	一个浪，一个浪，
一会儿看我，	无休止地扑过来，
一会儿看云。	每一个浪都在它脚下，
我觉得，	被打成碎末，散开……
你看我时很远，	它的脸上和身上，
你看云时很近。	像刀砍过的一样，
	但它依然站在那里，
	含着微笑，看着海洋！

爱，就注定了一生的漂泊[1]

飞机起飞了两个多钟头，心里始终不踏实，觉得好像遗忘了什么，看见有乘客拿出一卷长长的东西，才想起为纽约的朋友裱好的画，竟然留在了台北。

便再也无法安稳，躺在椅子上，思前想后地怨自己粗心，为什么临行连卧室也没多看一眼，好大一卷画就放在床上啊！想着想着，竟有一种叫飞机回头的冲动，浑身冒出汗来，思绪是更乱了。

其实一卷画算什么呢？朋友并非急着要，隔不多久又会回来，再拿也不迟，就算真急，常有人来往台美之间，托带一下，或用快递邮寄也成啊！但是，就莫名地有一种失落感，或不只因那卷画，而是失落了一种感觉。

从台北登车，这失落感便浓浓地罩着。行李多，一辆车不够，还另外租了一部，且找来两个学生帮着提，免得伤到自己已经困扰多时的坐骨神经。看着一包包的行李，有小而死沉的书箱，长而厚重的宣纸，装了洪瑞麟油画和自己册页的皮箱，一件件地运进去，又提起满是摄影镜头和文件的手提箱，没想到还是遗忘了东西。

什么叫作遗忘呢？两地都是家，如同由这栋房子提些东西到另一栋房子，又从另一户取些回这一户。都是自己的东西，不曾短少过半样，又何所谓失落？遗忘？

居然行李一年比一年多，想想真傻，像是自己找事忙的小孩子，就那么点东西，却忙不迭地搬过来搬过去，或许在他们的心中，生活就是不断转移、不断地改变吧！

当然跟初回台湾的几年比，我这行李的内容是大不相同了。以前总是以衣服为主，穿来穿去就那几套，渐渐想通了，何不在两地各置几件，一地穿一地的，不必运来运去。从前回台，少不得带美国的洗发精、咖啡、罐头，以飨亲友，忽然间台湾的商店全铺满舶来品，这些沉重的东西便也免了。

取而代之的，是自己的写生册、收藏品和图书，像是今年在黄山、苏州、杭州的写生，少说也有七八册，原想只挑些精品到纽约，却一件也舍不下。书摊上订的《资治通鉴》全套、店里买的米兰·昆德拉、《李可染专辑》《两千年大趋势》，甚至自己写专栏的许多杂志，都舍不得不带。

算算这番回纽约，再长也待不过四个月，能看得了几本《资治通鉴》？翻得了几册写生稿？放得了多少幻灯片？欣赏得了几幅收藏？便又要整装返回，却无法制止自己不把那沉重的东西，一件件往箱里塞。

据说有些人在精神沮丧时，会不断地吃零嘴，或不停地买东西，用外来的增加充实空虚的内在，难道我这行前的狂乱，也是源于心灵的失落？

不是说过这样的话吗：

"挥一挥衣袖，不带走一片云彩。"其实东半球有东半球的云，西半球有西半球的彩，又何须带来带去！

但毕竟还是无法如此豁达，也便总是拖云带彩地来来去去。

所以羡慕那些迁徙的候鸟，振振翼，什么也不带，顶多只是哀唳几声，便扬扬而去。待北国春暖，又振振翼，再哀唳几声，飞上归途。

归途？征途？我已弄不清了！如同每次回台与返美之间，到底何者是来，何者是往？也早已变得模糊。或许在鸿雁的心底，也是如此吧！只是南来北往地，竟失去了自己的故乡！

真爱王鼎钧先生的那句话——

"故乡是什么？所有故乡都是从异乡演变而来，故乡是祖先流浪的最后一站。"

那么凄怆，又那么豁达啊！只是凄怆之后的豁达，会不会竟是无情？但若那无情，是能在无处用情、无所用情、用情于无，岂非近于"无用之用"的境界？！

至少，我相信候鸟们是没有这样的境界的，所以它们的故乡，不是北国，就是南乡！当它们留在北方的时候，南边是故乡；当它们到南边，北方又成为祖先流浪的最后一站。

我也没有这番无所用情的境界，正因此而东西漂泊，且带着许多有形的包袱、无形的心情！

曾见一个孩子，站在机场的活动履带上说："我没有走，是它在走！"

也曾听一位定期来往于台港，两地都有家的老人说："我没有觉得自己在旅行，旅行的是这个世界。"

这使我想起张大千先生在世时，有一次到他家，看见亲友、弟子、访客、家仆，一群又一群的人，在四周穿梭，老人端坐其间，居然有敬亭山之姿。

于是那忙乱，就都与他无关了，老人似乎说："这里许多人，都因我而动，也因我而生活，我如果自己乱了方寸，甚或是对此多用些心情，对彼少几分关照，只怕反要产生不平，于是什么都这样来这样去吧！我自有我在，也自有我不在！"

这不也是动静之间的另一种感悟吗？令人想起《前赤壁赋》中"盖将自其变者而观之，则天地曾不能以一瞬；自其不变者而观之，则物与我皆无尽也"。苏轼不也在动乱须臾的人生中，为自己找到一份"安心"的哲理吗？

但我还是接近于陈子昂的"前不见古人，后不见来者。念天地之悠悠，独怆然而涕下"。也便因此被这世间的俗相所牵引，而难得安宁。

看见街上奔驰的车子，我会为孩子们担心。看见空气污染的城市，我会为人们伤怀。甚至看见一大群孩子从校门里冲出来时，也会为他们茫茫的未来感到忧心。而当我走进灿烂光华布满各色鲜花的花展时，竟为那插在瓶里的花朵神伤。因为我在每一朵盛放如娇羞少女般的花朵下，看见了她被切断的茎，正淌着鲜血。

而在台北放洗澡水时，我竟然听见纽约幼女的哭声。

这便是不能忘情，却又牵情太多、涉世太深的痛苦吧！多情的人，若能不涉世，便无所牵挂。只是无所牵挂的人，又如何称得上多情？

临行，一个初识的女孩写了首诗送我，我说以后再看吧！马上要登机了，不论我看了之后有牵挂，或你让我看了之后有所牵挂，对我这个已经牵挂太多的人来说，都不好！

只是那不见、不看、不读，何尝不是一种牵挂？！

猛然想起，有一次在地铁站，看见一个衣衫褴褛、躺在墙角的浪人，大声对每个走过眼前的人喊着：

"你们爱自己的家，你们睡在家里面！"

"我爱这个世界，我睡在世界的每个地方。你们都是我的家人，我爱你们！"

也便忆起前年带老母回北京，盘桓两周，疲惫地坐在返台飞机上，我说："回家了！好高兴！"又改口讲："台北是家吗？还是停几周飞美时，可以说是回家？但是再想想，在纽约也待不多久，又要返台了！如此说来，哪里是家？"

"哪里有爱，哪里有牵挂，放不下，就是家！"

"世界充满了美，让我牵挂；充满了爱，让我放不下！"我说，"台北

317

是家，纽约是家，北京是家，巴黎是家，甚至小小的奈良也是家！"

爱，就注定了一生的漂泊！

【注释】

[1]选自刘墉散文集《爱，就注定了一生的漂泊》，漓江出版社 2007 版。

【作者（作品）简介】

刘墉（1949—），男，1949 年 2 月生于中国台北，祖籍北京，当代著名的画家和作家，现居美国。自 1973 年出版散文集《萤窗小语》第一卷始，已出版文学作品、绘画作品、文艺理论等 70 余种，是著名的畅销书作家。刘墉的散文睿智明达、宽厚温润，以生活点滴小事有感而发，讲述为人处世的道理，用平凡无奇的文字显示不寻常的哲理，在平淡中探寻人生的魅力，爱与善是最突出的闪光点。刘墉的足迹遍及两岸国内及东南亚，经常为公益事业举行巡回演讲，以他的版税收入帮助数十个台湾慈善群体，并捐建 38 所希望小学。代表作品有《刘墉画集》《萤窗小语》《超越自己》等。

【作品评析】

本文是刘墉同名散文集中的代表作。作为作家画家的刘墉常常携带着各种繁重的行李奔波在世界各地，于是感慨自己"南来北往，竟失去了自己的故乡！"一次偶然听见在地铁的浪人的一声呐喊，让作者顿悟到生命的真谛。什么是生命？生命就是爱，爱原本就是我们的心灵家园——"哪里有爱，哪里有牵挂，放不下，就是家！"刘墉超越了儒家传统的孝爱、仁爱，在爱中融入了东西方哲学的智慧，以一种悲悯的宽阔胸怀去思考人生、参悟生命。

他用爱的眼光审视世界，从中挖掘出爱的真谛，告诉我们："爱是生活，是生命。""我们来到世间，不是来恨，而是来爱；生命是为了学习爱，爱能包容一切！"用生命构建起来的爱是我们人类的共同的精神家园。爱，就是我们一生漂泊流浪终究要回归的故乡。

在写法上，本文最大的特点是由事缘情及理。开头叙述自己人生的奔波忙碌，以此作为铺垫；接下来抒写饱含其中的一种"无形的心情"，失落的心态；然后作者又宕开一笔，为我们描述了自己敬仰不已张大千和苏轼等人的处世境界；而后作者并未就此收笔，而是借旅途中的所见——地铁一流浪人的话，点出了文章的主旨，完成了作者思想情感上的再次飞跃。文章不仅阐述了"爱"的普遍意义，更重要的是，它引领我们进入了一个哲学命题，一个关于人类精神家园的命题。

【思考与练习】

1.理解刘墉对故乡、对爱的阐释，谈谈自己对故乡的感受。

2.探讨本文的写作手法以及本文所蕴含的深刻哲理。

讲故事的人[1]

尊敬的瑞典学院各位院士，女士们、先生们：

通过电视或者网络，我想在座的各位对遥远的高密东北乡，已经有了或多或少的了解。你们也许看到了我的九十岁的老父亲，看到了我的哥哥姐姐、我的妻子女儿，和我的一岁零四个月的外孙女。但是有一个此刻我最想念的人，我的母亲，你们永远无法看到了。我获奖后，很多人分享了我的光荣，但我的母亲却无法分享了。

我母亲生于一九二二年，卒于一九九四年。她的骨灰，埋葬在村庄东边的桃园里。去年，一条铁路要从那儿穿过，我们不得不将她的坟墓迁移到距离村子更远的地方。掘开坟墓后，我们看到，棺木已经腐朽，母亲的骨殖，已经与泥土混为一体。我们只好象征性地挖起一些泥土，移到新的墓穴里。也就是从那一时刻起，我感到，我的母亲是大地的一部分，我站在大地上的诉说，就是对母亲的诉说。

我是我母亲最小的孩子。我记忆中最早的一件事，是提着家里唯一的一个热水瓶去公共食堂打开水。因为饥饿无力，失手将热水瓶打碎，我吓得要命，钻进草垛，一天没敢出来。傍晚的时候我听到母亲呼唤我的乳名，我从草垛里钻出来，以为会受到打骂，但母亲没有打我也没有骂我，只是抚摸着我的头，口中发出长长的叹息。

我记忆中最痛苦的一件事，就是跟着母亲去集体的地里拣麦穗，看守麦田的人来了，拣麦穗的人纷纷逃跑，我母亲是小脚，跑不快，被捉住，那个身材高大的看守人扇了她一个耳光。她摇晃着身体跌倒在地。看守人没收了我们拣到的麦穗，吹着口哨扬长而去。我母亲嘴角流血，坐在地上，脸上那种绝望的神情让我终生难忘。多年之后，当那个看守麦田的人成为一个白发苍苍的老人，在集市上与我相逢，我冲上去想找他报仇，母亲拉住了我，平静地对我说："儿子，那个打我的人，与这个老人，并不是一个人。"

我记得最深刻的一件事是一个中秋节的中午，我们家难得地包了一顿饺子，每人只有一碗。正当我们吃饺子时，一个乞讨的老人，来到了我们家门口，我端起半碗红薯干打发他，他却愤愤不平地说："我是一个老人，你们吃饺子，却让我吃红薯干。你们的心是怎么长的？"我气急败坏地说："我们一年也吃不了几次饺子，一人一小碗，连半饱都吃不了！给你红薯干就不错了，你要就要，不要就滚！"母亲训斥了我，然后端起她那半碗饺子，倒进了老人碗里。

我最后悔的一件事，就是跟着母亲去卖白菜，有意无意地多算了一位买白菜的老人一毛钱。算完钱我就去了学校。当我放学回家时，看到很少流泪的母亲泪流满面。母亲并没有骂我，只是轻轻地说："儿子，你让娘丢了脸。"

我十几岁时，母亲患了严重的肺病，饥饿，病痛，劳累，使我们这个家庭陷入困境，看不到光明和希望。我产生了一种强烈的不祥之感，以为母亲随时都会自寻短见。每当我劳动归来，一进大门，就高喊母亲，听到她的回应，心中才感到一块石头落了地。如果一时听不到她的回应，我就心惊胆战，跑到厢房和磨坊里寻找。有一次，找遍了所有的房间也没有见到母亲的身影，我便坐在了院子里大哭。这时母亲背着一捆柴草从外面走进来。她对我的哭很不满，但我又不能对她说出我的担忧。母亲看透我的心思，她说："孩子，你放心，尽管我活着没有一点乐趣，但只要阎王爷不叫我，我是不会去的。"

我生来相貌丑陋，村子里很多人当面嘲笑我，学校里有几个性格霸蛮的同学甚至为此打我。我回家痛哭，母亲对我说："儿子，你不丑，你不缺鼻子不缺眼，四肢健全，丑在哪里？而且只要你心存善良，多做好事，即便是丑，也能变美。"后来我进入城市，有一些很有文化的人依然在背后甚至当面嘲弄我的相貌，我想起了母亲的话，便心平气和地向他们道歉。

我母亲不识字，但对识字的人十分敬重。我们家生活困难，经常吃了上顿没下顿。但只要我对她提出买书买文具的要求，她总是会满足我。她是个勤劳的人，讨厌懒惰的孩子，但只要是我因为看书耽误了干活，她从来没批评过我。

有一段时间，集市上来了一个说书人。我偷偷地跑去听书，忘记了她分配给我的活儿。为此，母亲批评了我，晚上当她就着一盏小油灯为家人赶制棉衣时，我忍不住把白天从说书人那里听来的故事复述给她听，起初她有些不耐烦，因为在她心目中，说书人都是油嘴滑舌、不务正业的人，从他们嘴里冒不出好话来。但我复述的故事渐渐地吸引了她，以后每逢集日她便不再给我排活，默许我去集上听书。为了报答母亲的恩情，也为了向她炫耀我的记忆力，我会把白天听到的故事，绘声绘色地讲给她听。

很快的，我就不满足复述说书人讲的故事了，我在复述的过程中不断地添油加醋，我会投我母亲所好，编造一些情节，有时候甚至改变故事的结局。我的听众也不仅仅是我的母亲，连我的姐姐，我的婶婶，我的奶奶都成为我的听众。我母亲在听完我的故事后，有时会忧心忡忡地，像是对我说，又像是自言自语："儿啊，你长大后会成为一个什么人呢？难道要靠耍贫嘴吃饭吗？"

我理解母亲的担忧，因为在村子里，一个贫嘴的孩子，是招人厌烦的，有时候还会给自己和家庭带来麻烦。我在小说《牛》里所写的那个因为话多被村子里厌恶的孩子，就有我童年时的影子。我母亲经常提醒我少说话，她希望我能做一个沉默寡言、安稳大方的孩子。但在我身上，却显露出极强的说话能力和极大的说话欲望，这无疑是极大的危险，但我说的故事的能力，又带给了她愉悦，这使她陷入深深的矛盾之中。

俗话说"江山易改、本性难移"，尽管我有父母亲的谆谆教导，但我并没有改掉我喜欢说话的天性，这使得我的名字"莫言"，很像对自己的讽刺。

我小学未毕业即辍学，因为年幼体弱，干不了重活，只好到荒草滩上去放牧牛羊。当我牵着牛羊从学校门前路过，看到昔日的同学在校园里打打闹闹，我心中充满悲凉，深深地体会到一个人——哪怕是一个孩子——离开群体后的痛苦。到了荒滩上，我把牛羊放开，让它们自己吃草。蓝天如海，草地一望无际，周围看不到一个人影，没有人的声音，只有鸟儿在天上鸣叫。我感到很孤独，很寂寞，心里空空荡荡。有时候，我躺在草地上，望着天上懒洋洋地飘动着的白云，脑海里便浮现出许多莫名其妙的幻象。我们那地方流传着许多狐狸变成美女的故事，我幻想着能有一个狐狸变成美女与我来做伴放牛，但她始终没有出现。但有一次，一只火红色的狐狸从我面前的草丛中跳出来时，我被吓得一屁股蹲在地上。狐狸跑没了踪影，我还在那里颤抖。有时候我会蹲在牛的身旁，看着湛蓝的牛眼和牛眼中的我的倒影。有时候我会模仿着鸟儿的叫声试图与天上的鸟儿对话，有时候我会对一棵树诉说心声。但鸟儿不理我，树也不理我。许多年后，当我成为一个小说家，当年的许多幻想，都被我写进了小说。很多人夸我想象力丰富，有一些文学爱好者，希望我能告诉他们培养想象力的秘诀，对此，我只能报以苦笑。就像中国的先贤老子所说的那样："福兮祸所伏，祸兮福所倚"，我童年辍学，饱受饥饿、孤独、无书可读之苦，但我因此也像我们的前辈作家沈从文那样，及早地开始阅读社会人生这本大书。前面所提到的到集市上去听说书人说书，仅仅是这本大书中的一页。

辍学之后，我混迹于成人之中，开始了"用耳朵阅读"的漫长生涯。二百多年前，我的故乡曾出了一个讲故事的伟大天才——蒲松龄，我们村里的许多人，包括我，都是他的传人。我在集体劳动的田间地头，在生产队的牛棚马厩，在我爷爷奶奶的热炕头上，甚至在摇摇晃晃地行进着的牛车上，聆听了许许多多神鬼故事、历史传奇、逸闻趣事，这些故事都与当地的自然环境、家族历史紧密联系在一起，使我产生了强烈的现实感。

我做梦也想不到有朝一日这些东西会成为我的写作素材，我当时只是一个迷恋故事的孩子，醉心地聆听着人们的讲述。那时我是一个绝对的有神论者，我相信万物都有灵性，我见到一棵大树会肃然起敬。我看到一只鸟会感到它随时会变化成人，我遇到一个陌生人，也会怀疑他是一个动物变化而成。每当夜晚我从生产队的记工房回家时，无边的恐惧便包围了我，为了壮胆，我一边奔跑一边大声歌唱。那时我正处在变声期，嗓音嘶哑，声调难听，我的歌唱，是对我的乡亲们的一种折磨。

我在故乡生活了二十一年，期间离家最远的是乘火车去了一次青岛，还差点迷失在木材厂的巨大木材之间，以至于我母亲问我去青岛看到了什么风景时，我沮丧地告诉她：什么都没看到，只看到了一堆堆的木头。但也就是这次青岛之行，使我产生了想离开故乡到外边去看世界的强烈愿望。

一九七六年二月，我应征入伍，背着我母亲卖掉结婚时的首饰帮我购买的四本《中国通史简编》，走出了高密东北乡这个既让我爱又让我恨的地方，开始了我人生的重要时期。我必须承认，如果没有三十多年来中国社会的巨大发展与进步，如果没有改革开放，也不会有我这样一个作家。

在军营的枯燥生活中，我迎来了思想解放和文学热潮，我从一个用耳朵聆听故事，用嘴巴讲述故事的孩子，开始尝试用笔来讲述故事。起初的道路并不平坦，我那时并没有意识到我二十多年的农村生活经验是文学的富矿，那时我以为文学就是写好人好事，就是写英雄模范，所以，尽管也发表了几篇作品，但文学价值很低。

一九八四年秋，我考入解放军艺术学院文学系。在我的恩师、著名作家徐怀中的启发指导下，我写出了《秋水》《枯河》《透明的红萝卜》《红高粱》等一批中短篇小说。在《秋水》这篇小说里，第一次出现了"高密东北乡"这个字眼，从此，就如同一个四处游荡的农民有了一片土地，我这样一个文学的流浪汉，终于有了一个可以安身立命的场所。我必须承认，在创建我的文学领地"高密东北乡"的过程中，美国的威廉·福克纳[2]和哥伦比亚的加西亚·马尔克斯[3]给了我重要启发。我对他们的阅读并不认真，但他们开天辟地的豪迈精神激励了我，使我明白了一个作家必须要有一块属于自己的地方。一个人在日常生活中应该谦卑退让，但在文学创作中，必须颐指气使，独断专行。

我追随在这两位大师身后两年，即意识到，必须尽快地逃离他们，我在一篇文章中写道：他们是两座灼热的火炉，而我是冰块，如果离他们太近，会被他们蒸发掉。根据我的体会，一个作家之所以会受到某一位作家的影响，其根本是因为影响者和被影响者灵魂深处的相似之处。正所谓"心有灵犀一点通"。所以，尽管我没有很好地去读他们的书，但只读过几页，我就明白了他们干了什么，也明白了他们是怎样干的，随即我也就明白了我该干什么和我该怎样干。我该干的事情其实很简单，那就是用自己的方式，讲自己的故事。我的方式，就是我所熟知的集市说书人的方式，就是我的爷爷奶奶、村里的老人们讲故事的方式。坦率地说，讲述的时候，我没有想到谁会是我的听众,也许我的听众就是那些如我母亲一样的人,也许我的听众就是我自己,我自己的故事,起初就是我的亲身经历,譬如《枯河》中那个遭受痛打的孩子,譬如《透明的红萝卜》中那个自始至终一言不发的孩子。

我的确曾因为干过一件错事而受到过父亲的痛打,我也的确曾在桥梁工地上为铁匠师傅拉过风箱。当然,个人的经历无论多么奇特也不可能原封不动地写进小说,小说必须虚构,必须想象。很多朋友说《透明的红萝卜》是我最好的小说,对此我不反驳,也不认同,但我认为《透明的红萝卜》是我的作品中最有象征性、最意味深长的一部。那个浑身漆黑、具有超人的忍受痛苦的能力和超人的感受能力的孩子,是我全部小说的灵魂,尽管在后来的小说里,我写了很多的人物,但没有一个人物,比他更贴近我的灵魂。或者可以说,一个作家所塑造的若干人物中,总有一个领头的,这个沉默的孩子就是一个领头的,他一言不发,但却有力地领导着形形色色的人物,在高密东北乡这个舞台上,尽情地表演。

自己的故事总是有限的,讲完了自己的故事,就必须讲他人的故事。于是,我的亲人们的故事,我的村人们的故事,以及我从老人们口中听到过的祖先们的故事,就像听到集合令的士兵一样,从我的记忆深处涌出来。他们用期盼的目光看着我,等待着我去写他们。我的爷爷、奶奶、父亲、母亲、哥哥、姐姐、姑姑、叔叔、妻子、女儿,都在我的作品里出现过,还有很多的我们高密东北乡的乡亲,也都在我的小说里露过面。当然,我对他们,都进行了文学化的处理,使他们超越了他们自身,成为文学中的人物。

我最新的小说《蛙》中,就出现了我姑姑的形象。因为我获得诺贝尔奖,许多记者到她家采访,起初她还很耐心地回答提问,但很快便不胜其烦,跑到县城里她儿子家躲起来了。姑姑确实是我写《蛙》时的模特,但小说中的姑姑，与现实生活中的姑姑有着天壤之别。小说中的姑姑专横跋扈，有时简直像个女匪，现实中的姑姑和善开朗，是一个标准的贤妻良母。现实中的姑姑晚年生活幸福美满，小说中的姑姑到了晚年却因为心灵的巨大痛苦患上了失眠症，身披黑袍，像个幽灵一样在暗夜中游荡。我感谢姑姑的宽容，她没有因为我在小说中把她写成那样而生气；我也十分敬佩我姑姑的明智，她正确地理解了小说中人物与现实中人物的复杂关系。

母亲去世后，我悲痛万分，决定写一部书献给她。这就是那本《丰乳肥臀》。因为胸有成竹，因为情感充盈，仅用了八十三天，我便写出了这部长达五十万字的小说的初稿。

在《丰乳肥臀》这本书里，我肆无忌惮地使用了与我母亲的亲身经历有关的素材，但书中的母亲情感方面的经历，则是虚构或取材于高密东北乡诸多母亲的经历。在这本书的卷前语上，我写下了"献给母亲在天之灵"的话，但这本书，实际上是献给天下母亲的，这是我狂妄的野心，就像我希望把小小的"高密东北乡"写成中国乃至世界的缩影一样。

作家的创作过程各有特色，我每本书的构思与灵感触发也都不尽相同。有的小说起源于梦境，譬如《透明的红萝卜》，有的小说则发端于现实生活中发生的事件——譬如《天堂蒜薹之歌》。但无论是起源于梦境还是发端于现实，最后都必须和个人的经验相结合，才有可能变成一部具有鲜明个性的、用无数生动细节塑造出了典型人物的、语言丰富多彩、结构匠心独运的文学作品。有必要特别提及的是，在《天堂蒜薹之歌》中，我让一个真正的说书人登场，并在书中扮演了十分重要的角色。我十分抱歉地使用了这个说书人真实姓名，当然，他在书中的所有行为都是虚构。在我的写作中，出现过多次这样的现象，写作之初，我使用他们的真实姓名，希望能借此获得一种亲近感，但作品完成之后，我想为他们改换姓名时却感到已经不可能了，因此也发生过与我小说中人物同名者找到我父亲发泄不满的事情，我父亲替我向他们道歉，但同时又开导他们不要当真。我父亲说："他在《红高粱》中，第一句就说'我父亲这个土匪种'，我都不在意，你们还在意什么？"

我在写作《天堂蒜薹之歌》这类逼近社会现实的小说时，面对着的最大问题，其实不是我敢不敢对社会上的黑暗现象进行批评，而是这燃烧的激情和愤怒会让政治压倒文学，使这部小说变成一个社会事件的纪实报告。小说家是社会中人，他自然有自己的立场和观点，但小说家在写作时，必须站在人的立场上，把所有的人都当作人来写。只有这样，文学才能发端事件但超越事件，关心政治但大于政治。

可能是因为我经历过长期的艰难生活，使我对人性有较为深刻的了解。我知道真正的勇敢是什么，也明白真正的悲悯是什么。我知道，每个人心中都有一片难用是非善恶准确定性的朦胧地带，而这片地带，正是文学家施展才华的广阔天地。只要是准确地、生动地描写了这个充满矛盾的朦胧地带的作品，也就必然地超越了政治并具备了优秀文学的品质。

喋喋不休地讲述自己的作品是令人厌烦的，但我的人生是与我的作品紧密相连的，不讲作品，我感到无从下嘴，所以还得请各位原谅。

在我的早期作品中，我作为一个现代的说书人，是隐藏在文本背后的，但从《檀香刑》这部小说开始，我终于从后台跳到了前台。如果说我早期的作品是自言自语，目无读者，从这本书开始，我感觉到自己是站在一个广场上，面对着许多听众，绘声绘色地讲述。这是世界小说的传统，更是中国小说的传统。我也曾积极地向西方的现代派小说学习，也曾经玩弄过形形色色的叙事花样，但我最终回归了传统。当然，这种回归，不是一成不变的回归，

《檀香刑》和之后的小说，是继承了中国古典小说传统又借鉴了西方小说技术的混合文本。小说领域的所谓创新，基本上都是这种混合的产物。不仅仅是本国文学传统与外国小说技巧的混合，也是小说与其他的艺术门类的混合，就像《檀香刑》是与民间戏曲的混合，就像我早期的一些小说从美术、音乐、甚至杂技中汲取了营养一样。

最后，请允许我再讲一下我的《生死疲劳》。这个书名来自佛教经典，据我所知，为翻译这个书名，各国的翻译家都很头痛。我对佛教经典并没有深入研究，对佛教的理解自然十分肤浅，之所以以此为题，是因为我觉得佛教的许多基本思想，是真正的宇宙意识，人世中许多纷争，在佛家的眼里，是毫无意义的。这样一种至高眼界下的人世，显得十分可悲。当然，我没有把这本书写成布道词，我写的还是人的命运与人的情感，人的局限与人的宽容，以及人为追求幸福、坚持自己的信念所做出的努力与牺牲。小说中那位以一己之身与时代潮流对抗的蓝脸，在我心目中是一位真正的英雄。这个人物的原型，是我们邻村的一位农民。我童年时，经常看到他推着一辆吱吱作响的木轮车，从我家门前的道路上通过。给他拉车的，是一头瘸腿的毛驴，为他牵驴的，是他小脚的妻子。这个奇怪的劳动组合，在当时的集体化社会里，显得那么古怪和不合时宜，在我们这些孩子的眼里，也把他们看成是逆历史潮流而动的小丑，以至于当他们从街上经过时，我们会充满义愤地朝他们投掷石块。事过多年，当我拿起笔来写作时，这个人物，这个画面，便浮现在我的脑海中。我知道，我总有一天会为他写一本书，我迟早要把他的故事讲给天下人听，但一直到了二〇〇五年，当我在一座庙宇里看到"六道轮回"的壁画时，才明白了讲述这个故事的正确方法。

我获得诺贝尔文学奖后，引发了一些争议。起初，我还以为大家争议的对象是我，渐渐的，我感到这个被争议的对象，是一个与我毫不相关的人。我如同一个看戏人，看着众人的表演。我看到那个得奖人身上落满了花朵，也被掷上了石块、泼上了污水。我生怕他被打垮，但他微笑着从花朵和石块中钻出来，擦干净身上的脏水，坦然地站在一边，对着众人说：对一个作家来说，最好的说话方式是写作。我该说的话都写进了我的作品里。用嘴说出的话随风而散，用笔写出的话永不磨灭。我希望你们能耐心地读一下我的书。当然，我没有资格强迫你们读我的书。即便你们读了我的书，我也不期望你们能改变对我的看法，世界上还没有一个作家，能让所有的读者都喜欢他。在当今这样的时代里，更是如此。

尽管我什么都不想说，但在今天这样的场合我必须说话，那我就简单地再说几句。

我是一个讲故事的人，我还是要给你们讲故事。

20世纪六十年代，我上小学三年级的时候，学校里组织我们去参观一个苦难展览，我们在老师的引领下放声大哭。为了能让老师看到我的表现，我舍不得擦去脸上的泪水。我看到有几位同学悄悄地将唾沫抹到脸上冒充泪水。我还看到在一片真哭假哭的同学之间，有一位同学，脸上没有一滴泪，嘴巴里没有一点声音，也没有用手掩面。他睁着大眼看着我们，眼睛里流露出惊讶或者是困惑的神情。事后，我向老师报告了这位同学的行为。为此，学校给了这位同学一个警告处分。多年之后，当我因自己的告密向老师忏悔时，老师说，那天来找他说这件事的，有十几个同学。这位同学十几年前就已去世，每当想起他，我就深感歉疚。这件事让我悟到一个道理，那就是：当众人都哭时，应该允许有的人不哭；当哭成为一种表演时，更应该允许有的人不哭。

我再讲一个故事：三十多年前，我还在部队工作。有一天晚上，我在办公室看书，有一位老长官推门进来，看了一眼我对面的位置，自言自语道："噢，没有人？"我随即站起来，高声说："难道我不是人吗？"那位老长官被我顶得面红耳赤，尴尬而退。为此事，我洋洋得意了许久，以为自己是个英勇的斗士，但事过多年后，我却为此深感内疚。

请允许我讲最后一个故事，这是许多年前我爷爷讲给我听过的：有八个外出打工的泥瓦匠，为避一场暴风雨，躲进了一座破庙。外边的雷声一阵紧似一阵，一个个的火球，在庙门外滚来滚去，空中似乎还有吱吱的龙叫声。众人都胆战心惊，面如土色。有一个人说："我们八个人中，必定一个人干过伤天害理的坏事，谁干过坏事，就自己走出庙接受惩罚吧，免得让好人受到牵连。"自然没有人愿意出去。又有人提议道："既然大家都不想出去，那我们就将自己的草帽往外抛吧，谁的草帽被刮出庙门，就说明谁干了坏事，那就请他出去接受惩罚。"于是大家就将自己的草帽往庙门外抛，七个人的草帽被刮回了庙内，只有一个人的草帽被卷了出去。大家就催这个人出去受罚，他自然不愿出去，众人便将他抬起来扔出了庙门。故事的结局我估计大家都猜到了——那个人刚被扔出庙门，那座破庙轰然坍塌。

我是一个讲故事的人。

因为讲故事我获得了诺贝尔文学奖。

我获奖后发生了很多精彩的故事，这些故事，让我坚信真理和正义是存在的。

今后的岁月里，我将继续讲我的故事。

谢谢大家！

【注释】

[1]本文是莫言在瑞典文学院2012年诺贝尔文学奖颁奖典礼上的演说词。

[2]威廉·福克纳：William Faulkner（1897—1962），美国文学史上最具影响力的作家之一，意识流文学在美国的代表人物，他一生共写了19部长篇小说与120多篇短篇小说，其中15部长篇与绝大多数短篇的故事都发生在约克纳帕塔法县，称为"约克纳帕塔法世系"。其主要脉络是这个县杰弗生镇及其郊区的属于不同社会阶层的若干个家族的几代人的故事，时间从1800年起直到第二次世界大战以后。代表作品《喧哗与骚动》，1949年获诺贝尔文学奖。

[3]加西亚·马尔克斯：Gabriel José de la Concordia García Márquez（1927—2014）：20世纪最伟大的作家之一，代表作品《百年孤独》和《霍乱时期的爱情》，1982年获诺贝尔文学奖，莫言口中的"文学教父"。

【作者（作品）简介】

莫言（1955—），本名管谟业，山东高密人，中国当代著名作家。先后毕业于解放军艺术学院文学系和北京师范大学文学院研究生班，获文学硕士学位。1981年开始发表作品，充满着"怀乡"以及"怨乡"的复杂情感，被归类为"寻根文学"作家。作品以农村为背景，根植于齐鲁民间文化，深受魔幻现实主义影响。莫言在小说中构造独特的主观感觉世界，天马行空的叙述，塑造神秘超验的对象世界，带有明显的"先锋"色彩，既展现了中国人的复杂经验，又传达出共同的人类精神。2011年8月，莫言凭长篇小说《蛙》获第八届茅盾文学奖。代表作品有《红高粱》《檀香刑》《丰乳肥臀》《生死疲劳》《蛙》等。2012年10月11日，莫言因其"用魔幻现实主义

【思考与练习】

1."当众人都哭时，应该允许有的人不哭。当哭成为一种表演时，更应该允许有的人不哭。"请联系实际，谈谈你对这句话的感受。

2.你读过莫言的哪些作品？你如何理解莫言演讲词中的"母亲"这一形象。

后　记

本书出版得到桂林理工大学教材建设基金资助。教材付梓之际，衷心感谢我校教务处将之作为重点教材立项并给予资金支持，感谢人文素质教学部覃业飞、万千两位主任的支持和鼓励，感谢我的妻子伍桂平和侄女伍茜蓉对教材的编写做了大量文字打印、校勘工作。